徘徊する問い 1996-2009

福原 修

れんが書房新社

ひとこと

この本は一九九六年から二〇〇九年にいたる時期に書いた文章をひとつにまとめたものである。巻末の「付録」はそれ以前の三年間にわたって記した。したがってこの本は書き下ろしではなく、そのときどきにぽつぽつとしたためたそれぞれまったく独立した小品を拾い集めて一冊にしたわけである。ひとつにまとめるにあたっては大いに手間どってしまい、晴ればれとしない日々がつづいたものだ。時間をかけすぎてしまったが、それでもなんとかこうして上梓することができてよかった。

この本にあえて利点をさがすとすれば、ただの一人の男がしどろもどろの小さな「問い」の種を握りしめているつもりになっていることであろうか。妄想とひとりよがりと自己満足を唯一の発条として書き記された小さな世界から放つ「問い」。そもそも「問い」としての価値を有しているものなのかどうか、むしろ一個の愚問、不明瞭な自問の類とも危惧するが、いまはこれをもってペンを置くほかはない。

昨年あたりを境に、日本も世界ものちにまで記憶に残る重大な曲がりかどをまがった気がする。その足音を耳鳴りのように聴きながら、まさしくいま「ひとりよがり」の看板に詐りなしのこの本をそっと送り出す。私にとって、じつに感慨無量の思いである。読む人がどんな意味にせよそこになにかを感じとってくだされば私としてはそれでよい。この真正な妄想の申し子をどなたかどうぞご笑覧あれ。
　出版にさいしては前作同様、れんが書房新社の社長鈴木誠さんに大変お世話になりました。お礼を述べたいと思います。妻明子にも校正そのほか面倒をかけました。どうもありがとう。

二〇〇九年　春のある夜

著者記

徘徊する問い＊もくじ

徘徊する問い

父と母の思い出に献げる

それぞれの岐路

星からの贈りもの

暗黒に堪えて瞬く小さな星々。そのひとつ、太陽系の火星に生命体がいた、もしくはいる可能性があるという。自分たちの住む星を食べて蓄財する社会、自分たちの価値観や科学技術の〈恩恵〉によってみずからを消耗しつつ生きる人生以外になにもない、と思っていた人たちにはちょっとしたニュースだったかもしれぬ。

自分たち以外にも生物がいて、それがどんな生き物で、ひょっとしてそこに社会があって、いったいどんな社会で価値観で、しかもわれわれにその想像もつかないなんて、なんと興味津々の話ではないか（もっとも、想像がついたとたん、地球人はすぐその新生物を研究と商売の道具にするだろうから、ちょうどいいか）。どこかの星で生活を営んでいるかもしれない宇宙人。まだ貧富の格差やエコロジー問題や高度資本主義社会を経験していなかったら、どうかわれら地球人の犯した悲喜劇的な轍を踏まぬようにと、想像を絶する暗黒を隔て、切に祈ってやまない。

なにからでも学び取ろうとする者は、こんなニュースからも、自分の知らない事柄へは畏敬の念を持ち、ついでに素敵な空想を奏でたり、自分の知っていることなどほんの破片にすぎないことを感じたりしないだろうか。彼は遥かな闇の宇宙から発信された、自分たちを少しは相対化してみようと促すひとつの贈りものの信号を、そこに見るだろう。

（一九九六年八月）

ひとつの終り

三三歳から四七歳までに記した文章を掻き集め、「地下の思考」なる名前をつけて、やっと先月、本になった。私の二作目の本。日夜、「早く終わればいい」と念じてきた歳月であった。ところがいざ終わってみると、強い安堵感とともに、かの日々がもはや手の届かない闇のなか（けっして光ではない）に消え入ってしまったような喪失感というか空虚感を味わう毎日である。どうすることもできない憂愁に、深く、いまの私は包まれている。

本をつくった意図のひとつは、われらの〈豊かな社会〉も、それを受け入れ、生き抜き、敗れ去りながら日夜支えつづけるいと貧しき民の生活なしには半歩さえ維持も持続も機能もなしえないことを示してみたかったこと。もうひとつは、私自身のためにつくった。生まれ、これまで生きてきた証しを自分にむかって証言するためか。だが、意図についてはあの本のなかでしつこいほど書いたので、よそう。もうひとつ、三人の者（妻と二人の子）になにがしか呼びかけるためにも書いたことを記すにとどめて（彼らはこの本のごく少数の読者たちであると信じて）。

いま、私の目のまえにその真新しい本が一冊ぽつんと置かれている。〈過去の一欠片になったんだなあ、あの日々……〉。この本も『原初の地平』（誤字、脱字、無知の大山脈で恥ずかしい処女作）同様、慎ましく出版されてのち、ひっそりと息絶えるだろう。不憫な運命の待ち受けている本、いまはただいとおしくてたまらない。一切が過ぎ去っていく。自分まで一個の過去になったようだ。これからどうやって心のこの間隙を穴埋めしていこうか、ただ途方に暮れるばかりである。

（一九九六年一二月）

一本の道

だれしも「一本の道」を心の奥底に抱いているのではなかろうか。それぞれの「一本の道」。いくつもの「道」に別れを告げ、また出会い、あるいは気にも留めずに通り過ぎて、ここまで辿り着いた。さて、歩いてきた「道」を振り返ってみれば、なんだか遠いどこかに置き忘れてきてしまったような気もする、もう「一本の道」。

私にも心のなかに折り畳んで封印してしまった何本もの「道」がある。子供の頃に見たあの小径、寂しげなあの路地裏、かならずどこかに通じていく便利な横丁。通ったことはないが、いつもなんとなく気になっていたあの小路。〈あの角を曲がったら、なにがあるのだろう……〉。

だがいま、私は私にむかって大きく開かれている一本の現実の道を想う。いまではこの道に入っていけるかいけないか、辿っていけるかいけないかが、残された私の人生に課せられた一大宿題でもあるかのように思えてきた。

一五年ほどまえ、場所は西ヨーロッパ。いろいろなところを自動車で巡り、一九八一年の晩秋、南スペインのコルドバから北西に舵をとり、へとへとになってエルバスというポルトガルの国境の町に辿り着いたことがある。国境を越えるあたりで見た、眼前いっぱい深紅に染め上げる燃えるような夕焼け雲！　町はずれにある古代の水道橋のたもとの井戸のわきに車を停め、酒を呷ってすぐ泥のように眠った。翌朝、西にさらにのびる一本の道を見た。あの道のむこうにリスボンの町があり、その先には無人の大海原がひろがっている。

〈大地という重力から逸脱したい。行ってみたい、海がみたい……〉。

私たち（妻と私）にはもう残りわずかの金しか残っていなかった。出発点のパリに戻る燃料代がやっと。四ヵ月余りの車の旅。「疲れ切ったね。」

「帰ろうか……」

ポルターニャという町のはずれにもう一泊（むろんいつもどおり、車中にて）。これまでの健闘を讃え合い、喧嘩したり仲直りしたりの道中の思い出に酔いしれ、この自由の旅もついに終焉かと思ったら、悲しくて、車のなかで抱き合って二人で泣いた。

パリの安宿に止宿し、二ヵ月後、日本に帰国。だが、どういうわけか東京に帰ってからも西につづくあの「一本の道」が始終頭をもたげてきてしようがない。大陸のはずれから眺める大海は、なんだか私にとって自由の象徴のような気がしてきたから。なんで最涯の地まで行く努力を惜しんだのか。〈いや、なにを犠牲にしても、あのとき旅を続行すべきだった。行けるところまで行くべきだったのだ〉。

それこそ私の求めつづけてやまなかった「自由の行為」だったはずなのにと悔やむ。あの道の涯まで行かないかぎり、まだ死んじゃいけないような気さえしてきた。象徴的な意味には違いないとしても、あの「一本の道」は車で走り抜けるそのときまで私に生きているようにと用意されているのか、と。少しはまだ自由を求めている、消え入りそうな自分への証しを。

ロカ岬の先っぽにでもしゃがみ込んで、大西洋に没する夕日を見ること。私のこれまでの人生の意味へのひとつの賭けかもしれない。ほんのわずかなりとも線路（社会秩序）から逸脱した冒険であったかどうかへの。その実感が少しでも味わえるのなら、子供時代からの私の夢（自分らしくいたい）の一端がかなえられることになるかもしれない。だったら、私はやっぱりまだ死ねないわけだ。ついでにこれからの人生の意味もそこにひとつながりに賭けられているのだし。

私に残された誓いである。人生の旅はまだ完結していない。

〈あの道をかならず通る。それまで私は死なない〉。

（一九九七年一月）

不可解なコント

◆「クローン人間が誕生するかもしれません」――テレビニュースで言っていた。不可解だった。てっきりすでにみんな十分にクローン（複製）人間だと思っていたものだから。クローン人間はモラルに反するかもしれない、という。すると私たちは存在そのものにおいてインモラルなわけだ。いったいどうなっているのだろう。では、モラルとはなんだろうか。

◆「日本の原子力発電所は安全です」——やはり不可解だった。いくらマシーンは安全といっても、しょせんは機械。機械に故障は付きもの、どう超ハイテクモダーンでも常に不完全かつ危険なものではないか。さらに言うと、マシーンの故障だけが危険の原因なのではない。マシーンは安全でも、それだけでは原発の安全性を意味しない。

現代の科学技術の粋を掻き集めて作った超安全マシーン。でも、忘れてはいけない。この機械を操作する（に操作される）のが周知のごとく不完全なこと夥しい例のクローン人間たちなのだ。人間にかぎっては、まこと故障に事欠かない。超安全マシーンに群がるのは満身これ旺盛な上昇志向と輝ける自己保身の化身たち。昇給、昇格、栄達、出世、地位、名誉のためなら滅私奉公などなんのそのの軍団。マシーンや自分たちに不具合が生じても共同自己保身システムを即座に稼動させ、虚言、歪曲、隠蔽の三拍子で、なにもなかったことにしてしまうぐらい朝飯前。暇なし共同自己保身システムがフル回転している。日本の政治も行政も業界もどこもおなじだろう。要するにクローン人間、日課のように故障を起こし、かつ故障を隠しつづける故障までやらかして不思議でない生物なのだ。人間は不完全であることを永遠にやめられない。クローン的人間（集団主義的人間）こそ、まさに原発の危険性の源泉であろう。

◆「ナチスの史上稀にみる残虐行為は……」――また不可解だった。またぞろドキュメンタリー番組で他人事をやらかしているなと思ったから。「わが大日本帝国の史上稀にみる……」のほうはいったいどうなったのか。「ヒョウゲンのジユウ」とはマスコミジャーナリズム市場のクローン的な表現方法なのではないか。

まったく、浮世は不可解という大海の渦の上に浮かんでクルクルと廻っているだけとしか言えない（この頃の様々な出来事を見るにつけ、問題は政治経済社会体制やシステムだけにあるのではなく、人間というこのなんとも不可解な存在にもあるとの感を深くする）。

（一九九七年四月）

ふたつの道

ペルーの軍隊が当地の日本大使館に突入、大半の人質を救出し、かわりに占拠ゲリラを全員殺害したという。この国の独裁汚職政権の日系大統領が得意顔してテレビカメラにむかい、「大いなる勝利」を誇っていた。「大統領の勇気ある救出劇」は世論調査でも「国民の大半が支持している」、とのコメント伴奏付きで。その「世論調査」にペルーやリマ市の貧民街の住人や幾多の宿無し、職無し連中も加味されていたかどうか、はともかくとして。

人質のなかにこそ、「勇気ある証言」がいくつかあった（ために証言者は末代まで咎を受けるかもしれない）。「ギブアップしている複数のゲリラをペルー兵は並べて射殺した」、と。さらに、「あるゲリラは、チャンスがあったのに私たちを殺さなかった」、と。殺されなかった者と、〈殺さなかったが、しかし〉殺された者と、ふたつの道。

（一九九七年四月）

死と生と

曇天の色合いをそのまま路上に落とす、ほとんど無彩色の風景。厚みのない平板な街路。その隅っこを、俯いてとぼとぼ家路へと辿る。いつもの空がいつもの空に見えない。半球形の瞳に寄り添ってペタンと濃淡のオブラートが貼りついているみたい。ワイパー代わりの瞼の向こう側は、相変わらず艶消しした景色がぐにゃりと歪み、なんだかいつもとは違う道を歩いている気がしてきた。

「だいたい処置しましたが、一個だけ怪しげなのがありました。すぐに検査にまわしましょう。」

そろそろ薄ら寒くなりかけた一九九八年一二月の上旬のことだった。検査の結果、大腸にポリープのあることがわかり、近所の病院に一泊して切除してもらうことになったのだ。ポリープの個数も六個と大漁だったのだが、そのうちの一個に癌の疑義があるらしい。〈死ぬのかもしれない〉、珍しくとっさに回った私の頭に、女房の心配顔やら二人の子どもの子供っぽい戸惑いの顔やらが浮かび上がってくる。すると、病院からの帰路、いきなり眼球に水分が貼りついてきたのだ。〈私にもまだやりたいことはあったのに〉。

私はなにを思っただろう。死が目の奥にちらついた瞬間、たちまち死と生の葛藤が生じたというか、大袈裟に生の再編に迫られたというか。死は存在しない。私が存在するかぎり、存在しない。存在している私にどうして死が存在しえようか。私が存在しないのであれば、むろん死も存在するはずがない。ゆえに、死は存在しない。死の本質は存在の無であって、無という存在でも、存在しない〈もの〉でもない。死は存在しない、ただそれだけ。

どこからか有名な詩句が頭を吹き抜けていった。

「南ニ死ニサウナ人アレバ　行ツテコハガラナクテモイ、トイヒ」

死は存在しないのだし、存在したときには彼はもう存在しないのだから、「コハガラナクテモイ、」と見事に死の本質を衝いている。でも、この本質も私を慰めるに十分ではなかった。たしかに私にとって死は存在しない。しかし、他人にとっては十分に存在する。女房の涙や子どもの戸惑いのように。そして、それを感じる私にとっても、死はやはり存在するのだ。他人にとって存在するものは、私にも関係があるのだから。さらに、自分が存在しなくなる恐怖や苦悩は本人にとって十分すぎるほどに存在する。私の「やりたいこと」はどうしてくれる？　懐かしい思い出ともバイバイしなきゃ。存在するかぎり、人間に死の恐怖のやむことはないのだ。つまり、死は存在する。

死は心理問題などではない、農民が今年の稲穂の出来栄えを心配するように、現実の出来事なのである。心配なら山ほどある。私の運んでくる給料が途絶えたら、あの二人の子はどうなる。女房の細腕を当てにするしかないか。やはり、私は私の存在しないことを「コハガル」。どうしようもないことを怖れてもしようがないが、「コハガラナクテモイ、」とまでは言えぬ。そううまくはいかぬ。死とは別れなのだから。存在する（生活する）私にとって、死とは自分との、他人との、すべてとの別離の怖れそのものであろう。つまり、死とは生そのものだった。〈死ぬかもしれぬ〉不安とは、すべてのものとの永劫の別離が訪れることへの怖れ、関係の喪失への慄き、愛してやまぬ者たちと、そしてそうだ、家路につく道すがら眼前にひろがる親しみ深いこの風景一切との別離である。

どんより垂れ込めた雲の厚み。煤けた路上のちょっとした起伏（いままでどれほどの人がここを踏み歩いていったことか）、街路樹のブツブツとした幹の質感、風にそよぐ梢の擦れ合う音色やひろがった葉の絶妙な陰影。まだらな壁の染み、傾斜した屋根瓦、風にゆらめく色とりどりの洗濯物、体の横をすり抜けていく自転車ののろのろとした後姿、子供たちは飛び跳ねながら、とある路地に消えていく。パン屋のおばさんが店先に品物を手早く並べ揃えていく仕草をしているかと思ったら、どういうわけか八百屋の果物の山にむかって吠えている犬もいる。綺麗な女性を見るのも大好きだし、たまには旨いものも食べたいし、どこか旅行して、我を忘れてもみたい。ああ、書ききれない。生きていたい理由を数え上げようとしたら、ありすぎて数え切れぬ。生きているとは、これら（光、風、水、地、木、空、雲、町、動物、自分、人々、想い出、などなど……）全体と私とのあいだに横たわる親密感そのものとしか言えまい。そのほかのどこかに生きる原理やら人生の意味やらがあるわけでもなかろう。死んだら、それらを見たり感じたり受け取ったりする楽しみをもう味わうことができなくなる。要するに私にもまだ夢はあり、夢のある（たとえ実現しなくとも）人生がまた大好きだったのだ。

歩きながら、考える。少しずつ妄想めいてきつつ。人間――それだけではない。雲や風や闇や虫や――の喜びや悲しみや思い煩い、これからもそれらと少しは繋がっていたい。だんだんわかってきた。どんなにみっともなくとも人生が好きでしようがないから私はまだ生きていたいわけ。みんなと生きてこられたことが、生きること生きていられること、生きていく際の一切合財のことが、実は無上に幸せだったのだ。こんなにもいろんなものに取り囲まれ、支えられてこれまで生きてこられて。生きるとは、とどのつまり生きていることのすべてではないか。私の人生をどうやら私の人生と呼べるものにしてくれている懐かしい、いとおしいこれら一切のものが、死によって、私とともに消滅しようとしている。こんな気分で自分のなかや自分の周囲を眺め回してみたことがあっただろうか。死にたくない。なぜ生きたい？　生きたいから、生きているのを精一杯意識したい、すべてと繫がっている人生をこの全身で感じていたいから。ときにはそれを少し忘れることもしたいから。どうさもしくとも生きていたい、ポリープのことでまたよくわかった。そんなことを思いめぐらして歩いていたら、生きている危うさに、心もとなさに、切なさに、またそのなんとも言えぬ慈しみや有難みや優しさに、またも眼球にワイパーがほしくなった。

さて、〈死ぬ〉、そうと決まったらどうしよう。どう考えてみても、やるに値するのはひとつくらいしかないのではないか。いつものとおりにしていること、錯乱せず、普通にして、〈これまでどおりの俺で終わること〉。それだけがあたかも自分のこれまでの人生を証し立てでもしてくれるかのように。死んでもジタバタするものか。女房とくに子どもたちに、「いつものお父さん」以外の恰好はけっして見せない、とも誓おう。いや、見せる必要がないし、死が少しだけ怖くなくなってきた。何故だろう。自分が彼らをこよなく愛したことに案外自信があるので、うろたえる必要もない気がする。ただ、彼らにも自分にももう会えないのがなんとしても無念。これには怯える。でも、「もう会えない」のも一瞬のこと。死ぬときだ。永遠に会えないのもいまだけのことである。永遠とは閃光であり、一瞬のきらめきにすぎない。閃光がまた永遠なのだ。いざ死んでしまえば私は存在しないし感じないし、あとはだから彼ら三人、どうせなるようになる（しかない）。やっぱり、「コハガラナクテモイイ、」、か。〈そうして生きていこう、その日まで〉。

「心配ありませんでした。でも、これからも定期検査はしたほうがいいですね」。担当の医師の拍子抜けするほどの一言。一瞬、またちょっと「私の死」が曖昧なものになった。病院の門をくぐり、空はあの日とおなじ、どんよりした曇り日。ちがうのは帰路の風景。目に飛び込んでくるものすべてがなんと麗しい陰影の隈取りに彩られた奥行きを放っていたことか。うきうきしながらキョロキョロあたりを眺め回し、〈これからは生活だけでなく、体とも闘い、共存して生きていかなくてはならない年齢になったわけだね〉、などとみずからに取って付けたような教訓めいたことを言い聞かせながら。

死が身近に感じられてくると、人生（生活）の細々とした忌わしさが遠くに感じられる。思い煩いのタガが外れた生は意外に新鮮なものに見えてもくる。（死はともかく）無理を承知で（生活は無理強いばかりだ）、そんな目新しい生に少しは同調してみるかと試みてみたら、生きるのも案外気楽に、多少は面白く感じられるかもしれぬ（テイク・イット・イージー、「生きてるだけで丸儲け」という、あれ）。再び死が遠くに感じられたら、いやがおうにも生活はまたもや現実味を帯び、重ったるいうっとうしいものと化するにきまっているが、でも一度、たぶん彼は知ったのだ。生活に再び打ちのめされ埋もれても、彼の脳の一隅は忘れない。人生はけっこう変わりうる、ということを。たとえ彼の脳のなか（無意識）だけの慎ましい混線ではあっても。繰り返そうか、「死とは生そのものだった」。死を思い、死から生が見えたとき、生（人生）は一変するだろう。

〈まだ生きていられそうだ〉、もう少しあのみんなと一緒にいられる。嬉しかった。芯から嬉しくなって女房と二人で祝杯をあげたら、女房の顔までいつもと少し違って美人に見えた。病院からの帰り道に見たあの情景のように。やっぱり生き物は心もとない、だからこんなに大切なのだ。またもや少し知ったわけだ。私はけっして忘れない。生かされていること、みんなと一緒にいられることのかけがえのないひとときを。そして、その裏側に静かに佇んで待っている死と、少し親密になったことも。

（一九九八年一二月）

シルヴァー色に想う

一九七〇年春から、A（妻）と私は他の数名の者たちと反戦活動やキリスト教教会闘争やマルクス主義の勉強会などを細々とつづけながら、四年ほどつき合い、一九七四年の春に結婚した（Aは二三歳、私は二五歳）。

運動はその何ヵ月かまえに解散し、学業を終えた私は家業のクリーニング店を手伝いながら（Aも手伝った）それまでに書いた大量の文章を一冊の本にまとめはじめ、五年がかりで自費出版した。自分の青春のレクイエムのつもりで（この間、相方は哲学者の矢内原伊作氏の序文を付し、詩とエッセイ集を自費出版した）。『原初の地平』（B5判、六四二頁、私家版）と名づけた処女作は、Aが慣れない和文タイプを操作して完成させた手作りだ。途方もないその努力のおかげで、この本はこの世の片隅に出現した。あの本があのようにしてまとまらなかったら、私は自分に納得しえぬ思いを持ち越したまま三〇歳代を迎えなければならなかったところだ。Aの協力に心から感謝している。「もう一人の私（本）」の誕生に産婆役を買って出てくれたのだから。その行為を指して「大いなる殉教」と評した者もいた。なんの恵みも与えられることのなかった殉教を彼女にさせたことを（「そうしたいから、そうしただけだ」と彼女なら言うだろうが）、私は死ぬまで忘れないだろう。

家業をやめ、出版直後に父が死に（その面倒をAは実によく看た）、さらに半年足らずして、二人はヨーロッパにいる。あの一年七ヵ月のいと貧しき生活、それでいてなんと光り輝いていた日々（あの頃の様子は、Aの二作目の著書『風船のなかのパリ』〔草の根出版会刊〕に詳述されている）。年老いた母親が東京で一人ぽつんと私の帰りを待っている。やむなく帰国。私の前途にもっとも恐れていた二文字――「就職」がちんまりと待ち構えていた。

〈なんの仕事なら私にできるのだろうか?〉――三〇歳代半ばになろうとするこの身は、職安に通いながら、小さな出版社の編集業務の仕事を見つける。さあ、それからだ。この小出版社は左前、あっちの小出版社に転職、嫌になってそっちの小出版社に移ったら、また倒産。なんとも目まぐるしい日々。職探しの合間は、テーブルの上に足をのっけてうつらうつらテレビを観ながら朝から酒三昧の日々である。いまでいうフリーターか（ちなみに、ちょっと指折り数えてみたら、三〇歳から四五歳までのあいだに、三〇社近くの渡り鳥。ずいぶんいろんな労働現場を見た）。

その頃から（いまもだが）相棒には多大の金銭的な不安や苦労をかけつづけた。思いがけぬ私の病気などの心配事も加わり、わがままで怒りっぽくて寂しがり屋の私に、戸惑いやら煩わしい思いをしたにちがいない。それでもどういうわけか彼女は、持ち前の不思議なほどの心優しさをけっして失うことがなかった。

この人はごく若い頃、詩を書いていた。私の好きな詩を三篇選んで以下に引用する（川井明子著、矢内原伊作・序文、『夜の地平』日本中央文学会刊に収録）。

無題

ここに一つのグラスがあり
ジンが少量はいっている
一滴のなかに粘りついている不思議な力は
あるいは人を狂わせるかもしれない
何千里もの可能性を集約し
まるでそれを怖れるかのように
液体の底からかすかな匂いが湧き上がるとき
可能性を殺さない鍵は
いま　ここにある

うつむくことで否という青年に

そうやって沈黙をたくわえている君
叫びは無力なこと
ことばは空しいことを
知ってしまった君
君がこころもち気弱になって
うつむくとき
日に焼けた肌のなかに
生み出されないことばが
じっとうずくまっている
わたしが君をみつめるとき
そこにはみつめられたわたしがいる
わたしのなかの堅い石ころが
君を志向する
君は　うつむいた君は
石ころの沈黙に
こたえてくれるだろうか

小さい星

夜空の深みにはまった星が
細い刃を光らせている

いつか沈んでしまわないだろうか

わたしは小さい星が好きだ
いまにも消えてしまいそうで
なお光っている星が好きだ

海のような空に耐えている力
弱い力かもしれない
……革命のいのちかもしれない

この間、娘と息子が生まれた。いつまでも職を転々としていたり、失業している場合ではない。思い切って編集業以外の職種でもと、とりあえず近所の精神病院の看護助手業に転職したのが、四五歳。それからおよそ六年、腰掛けのつもりがいまもそこにいて、親子四人、なんとか暮らしている（相棒は校正やワープロ入力などの内職をずっとつづけながら）。すこし落ち着きも出てきたので、その後に書いた文章をまとめ（おもに出版社時代の「埋め草」を中心に）、『地下の思考』と命名して二作目の出版（れんが書房新社刊）をすることもできた。

思えば二五年間、ありすぎるほどいろいろなことがあったものだ。大半は労苦と思い煩いの連続であった（とくに金銭にからむ生活の不安定、怠け者で酒好きの私にまつわる乱行など）。それでも付録のようにいくつかの喜びがついてきた。ささやかな本の出版、忘れえぬヨーロッパ暮らし、なんといっても二人の子の誕生、成長など。二人の子どもにとってAは最良の母親にちがいないと私は思っている。この母親に育てられた子は幸運だ。ささやかでなくデッカイ喜びは、私がAと出会えたことである。彼女には気の毒でも諦めてもらうしかなさそうだが、ほぼ三〇年前のあの時、渋谷の駅頭で反安保、ヤスクニ法案粉砕のパンフ配りをして出会っちゃったのが君の運の尽きさ（いまでもときどき思うことがある。〈あの女とよく一緒になれたものだな〉）。

いま、彼女は病気と痴呆で寝たきりの、もう余命幾許もない私の母のために自宅で最期の看病をつづけてくれている。無力で情けない私に、若者だった頃の昔と変わりなくつき合ってくれている相棒。私はかなり老けたが、君は学生の頃とあまり変わらないね。私がすれてとうに失ったか、はなから持ち合わせていなかったピュアな反抗心も、いまもってある。おなじことを繰り返すが、どれほど感謝しても足りないし、背負いきれないほど多くのものを学ぶこともできた。おかげで曲がりなりにもここまで生きてもこられたし。私はひとり囁く。〈死なないでよかった〉。

これから少しは恩返しをしたいと日頃より念じてはいるのだが、できるのは感謝することだけである。ただ、これまでの歳月への感謝とお詫びと、自分の体をいとうように、そして一緒にゆっくり年をとっていこう――いろいろ欲張った付け足しをして、結びとする。

（一九九九年七月）

母の死

一九九九年八月、母死去。八四歳。その死を記念するため、本文を草す。

妻と二人で最期を看取る。ベッドに横たわり、生と死の境界線上からゆっくりと死の側の方へ下りていく、母。断末魔のその姿をぼんやり打ち眺めながら、最後に私は万感の思いを込め、静かに頬に触れた。直後の死。なんだか一場の夢を見ているような一瞬であった。〈この人も死ぬのか〉と思った。大正、昭和、平成と生きた一人の女のささやかな一生と、終焉。だれが知ろう、この人が生きて、死んだなんて。せめて私が死ぬまで心に刻もう。なにかが私のなかで、ドサッと音をたてて崩れていく。〈この人の一生なんて、いったいなんだったのだろう?〉。

私は母に対して長く冷酷であった（とりわけ最後の一〇年間は）。幼い時分からあった、〈なぜこの人は私に冷淡なのだろう?〉というこだわりが、最後までけっして解けなかったものだから。こだわりは年月とともに「嫌な思い出」のようなものとして硬直化していった。そして、復讐。誤解かもしれないし、私の執念深さも尋常ではないが、どっちにしろすべては終わったのだ。いま、なにが残ったのだろう。晩年の凋落、痛ましい日々、あの小さな軀。私のせいだろうか。いまこそ言えそうだ、

〈お袋、ごめんよ。長いこと、有難うございました〉。死ぬことによって、この人がやっと本当の私の母になったような気さえする。それは一種の不幸だが、そうならないよりなったほうがよかったとしたら、なんだか二人にとっていっそう不幸な気がしてきた。

すべて終わった。それでよし。「だれが知ろう」、私が知る。それで十分である。母への反抗はべつの口を開き始め、悔恨は鋭い痛みを伴いながら私の墓場まで私を連れ去っていくだろう。父とのこともあるし、自分の墓場まで持っていく私の手土産はテンコ盛りだ（二〇年前の父のときもそうしたように、妻は一人で母の看病を本当によくやった。全盲になり、痴呆が重なって、母は近所を徘徊するようになった。最後の一年近くは衰弱して寝たきりの状態だったから、食事の介助やら下の世話やらでさぞかし大変だっただろう。加えて、惚けてもあいかわらずわがままで妄想的な母とのつき合い、など。妻の優しさはここでも私に一生の教訓となって残るだろう）。

（一九九九年八月）

アヂュー・イデア

隠れもなきこの真理に遅まきながら気づいてからどれくらいの時が流れたことだろう。はるか昔（一九七五年）に書いた「哲学再生の世界（人生の理論）」（拙著『原初の地平』所収）が、「気づく」ための球根として私のなかに埋めてあったと思うことにしようか。いや、「論理の一貫性」に避難して自己正当化をする必要もないから、こう言おうか。あの長大な文章を書くことによって、書き終えたことによって、私はイデア（観念秩序、イデオロギー空間ほどの意味）にアデューを告げ、積年の病弊から快癒した。

以後、私はどんな主義も（たとえばマルクス主義も実存主義も）信用しなくなった（私はキリスト教もマルクス主義も信仰していた前歴がある）。いま、信用するのは個々の生活であり、一人ひとりの行為であり、思考であり、ひとつひとつの繋がりであり、いくつもの出会いだけだ。真偽（また善悪）を超えた現実と真実がここにある。それを元手に、なにかと闘うことだけがある。


（一九九九年一二月）

希望についての断章――〈革命〉よ、さようなら

革命（抵抗）は生きることのうちに備わっていないだろうか。勝利は生きつづけることそのものかもしれない。

絶望に抵抗しながら、日々、なんとか生きようとする。希望を込めて。希望があると信じること自体が希望であろう。希望を持つ（持たざるをえない）、そこにのみ絶望を阻止しうる希望がある。どう希望を持とうとも、たいていはかなわない。どう抵抗しようと、絶望はたえず生を脅かすために頭をもたげる。そして、それが人生。それでもなお希望の実現を喘ぐように求めつづけ、人生は絶望に抵抗を挑む。生きつづける人は希望とともにあり、希望のなかで人は虚しく生きつづける。絶望と親

密になりつつ。希望など、それどころか意識作用など人間になければいいものを、と思うほどに。希望も絶望もしらない路上の小石のように。

人生と希望はひとつ、そして絶望も。起き上がり、ふたたび絶望を超え出ようとする。そうしないと死んでしまうから。絶望に屈したとき、人を敗北と死が包む。〈死ねば、もう絶望しなくてよいのだから〉。またゆっくり立ち上がる、生きるかぎり、いぜん彼は希望を捨てない（捨てられない）。切ないほど自分のなかから未来を拾い出そうとする。時間などなければよいものを、と思いつつ。無力に苛まれつつ、それでも（だからこそ）なんとか生きようと、さらにもがく。自分などなければよかったのに、と思いつつ。そんな思いこそ、だが絶望への（絶望的な）抵抗としての人生の最深の希望である。人生を変えうる、唯一の希望。

革命（希望）はいつかどこかに来訪する未来のある日の出来事などではない。現在を手段化する神話（観念）の延長線上に勃発する〈革命〉は、つぎの〈革命〉のためにいまの人生（希望）をいつも台なしにする。いまを生きつづけること（人生）のなかにすべてが与えられている。革命は、絶望に抵抗しつつ、多少とも自分らしく生きたい、暮らしの重荷を僅かなりとも軽くしたい、少しはみんなとよりよく生きよう、と未来にむけて願いつづけるのをやめない人々のなかにある。（二〇〇〇年一月）

漂流するヒトゲノムたち

今日、一日

今日の仕事は終わった。帰り道、同僚とちょいと一杯ひっかけて帰ろうかな。いや、素直に直帰？薄暗い路地をほろ酔い気分で曲がったら、黄色い門灯が見えてくる。ほっとする一瞬。〈今日も終わったな……〉。

家のそばまで来て、うえを見上げると、娘の部屋の窓の赤いカーテンから灯が零れている。〈あいつ、帰ってるんだな〉。ブザーを押す、ドアが開く。「おかえりなさい」と女房。〈こいつ、ちょっと飲んできたな〉って顔してるわ。「変わったこと、なかった？」と私。たいてい「なにもないわよ」。すぐに、「ああ、疲れたァ」、これもお馴染みの私の科白。

明るい居間に入ったら、炬燵のなかで息子が俯せになって寝ている。これもほぼいつものパターン。靴下をホン投げ、服を着替え、時計をはずして手を洗い、便所にでもいく。引っ返したついでに（どっちがついでだかわからないが）、冷蔵庫から冷えた缶ビールを握りしめてきて、炬燵の息子の横に小さく陣取り、一口飲む、と同時にテレビのリモコンを探す。

部屋のなかは暖かだ。「おかえりなさい」、娘が居間に入ってきて、寝ている弟をどかす。私は下半身を炬燵のなかに突っ込み、上半身は座椅子に預けつつ、風呂でも夕食でも済ませたら、サスペンスドラマあたりを観ながら、いつのまにか飲み物を焼酎かウイスキーにチェンジして、またちびりちびり。わが家には私の部屋などない。冬ともなれば炬燵の周辺の一角が私の〈部屋〉になる。ふたりの子が代わるがわる炬燵に入ってきては、出ていく。「勉強しよう！」と娘が言えば、息子は「ビデオを録画する！」とか。だれかが風呂に入る音がする。「なんかべつのもの食べたい！」、飲みたい、そのほかみんなにいろいろ言われ、優しいのが取柄ののんびり型の女房は追い捲られどおし、始終あたふたしている。

あったかい時間が通りすぎていく。静かに、蠟燭の溶けるよう。そんなとき、私は家の外の夜気の冷たさを意識する。煙草を吸おうと、庭の肌寒い縁側に出る。そのまま木戸から表通りに出て、小さなわが家を振り返ることがある。娘の部屋の赤いカーテンの灯がおちている。〈勉強するなんて言って、風呂にでも入ったな〉。隣の息子の部屋にいま白い明かりが灯った。さっきまで明るかった居間はサイドランプだけになってほの暗く、人影も見えない。女房が書斎でボランティアのためのオルガンの練習でも始めたのか。ここから見るいくつかの貧しい電灯の点滅は、私には暖かい星々に映る。〈俺のいと小さな幸せ……〉、と囁く。

どたどた階段を降りてきた早起きの息子は、「もう寝る！」と言って、寝室に消えた。女房は校正の内職に切り替えたらしい。夜半、ひとり机をまえに、またいつものようにコックリコックリやるのだろうか。私も読みさしの本をめくろうと気力を振り絞ってはみるが、肉体の甘い囁きのほうが勝って、一足先に炬燵のなかでうつらうつら、観ていたドラマのストーリーもいつしか途切れとぎれになった。

「ニュースを観たら寝るよ。明日も早いし」、というのがやっと。風呂から出た娘は学校の試験でもあるのか、女房にときどき教えてもらいながら居間のテーブルで勉強している。その横で女房は目をしばたかせて内職。寝つきのよさに才能の光る息子は、寝室でもう寝息をたてている。あいかわらず俯せで。かく言う私は、半開きの眼でニュースを眺めながら、やがて白河夜舟。女房に両腕を引っ張ってもらってやっと起き上がり、あとはあの大好きなベッドに潜り込んで、今宵見る夢、なんの夢……?


（二〇〇〇年二月）

私のなかの「水晶の夜」

本年四月二〇日、未明のこと。

思えば、その後女房となった女と初めて出会ってからちょうど三〇年目の、その夜（あとになって、これは意識した）。細かいことは記すまい。

酒を飲んで帰り、家族の者がみな寝静まった、きっかり深夜の一時半。ベッドに入って目を瞑り、しばらくした頃に襲ってきた凄まじい妄想。〈隣で寝ている女房、娘、息子をひとまとめに皆殺しにしよう（私の頭には撲殺がよぎった）。ついでに自分も死ぬか、発狂するか……〉。

夢でも入眠時幻覚でもない〈後者は昔、いやというほど体験した〉。ただ恐ろしい妄執のファンファーレ。〈どうしよう〉、暗闇のなかを恐怖の一瞬一瞬が流れていく。〈俺は故あって、そうするべく罰せられているのか。どうしよう（一〇年ほどまえ、誕生日だからと会社の同僚たちが贈ってくれた、ずっしりと重い真鍮製のライターが頭にちらついてくる。あのライターには、いつの頃からか娘の頭部に食い込む忌まわしい惨殺のイメージが私につきまとっている）〉。〈どうしよう〉。みんなを叩き起こして、俺をベッドに無理矢理に縛りつけてもらおうか。それともひとり車で、どこかに飛び出しちゃおうか。〈家族を皆殺しにして、私は車に乗ってどこかで自殺する……〉。

常夜灯だけの灯る薄暗がりのなか。どれくらいたっただろうか。それでも、やっと少し落ち着いてきた。なんと恐ろしい時間だったことだろう。しばらくしてから女房を起こし、居間に呼んで、いましがた起こったことをボソボソと話す。女房は黙って聞いていた（その後、何日間か、私が用足しなどでベッドからモグモグ這い出すと、気味が悪いのか、彼女は常夜灯の闇のなかから私の挙動を凝視するようになった）。

なぜこんなことになったのか、いまの私にはよくわからない。自分なりの分析にしても、ここに記すほどのものはない。私は家族のみなに、感謝はすれど恨みのかけらもない（はずだ）。いや、私の唯一の宝物ではないか。ここではただ、私のなかに（おそらくはだれのなかにも）普段は顔を現わさない黒い狂気のようなものがとぐろを巻いて坐していたのだ、とでも月並みに言うしかない。

三時間ほどして、話を聞き終わった女房は寝室に戻り、私は煙草を吸うために戸外に出た。東の空が薄く白みかけている。〈ああ、長くて恐ろしい夜が、やっと明けた。だれも死なないで、本当によかった……〉。むしょうに涙が零れてきた。あの身の毛もよだつ恐ろしい狂気の暗闇、死の淵の時をかいくぐって生還できた、と思って（あの不吉なライターは、女房に朝捨ててもらった）。「水晶の夜」とは大袈裟であろう。だが、人の心の底の底あたりに蠢きつつ、普段のその人をその暗い深淵のなかから操る狂気がある。分析はすまい、己の狂気をわずかなりとも見つめ、これからを生きていくだけだ。ただ、これだけは言える気がする。英国のある高名な文学者が言ったという。「いま（老人となった自分）の苦しみは、あのとき（自分の子供時代）の幸せの一部なのだ、と思うことにしよう」。私も、そう思うことにする。

（二〇〇〇年五月）

……景品

いっさいは　茶番……

欺瞞　虚言

保身　無知

偽善　虚栄　卑下　諸々と

（景品に……）

策略　怠慢

逃避　孤独　諸々と
（景品の景品に賭けられているものは……）
かけがえのない　全人生……

（二〇〇〇年六月）

ヒトゲノム断想

「ヒトの遺伝子の数は当初予想よりも少なく、ミミズやハエの二倍程度でした」。「ゲノム解読の結果、ヒトとヒトの遺伝子の差は〇・〇一パーセント程度であることから、ヒトの差には遺伝子よりも環境が重要な役目を果たしていることが判明しました」。

——どっちも心楽しいニュースであった。前者は人間至上主義の無効化や全生命の相対化に、後者は全人間の相対化や自分と他人の相対化に、それぞれちょっぴり寄与したのではないか。ついでに遺伝子（宿命）主義の相対化、エリート主義や個人倫理の空虚さ、環境（生活の座）の重要性などについても、ささやかなヒントを与えてくれた気がする。

たとえば、全生命の個別性や差異性や特異性や多様性や共通性を平等に承認し合うような観点。存在するだけでどれもみな同等の値打ちがあり、ひとつの存在はそう存在することのうちにそれだけの理由も完結性（完全性）も正当性も十分に備わっており、かつ、その存在は他の存在との共生のうちに生かされてある、というようなこと。

なんにしろ、おぞましい私たち人間に少しは真面目にものを考えるひとつの機縁にはなったかもしれない。

（二〇〇〇年七月）

泣いている――小さな息子に贈る

泣き虫の息子が言った
「お父さんは泣かないの？」
私は言った
「お父さんは泣かないよ　うれしくないもん」
「………」
「子供は楽しかったら　笑うだろ
悲しかったり　辛かったら泣く
だけど　大人は逆さまなんだよ
悲しかったり　辛かったら笑う
うれしかったり　幸せだったら泣くのさ」
「お父さんはいつも笑ってるもんね」
「一年中　朝から晩まで笑ってるだろ？」

「でもしょっちゅう怒るよ」
「怒るのと笑うのは手と足みたいなもんなんだよ　ふたつでひとつ　泣くのはまたべつさ」
「じゃ　お父さんは泣かないんだ」
「お父さんを泣かすのは簡単さ
たったほんのちょっぴりの幸せさえあれば
お父さんは声をからげて泣きまくる
天にも昇る気分で　声をかぎりに泣きじゃくるよ」
「お父さんを泣かしてやりたいな
……なんかない?」
「なんかないかな……　お父さんも毎日そう思ってるよ」
「なんか泣くようなことがあるといいね」
「そうだね……」
〈息子よ　おまえはまだなにも知っていない
でも　そのうちわかるだろう
たぶん　私のいなくなったあとに……
おまえが自分の子供と出会えたときかもしれない
夜中　おまえの寝顔を見ながら
ふっくらホッペを手の甲に感じながら

父親がどんなに忍び泣きしていたかを
私の父もきっとそうしてくれたのだ……
だから　いまここに私がいる
おまえがいるだけでいいよ
一二歳の息子よ
泣きたいときは泣きたいだけ泣きなさい
笑いたければ　うんと笑え
いつかきっとやってくるから
逆さまになる日が……
息子よ　見てみろ！
おまえの知らないところで　お父さんは立派に泣いてるだろ？
おまえがいて　幸せだから！〉

（二〇〇〇年一一月）

わたしは だれ？

「なんで生まれたの？」
だが　まてよ……

ＳＥＸは超真正な合一のため？
妊娠は美徳の夢のため　しかも超一流の！
胎教は？
青い私の　未来の小窓のむこう側
さてと……
幼児はなんのため？
ここを先途と　りっぱなハイレベル幼稚園のため
ハイ　小学生は　中学校へ
高等学校は華麗な準二流大学卒のため
栄えある大学〔学歴〕のむこうにウルトラ三流の亜カンパニーがちんまり見える
ついでに　透明なオーラの産毛に包まれた花マル三流の〈私〉自身も……

ああ！　嬉しや楽しや　わが人生狂騒曲（わが人間ラプソディー！）万歳！　万歳！　万々歳や！

いざ船出や！　おもろきかなわが純ピュア三流の人生航路！

なんちゅうたかてレベルスリーの亜カンパニーやさかいな
なんのため？

金と遊戯とステータスと女……

まわりもちとチヤホヤしてくれるでありんす

わがカイシャのため？　ハ～イ　身も心もイエスサ～！
わが業績のため？　ハ～イ　棒グラフ十分クリア～！
わが淫猥な忠臣（「のために」）スピリット？　ハ～イ　ますますゼンカ～イ！
同僚蹴落とし　上司に手揉みし　超美人の女房もらって
さてＳＥＸ　やれまたＳＥＸ　明けても暮れても　いやはやＳＥＸ……

ＳＥＸは何のため？
やっぱりあの「見上げた結合」のためかいな？
なに　子どもが欲しい？
「小窓のむこうの大望」のためと？
冷たい夜気に包まれて　凍てついたようにぽつんと置かれたベッドのせい……
なに　子ども？
わかりきっとるべェ！　もう一人の自分ズラ！
鏡の中のピッカピカの〈自分〉を　もっとせっせと磨くためよ！

さてと
こうしてずうううっと続くと思ってたさ　典雅な円舞曲と祝祭の日々が……
どっこい　なんちゅう呆気なさ！　あっさりリストラ？

不況とやらのサジ加減で最愛のカンパニーが　脆くもパッタン？
バカ言っちゃいけない！
じゃあ　いままでの俺って　いったい　なんや〜？
俺がカンパニーじゃなかったのかい？
それとも　気づいたら　面や腹がぶよぶよになったらさ
待ってた　待ってた　月桂冠の定年退職！
準三流のハイレベル滅私奉公の末路が　これってか！
……哀れな人よ！
いったいなんのためだったっけ　これって？
ネクスト豊かな　スーパーシュールな
そう　準ハイレベルな超老後のため？
でも　そんな麗しい傍流老後って
やっぱりいったいなんのためやろ？
過ぎ去った六〇年の人生の代償　口実　犠牲？
アリバイ　負い目　それともささやかなお釣り？
そんなことより　いったいどうしちまったんだろ　俺　この歳月を　私の誇りを……
ゲスの勘ぐりか　嫌なムードが漂ってきた
まっ　いいかァ？

さて　ハッピー老後をどう送ったろかいな？
過去が未来だったらよかったのに……

つくづくわては煮え切らん男でおまんな
いやはやこんなオッチョコチョイな愚問がよぎっちゃう
そもそも俺って　だれだっけ？
いったい私って　なんのため？

Who am I?
おお　なんと超ポスト・モダーンな設問こいて！
ああ……予期しなかったナイーヴで勿体ぶって安易で厚かましい　奇矯かつ無駄な問いかけが　ポロッと口から飛び出しちゃうなんてェ！
俺って会社（のため）？　家族（のため）？　自分（のため）？
それとも私って人間小判鮫？　全「のために」の一総和なのかしらん？
うっとうしくて　ついぞこんな押しつけがましい嫌みな問いかけなんぞとは無縁だったものを！
思えば　いつの頃よりか「のためにならない」ものを心地よい音楽を奏でるかのように呪い続けてきたとよ　おいら……
ひたすら「のために」から自分を鍛え　作ってきたさかいな
つんのめるまで　得体の知れぬ「のために」のために！

それのみが唯一無二の命題で規範で価値で友ででもあるかのようにして
でも「私のために」が私のためになったのかしらん？
自分の行ないに寸分の疑いさえ持ち合わせぬような誉れ高い顔した腕っこきの傭兵たちのなかの一
　人の聖徒として　他の人々を蔑み　自信に満ち溢れていたあの頃……
嫌みな奴！
でもつくづく疲れ切っちゃったさ～　すっかり老けちゃったさ～　頭は白髪だらけ！
またディープリバーみたいな皺が一本ふえたとよ！
罪と罰？
うっじゃあシイ～！
危ない　アブナイ　これが病気のもとだに！
そろそろお喋りもうやめよっと
もうけっしてなんにも考えんと！
分別ある俺にしちゃ　こんな無粋　およそ不似合いさね
知恵者の俺の身上はけっして考えないことだったじゃん！
どのみち愚問ならこのさいどうでもよろしッ！
アンサーなきクエスチョンを考えてる暇があるんやったら
超ハイテク新型パソコンでもいじってこっそりＩＴ革命やるかいね
炬燵にもぐって　バラエティー番組見よっと

白亜のマンションローンの分は取り置いて　あとの銭数えよっと
つまみなしで酒喰らおうっと
なんで飲まずにいられりょか
ばってん　やっぱり気になる　考える……

身のほどもわきまえず
ささやかな自己愛を下敷きに
他人を払い退けながらちょっぴり勉強に勤しみ
憚りながら出世欲に溺れつつ　ホラかましてあざとく札ビラを数え
うまく垂らし込んだ女は　ほんの一人二人いるかいないか
そうして眦釣り上げて戦い暮れて晴れればれと勝ち取った　あっぱれ！　いと切ないナチュラル偽善者のファンファーレの勝利だったのに！
せっかくのわがアカデミーキャトルのパラサイト人生だったのに……
そういえばこのところ女房もめっきり老い込んだみたい
所帯じみて貧乏やつれさえしている
この年になると　毎年生きていること自体がなんだか奇跡のようさァ
いっそ二人ともどもホスピス介護温泉サービス付き準有料型シルバーマンションにでも移住するってか

ハローワークの長椅子でシルバー向け棺桶タイプ系求人台帳でも眺めよるか
それより　今日もあのおスマシ女のいるとこにでも行こッ
女のとこさ行かねば
とどのつまり　人生は酒と女やさかいな！
煤けたミラーボールの回転する　隅っこの暗がりの中……

夜更け　店から殺風景な階段をとぼとぼと下る…　下る…　下る……
つぎの小窓のむこうに　ポッカリ　見える
暗い闇……
朝なのに　なあに　あれ？
小さい青いネオンが灯っている……
――「ようこそ　闇へ」
なに言うてまんねん？　青い木戸
あら　ねえ！
スルッテエト　ナニカイ？
ひょっとして　俺　もう死ぬの？
青い世界へ！
なんやねん　あれ？

俺のなかの暗い扉……
「あなたのために用意された細長い闇の通路」って？
わて　なくなるの？
ねえ？　なあに　死ぬって？
ねえ？　くたばるって　どないなこと？
なんなのよぉ　ねえ？　こん畜生！
吐きそう……

一回きりだったの？　人生って！
オンリーワン？
繰り返し　なし？　リサイクルきかへんの？
エエ加減にしいゃ！
子供の頃　自分だけは絶対に死なない（無限）と思っていたのに……
そや！　こない無駄口ならべてぐずぐずしてたらあかん！
ドナイショ？
とりあえずいまはビール呷って
図星！　自己というこの忌まわしい存在者をいったんちょいと忘れまひょ
それとも女房ひっぱたいて　酒買ってこさせて　このさい　あの女のとこ？

当世風癒し？　俺ってなんて気立てエェ策士なんやろ！
人生そうまいど上機嫌にやっていられるもんじゃないさねェ
えげつなっ　恥を知れ　だ！
そやけど気になる考える　けっきょく　考える……考える
いままで自分の頭でこないに考えたこと　あらへん！
死ぬってやっぱり　なあに？
私の安眠を妨げる　このなんのため？
いまこの煙草を見ている
俺っていったい　何者？　なんのためやねん？
ああ　心が痛えよ
落ち目の三度笠！　是非もない　わいこれからどないなるねん？
俺　もうオシャカ？

でぁじょぶだァ～　いままでのようにしていればよか？
しつっこく　本流五流　時代の三下のプライド固く守ろやないけェ！
じゃないと　私の存在理由がなくなるとです
なにしろ俺は健康そのものじゃけん！
体中が資本主義（精神の下請け体質）やさかいな！

でも　近頃べつの声も囁いてくるみたい……
〈俺は死ぬまでの　想像を絶するただのお粗末な手段（「のために」）の梃子？〉
〈狂い死にしたくなるような　「のために」のただのガラクタ時間の塵芥の袋！〉
ねえ　教えておくんなまシ！
だったら　人生の目的って　なんなんねん？
「のために」じゃなかったのけ？
この無意味な問いかけの繰り返しが私の格付けをいっそう下落さ……
あれェ？　ねえ？　さっそくゴールド六流でござりますがなぁ？
不愉快だわ
酒喰らって　屁こいて　糞して　寝るわ

だどん「のため」じゃないとさァ　やっぱり人間って生きてる価値あらへんの？

思わねがったァ　考えるや〜ん！

だれか（秩序）に「お前には価値がある」と認定してもらえたときだけ　やっと俺に価値が生じるの？

だけど　わいの価値（評価）をだれがどないきめよるとですか？

業績データ？　世間の目？　信用ならないひねくれもんの私？　薄情な娘息子（なにが「私の小窓」だ！）？　一気に老け込んだあの女房！

いったいだあれ？　いったいなあに？
そもそも「なんのために」評価されなきゃあかんのどすぇ？
あらやだ　もううんざり！
ここでもよ！　あいかわらずの「のために」　いやはや「のために」ばっかり！
私は怨むよ……
ないよ　どごだっぺ？
迷ったときのあの「亜七等通勤者用聖典マニュアル」が！
なにか間に合わせに……
──「主は我を緑の野に伏させ　憩いの御際に伴い給う」
そやかて　主（神）など存在せえへんやろうしなァ
ねえ　どなたか正直に教えておくんなはれ
そない言わんと　ねえ？

私って　私なの？
私は私じゃない？　私じゃない私？
私でない自分？　自分である私でない？
私でない　そう自分を見る私？　かように私に見られている自分？
どないなっとる？　けっきょく　なんだかワカンナ～イ！

私はだれ！　何者？

己が細切れに分解していく……

わかったのは　俺って一個の立派なカテゴリー8のヴァーチャル・レアリスム（仮想現実）？

なぜ身共は身共になったのか（なぜ　身共なのか）？

ずうっと私は私に違いないと思ってたのに……

違いますよね？　違うやん！

精神と肉体を抵当に全「のために」から〈私〉を賃借してたらしいわ
とどのつまり俺はだれだれ（のために）自体で　かつだれ（のために）でも（そこで身をやつした
　自分のためですらも）ないってかい？

めっちゃ　なんにも知らねゃあだよ
ずうっと　自分のことすら　ちっとも！

表層と深層の混同？

現象と実体の倒錯？

同一性と差異性の弁証法？　二律背反？

もう一度　生きたいでありんす！　このまま死にたくないっす！

あの懐かしい子供の頃に戻って……

泣きたくなる　思いっきり泣きたい　涙がとまらないよ
ああ　キラキラ輝いて遊んでいた頃のあの透明な日々に戻りたい！　帰りたい！　家に帰りたいよ

お！

生き地獄っちゅうもんがあるんやったら　これや！

涙がチョチョン切れるようだよ
今ではなにを見ても　聞いても　読んでも　俺の喉は嗚咽を奏でるばっかり！

召し捕られた？　欺かれた？

だれが？　だれに？

欲の皮の突っ張った因業な日本インチキ資本主義国に？　滅相もない　頓馬な俺が聡明な私に？

なんにも知らんと
自分のことすら　ちっとも！
自分の人生だったのに　悪党面して賢げにわけ知り顔して悟りきって　まんまと己を誑かしちゃった
取り返しのつかぬ　ふたつとなき俺の輝けるささやかな人生ステージだったのにね……
かけがえのない　我がいと可愛い　いとしの小さな愛を……
けっきょく　俺はただのろくでなしの無意識にすぎぬ
てやんでェ！　ベラボウメェ～！　オイ　コラァ！　なにが何流何級だ！　ワレェ！　ナンボのもんでもあるまいに！
なにが社名だ家訓だ　真理の啓示だ至高の価値観だ！

殴ったろかいナ！　やったる！　仇討ったる！
それより雑魚系九流のこの俺をいったいどないしてくれはるの？
いや　ちがうねん！
この醜態こそ　この私が好んでみずから招いた運命じゃけん
〈意識は存在を反映する〉
〈人はみずからそのなるところのものになる〉
真空の抑圧　透明な権力　ポマードの香りのする管理のなか……で？
それとも　俺など生まれたこと自体が不滅の原罪？　私の素質？
そない言わんと助けてえなァ　小難しい話はもうエエわィ！
つべこべ言わんと　ひとつザックバランに言うて　わてどないやねん？　ぶっちゃけこのまま　ほんま命持つんやろうか？
やっぱり車で近場の温泉場にでも行って　のんびり風呂に浸かって　美味しいもん食うてミッドナイトの裏街酒場……
女抱いて酒飲もッ！
飲んで飲んで　いっそどないかなっちまえばいいのに！
ねえ　だれでもいいから教えてけろ！
俺はいったい　だれ？
暗くなっても　いつまでもひとりで夢中にブランコを漕ぎつづけている　夜の子供？

たんなる性の悪い一雫の無駄な飲んだくれの泡?
でも　死ぬっていったい　なに?
おお!　こんどは悠久のアントロポロジー的問いをつい発しちゃった!
エェィ!　いっそ生きるって　なに!
…………怖いよ
どないしょッ　だれも答えてくれねゃあだよ!
おや!
ところでだ……
つまんないこの俺のこの独語にこっそり聞き耳立てとる
「ねえ、あんさん　いったいだあれ?　なにしておまんの?　およしよ!」

私は生きてはったの?　私ってだれだったの?

――いまや　この空っぽのせこい問いを設定しつつ潰えようとしているこの私こそ　その「だれ」?

へバ!　回答は自分で調達するしかねエってんだァよ?

粋だね　これも初体験!

――〈いらっしゃいまし!　お探し物はなんですか?　うフフッ　なにをお戯れを……　いつでも回答をうる機会をお前さんに用意してあったものを!　正解はつねに君に与えられていたの

さ！〉
するってェと　いまやわいはサインを見過ごしにした無駄（無意味）な一生と？
「本当の自分」を探してると思ってる自分が本当の自分？
エエ話やがなァ　ええ話や　エエ話ゃ
そうでんな　おいおい！　そやけど　するってェと……
すでに私とはたんなる死（ぬため）……と？
わしに生きる意味などなかった！
よしとくれっ！　もう遅い？　年とっちゃったの？
なに言うてまんがな！
んなわけない！　そない言うたらいかんとです！
そない言わはったら　やっぱり「私なんかなんで生まれたの？」
自分を損するためでっしゃろ？
目から雫が一粒　ぽつり頬をつたう
やっと涙が現実に追いついた……

――あらゆる「のために」が霞んでく……
わが拠り所が霧散するでよ！
悔しかったさァ～　あまりのご無体……

ついでに私もなくなってくれればいいのに　……可哀想な人？
ヨッシャ　もうどうでもようがす
畳の隅っこに散らばっている酒瓶たち
俺の存在した唯一の証しさ！
思えば下世話に生きてきた……　社会の雑兵として
んだども　はじめて感じてるみたい
私は私じゃなかったってことを……
「私が私でなくてどこがいけない」と言い張って
私を捨てはった　愚かな人よ！
無理して楽して　その「私」を私と思うことにした……
「なんのために」　いや　なんのためにもならんでよか
そんな「責任」　どうでもよか　私さえおりよったら
これ　あの「のために」から切断（解放）された未知の自分との出会いなんやろか？
でも　なんだか　ほのぼのと「た・の・し・い（でも寂しい……　プラスこの安らぎと憂愁の同
　居はいったいなんぞや！）」
ついぞ味わった記憶もない！
のんびり寛ぐ……なごむ……潤う……癒されゆく……
そや！　鬼籍に入ってまで媚びて無意識にパフォーマンスするにはおよばない

エ〜イ　ままよ！　私は生きるためにではなく　死ぬために生まれた！

ソレニツケテモ……
掟破ってなにかひとつくらい自分で発意し　思いと力もてなにか決行したいな……
微かに残された気力を掻き集めて
せめて一度くらい心底ハメ外したいナ……
どうせ俺一匹　たいした命じゃない？
あの暗い扉の奥に入ったら
それでも俺は少しはまだ覚えているだろうか？
私が　生きたことを……
小さくささやかな　はにかむようにけなげで　幼虫のように透明な
それでいて　自分の無知には甲冑のように狡猾で強情で
きっと月並みなそんな幻灯のような〈幸福〉に包まれて生きた一生を……

今　いま
私は誘われる　誘われる
わが誇りへ
けっして口を開くことのなかった

貴き気高き　わが誇りへ……
誘われる　誘われる
わが愛へ
歓び知らぬまま　ひっそり息絶えた
いとしい　小さな　わが愛へ……
誘われる　誘われる
わが自由へ
種火のままみずからを踏み消し　震えて潰えた
半熟の　わが自由へ……
私は今　いま
誘われる　offer　誘われる……

「夜汽車に乗って　海が見たいよぉ……」
雪っこさ降って　ひとり　すべての問いの彼方　闘いの彼岸　かの地に赴き
夕映えにきらきら染め上がった黄金色の海と　満天の星々が怖ろしいほど瞬く夜空をうち眺めながら
ひっそりと……　そこで？
涙はない！

だれもいない……　〈あんじょうしいや〉
幻想の女と　手にしたこの酒を除いては
寒いよ～……
よか！　あらんかぎりの力を振り絞って　きっときっと行きまっせェ～！
俺はけっして忘れない！
俺が　俺であったことを……　俺が　ちっとも俺でなかったことを
いとしい私の全人生……　あの歓びと悲しみと愚かさの一瞬一瞬の日々よ
狂おしいほどに疼く……　俺のあのいとちっぽけな愛よ
〈ありがと〉
それら屑を胸いっぱいに抱きしめて
いざ　息を凝らして木戸をゆっくり押し開く！
ほな　行くェ～
あの闇のなかへ……
（あばよ！　おおきに……）

…………C'est fini.

〈本当に私死んだのかしら？　今のいまになって、やっと少しだけわかってきた……

なんだか私って　やっぱりもともとちっとも存在しなかったみたいよ！
〈だって　ちっとも死んだ気がしないんだもの……？　死者はなんと言うかしら？〉

（二〇〇〇年一二月）

風景

何年も前から、仕事の休みの日など一日に一〇回は眺める、小さな庭。煙草を吸うのに半間ほどの濡れ縁に座って（屋内では禁煙なので）。

眺めてみる。背後は母屋。一七年前に建て替えた小さな家。視界の右側に薄汚れたポンコツの小型自動車。そのわきは寝室の窓と薄茶色い外壁、それだけ。

左側は、目の前に小学校の入学記念樹に息子がもらってきた柚子の木。可憐な白い小さな花を咲かせる。枯らさないようにと気を遣っているが、たいして実はならない。隣に小さな椿。縁台のわきには雪柳、枯れたヒース、けっして花を咲かせない草花たち、ちっぽけな沈丁花、むこうに紫陽花。そのちょっと前方は二階の軒下まで伸びた枇杷、切ってもきってても伸びていく金木犀の麓にはクチナシ、なんかの葉っぱ、野菊、あか抜けない小さな百日紅、お馴染みの鈴蘭とドクダミの群れ、くすんだ花を咲かせる百合、塀から伸びて地面を這う蔦や冴えない白薔薇も伸びている。大御所は、この頃花をつけだしたもう一本の大きな椿の横に居座って二階の屋根まで屹立する、身長一〇メートルにも育った栃の木だ。一七年前、腕よりも細い幼木だったが、いまでは胴回り一メートルはあるだろうか。水道とコンパクトな流し台をへて、アルミ製の木戸、むこう側は道路。

煙草を吸う私の位置から見てのことで、こう書くと広い庭のようだが、道路は五メートルほど先だろうか。この庭は角地になるので、狭い通りには右、左、あっちからと通勤人や学童たちが通るし、近くに大きなスーパーマーケットがあるので買い物客も多い。なにか用事のありそうな人なさそうな人、老人たち、大小の子供たち、歩く人、走る人、自転車、自動車、狭い道なのにけっこう往来がある。

駐車スペースを除けばこの庭は三坪ほどの小さな地面にすぎない。昔はもう少し草花のある華やいだ庭だったのだが、手入れもしないし、だいぶ寂れてしまった。そんな庭でも、草花や樹木とともに年をとるのはよいことだと思えてしようがない。石やモルタルの塀で地面を囲う（わが家もそうなのだが、せめて生垣にしたい）のはどうかとも思うが、蔦の引っ絡まった塀ぎわに生える〈雑草〉を片付ける気にはならないでいる。つい三〇年ほど前まで、この辺の庶民の家の周囲など〈雑草〉だらけだった。美しい花木に彩られた家の住人がむげに草取りをしている様子を見ると、もの悲しいというか、なんとなく不似合いな感じがするのだが。〈雑草〉かそうでないかは思うさま人間がきめていることだし、植物はただそう咲きたいから咲いているだけ。世の権力者たちが名木、大木、大輪の花なら、〈雑草〉ほど庶民に似つかわしいものはないのではないか。

右手の寝室のむこうにも小ぢんまりとした庭があって、ごみ用のポリバケツや子どもたちの自転車が並んでいる。この一隅にはいつ見てもパッとしない棕櫚があるが、なんといっても大将は二本のハナズオウ。道路の真ん中まで枝がせり出し、背の高い自動車にいつも梢をへし折られている。冬のあいだは枯れ木同然で毎年心配するのだが、春になると待ってましたとばかりにきまって見事な花を咲かせる。「綺麗だね」などと立ち止まって喋る通行人の声を途切れとぎれに聞き、たまに写真を撮っている人なども眺めつつ、例の縁台に座って煙を吐き、酒のコップを傾ける。

左右の中央、つまり縁側に座っている私の正面には、一年ほど前に女房や娘と喧嘩しながらこしらえた八〇センチ巾くらいの煉瓦作りの通路がある。私の視線はいつも目先のこの通路を真ん中に見据え、右側の車と左手の小庭と通路の突きあたりにある木戸塀と、そのむこうの小路の通行人たちと、そのもっとむこうの隣家や都営アパートやスーパーマーケットや、それらの建物に切り取られて切れぎれになった空にむけられていることになる。耳は鳥の啼き声や通行人の足音や喋り声や、近くの高速道路の騒音を聞きながら。そうして今日も煙草を吸う、たいてい横にビールかなんかを置いて。

晴れた日も雨の夕暮れ時も雪の夜も、来る日もくる日も、ほとんど茫然とこの風景を眺めながら濡れ縁に座っている。家は建て直され、それにつれて庭も変わった。あたりの景観も一変したが、五〇年間、私はここから外を眺めている……。そうして、いつも思う、〈通行人や草花には、私はどう映っているのだろうか?〉

（二〇〇一年一月）

破滅の計算

「破滅に向かってカウントダウンが始まった！」

地球温暖化を種に、新年早々の新聞の一面見出しを飾った。たかだか三〇年後、五〇年後くらいのことらしい。新ミレニアムはイコール破滅の世紀になるかもしれないという。

さっそくわが家の三〇年後を計算してみた。私は八二歳、まあいないだろう。いや、ヒトゲノム解読かバイオホスピスでなんとか生かされているかもしれない。娘は四七歳、息子は四三歳。いい年だ。連中、三〇歳で子供をつくったとする。孫はそれぞれ一七歳と一三歳（奇しくもいまの私の子どもたちとおなじ年）。その頃、地球と生活は一変しているわけだ。子は生息しているか、孫は老いた自分を見られるのか。そんなわけのわからない先のことなどを悠長に考えている暇があったら、今日ただいまのわが安給料の現実に神経を集中したほうがまだ利口か。

逆に考えてみる。二〇〇一年マイナス三〇年イコール一九七一年。あれから日本は変わったと言えばずいぶん変わったものだが、遡行のこの感性から推し測るには二〇三一年の未来像は桁外れに想像を絶しているらしい。いや、西暦紀元から二〇〇一年までの時間の質と較べてさえ、きっとそうだろう。なんといっても破滅だからねェ。「このままの状態がつづけば……」――悲壮な預言者たちの言だ。「そこに未来がかかっている」。

一方、典雅な物品や華麗な価値観たちはこぞって唱和する。「ニューミレニアムをエネルギッシュにリードする！」と。すると、ずうっとつづくわけか、フューチャーは。「時代の変化に即応して」、がこの時代を象徴しているわけだから、DNA医療やIT革命やマネーロンダリング経済のお蔭で？

そういえば町中をみな晴れやかにおおらかに笑って俯いて、今日も昨日のように生きているではないか。明日も今日のように生きていくだろう。やっぱり取り越し苦労か。私の曾孫のことも。どうやらカウントダウンどころではなさそう。そんなこと考える暇もなければ、考える必要もない。三〇年後まで生きのびられるものかどうか、そっちのほうが先決だったのに。いまどうしようかと思案に暮れているのに、地球の未来の話どころではない。世の中は今後もずっとつづくのが疑いえない既定の事実であるかのような、それでいてなにもかもが現在ばかりで先のないような派手なこのコントラスト。思いも及ばない、言い知れぬほどのミステリアス……。

要するに、どうなんだろう。なにもかも変わらない、町も人間も未来も？　人知れず忍び寄り、静かに何処かへむかいつつ、けっしてなにひとつ変わらない？　大丈夫！　いざ破滅したときには、みんなもういないのだし。そんなことよりも、明日どうしよう?!

（二〇〇一年一月）

時

今日も歩く

道路を　病棟の長い廊下を
働く振りをする
会話をする振り　患者を考える振り
すぐやめる
時がある……
家に帰る
テレビを観る　眠る
酒を飲む　音楽を聴く
あれ考える　これ考える
なにも考えてない
時がある……
また眠る
豆腐みたいな　脳

時がある……
寝ている子供と女房
便所にいく
生きている　生かされている　生きさせられている

声を殺して笑う
声を殺して泣く
声を殺して働く
声を殺して喋る
声を殺して眠る
死ぬ　その日まで
時がある……
いつか気づくこと　あるのだろうか？
時がある……

（二〇〇一年二月）

償い

私の怒り？
私の憎しみ？
私の反体制？
〈そんなの　裏返しのおまえなのさ……
怠け者で無能　ボンクラのロクデナシ

そんなおまえの　外側にむけた　自己自身！〉
ああ　底なしのルサンチマンよ！
やめなよ　以て　瞑せ！
敵も味方も　孤立も連帯も
抵抗も敗北も　勝利も挫折も
裏切るも裏切られるも
ない　ただの男……
怠惰でだらしのない肉袋
逆恨みと　独りよがりと　自己正当化のみ！
一人ぽっちの過去　現在　未来
どことも繋がらない……
一人ぽっちの projet
ありもしない
「祭りのつづきの人生」に
繋がっていたくて
書く……
一人ぽっちの　哀れなルサンチマンよ！

（二〇〇一年二月）

人間のなかの〈問い〉

秩序の人間

〈豊かな社会〉とその後

自称〈世界一豊かな国〉が、ある時節を境に忽然と姿を晦ました。夢の大都会は「バブル崩壊」とともに豹変、辺り一帯、荒涼とした涸れ地と化し、殺伐として荒んだ面影すら漂わせたものだ。「バブル期」こそは超高度消費社会（いわゆる〈豊かな社会〉）の輝ける絶頂期であった（そんな絶頂にとんと無縁な、一山いくらのその他大勢組も無数にいたが）。矛盾というおびただしい縦糸と横糸で織り上げられた輝ける現代社会のなかで、地方は捨て去られ、あるいは大都会の小ぢんまりとした真似事に忙殺された。地上のいたるところで、畸型の思考法が肩で風を切って跋扈したのも記憶に新しい。歪んだ人間関係、環境関係が肥大化し、そこかしこで温もりある文化的な伝承等もひっそりと息絶えていった。人は根無し草になったのだ。おそらくは多くの人々につきまとったどうしようもない疲労感や空虚感。「銭がすべて」――。社会全体がいびつだったからだ（いまも変わらない）。〈豊かな社会〉の恩恵の享受者たちは一切を金銭に換算し、そうする自身まで無残な金の亡者と化し、「我が世の春」をこれでもかと謳歌したものだ（永遠につづくと勘違いした粗忽者もさぞ多かろう）。そんな「強力ニッポン」をだれよりも踏ん張って支えていたのが、「バブル」の恩恵に与ることなどつゆ知らぬ底辺労働力としての無数のパート労働者、差別されている外国人労働者、その他の辺境労働者たちであったのも周知のところだ。恐ろしく奇妙な社会構図であった。さて、こうした惨状に関してはいまもほとんど変わらないであろうし、前作『地下の思考』に記した以上の展開を私ももたない（いまも「バブル」の残照に喘ぐ者や「バブルよ、いま一度！」と祈願する者など多数いよう）。また〈豊かなクニ〉の崩壊現象が、そこで記した「自分らしさ」への探検の道に通じていくか、人間関係や環境との関係の恢復に少しはマシな寄与をするか、ふたたび貧乏になった分、ただ幾重もの惨禍を残すのみに終わるのか――いまも私の想像に余る。

　視線を移動してみる。ここ二〇年ほどで世相もだいぶ変貌した。旧社会主義国陣営の崩壊や民族・地域紛争の激化などが一例として挙げられよう。抽象的には世界が混沌とした弁証法となって独特の「ここ二〇年」を形成したとでもいうのだろうか。ところが千代に八千代に変化しないと自称する価値観もある。秩序の高僧や雲水たちがずっと以前よりこぞって斉唱してきた、たとえば「ニッポンはスバラシイ！」式、現状肯定の思考法だ。いまでもあいかわらず人気がある。と同時に、私のいつも了解しえぬところであった（命の源の食糧の自給すらままならずに他国の世話になっている国のくせして、いい気になっていったいなにが日本主義か）。曰く、日本人は古来より自然と共生する「独特の自然観（それと組になった「心優しい人間観」）」を連綿と有している。この大日本主義（または東洋思想）こそ、行き詰まった西洋近代自我主義を乗り越える一大普遍哲学である、と。我田引水もほどほどにしておいたほうがいい。では、なぜこうも自慢の「自然と共生する自然観」をみずから率先して破棄し、たいした抵抗もなく真っ先に世界でも指折りの公害大国を樹立しえたのか。なぜ身の毛のよだつ管理社会や弱肉強食的人間関係を鮮やかにも現出しえたのか。げんに日本各地でおびただしい自然制覇（金儲けのための開発と効率主義）を執念を燃やしてやらかしておきながら、なお「自然と共生する日本（人）」を平然と称揚して恥じない。自己正当化と隠れ蓑としてのイデオロギーのお手本というしかない。いまや「古来より今日に至るまで連綿と」云々の歴史的一貫性など、国家主義的なイデオロギーのひとつでしかありえないとわかる。いや、「歴史的一貫性」の思考法のどこかに問題点はあったのだ。つまりイデオロギー化（観念化）作用である。

現代人の一部に見られるいま話題の自然回帰志向など、日本人本来の自然愛好のDNAの発露というよりは、まずはあまりに凄まじいこの国の管理主義的企業社会（「心優しい人間観」もクソもない）へのもっともな心的抵抗を発条としていると見做すべきであろう（因みに、たとえば少しでもヨーロッパを知っている者は、かの異人たちが相当の自然愛好家であるのを目の当たりにしていよう）。西洋文明やアメリカから百年以上もさんざん恩恵を貰って念願の「先進国」の仲間入りを果たし、それはそれでそっくりいまも享受しておいて、なにがいまさら日本主義なものか。日本という物質的にはきわめて貪欲な精神的鎖国国家。いずれにせよ愛国主義者や憂国の士なら、日本主義（民族・国家イデオロギー）を嫌悪するだろう。愛国は世界のなかに（ともに）あるのだから。文明論的な視界からは、人類はこれから生き方でなく死に方をこそ学ぶことになるというほうが適切かもしれない。

天秤に乗っかった国

さて、日本歴史には独特のよい部分がたっぷりあったことだろう。いまもある。私は太平洋戦争以前の日本も当時の地方の様子も、また現在のアジアやアフリカ諸国の現状もまったく知らないので、戦前戦後の日本の「よい部分」の広がりがどんなものか見当もつかないが。おそらく戦前の日本の民衆は、まずは（家族そろって）食べていければよし、とすべきであったのだろう。多くの者はなによりも生きるために、つまり食べるために闘った。そこを利用しつつ権力者たちは民衆を組織し誘導し搾取し支配し、そのために闘った。むろん権力者たちは千歩後退しても生きていける（たとえ彼らが後退を死ぬことと思おうとも。ただ食って生きているだけでは嫌、人を思うさま支配し、他人を使ってまで金儲けを好む人たちのことだ）。だが民衆に後退はありえなかった。本当の死を意味していたからである（余談だが、これはほとんど彼らにのみ思想的転向者の続出した所以のひとつである）。

戦後日本は格段に素晴らしく豊かになった。計り知れない進歩だ。たいていの人は、まず食えるそればかりか職、労働、食糧、物品、娯楽、住居、教育、医療、あるいは生き方の選択、イメージシーン、その他様々な舞台で、われら現代日本資本制社会の住人は一昔まえの農村的、封建的な社会よりはるかに素敵な場面に立ち会っているに違いない（むろん社会的弱者は歴然として実在している）。まして七〇年代以降はそれまで体験したこともなかった未曾有の消費社会まで出現した。想像を絶するほどの劇的な変化であり、かけがえのない貴重な進歩のときであった。この間の歴史の転変には私などの計り知れぬ意味が横たわっていることだろう。ただし既述したように、〈豊かな日本〉を可能にしたのは無辜の民であって、日本の国家指導者でも日本主義イデオロギー（日本文化原理主義）でもなかっただろう。当然、日本がそれだけ豊かになったからとて、戦後保守政体の罪科がそれでいささかでも減免されるわけではない。庶民を追い込んでひたすら働かせ、消費させ、この構図をせっせと強化しつづけた政治方向、行政システム、産業界の各層、そこに一役買って出てさらに補強の任にあたったマスコミ業界等、これら全権力支配機構の大罪は永遠に不滅なのである。

現代生活は素晴らしく便利になったし、生きる可能性もひろがった。だがそれで、では人間もより素敵になったか、人間関係やストレス、生活環境はどうだ。人は繋がりを絶たれ、閉塞している。つまり同時に負の可能性もパックリひろがったのではないか、という問いは依然として残る。現代の日本社会のなかで人は本当に暮らしやすく、住みやすくなったのだろうか。なんといっても超高度資本主義社会（金融市場原理主義）、功利的な人間中心主義による自然環境の破壊、利益を中心に据えたが故の人間的なものの畸型化、有用性中心の歪んだ人間関係、等々。社会の中心軸の負への移動、ここは過日に比して大いなる退歩といえる。生産行為の同質性（管理、抑圧、搾取）、消費行為の同質性（グルメ、娯楽、自動車、ファッションなど）の秩序のなかで、現代人は日々喘ぐように「秩序の人間（権力、支配、抑圧、搾取、管理などを操り、かつそれらに操られる人間）」を演じつづけている。それにしてもサーヴィス残業、結果主義、超管理主義、失業、生活苦、フリーター、ホームレス、犯罪、暴力、自殺、等々、これだけ科学技術や行政管理が進歩したというのに、事態は良くなるどころか生活の質はまさにひたすら下落の一途を辿っているのではないか。やはりと言うべきか、現代科学技術の効能が現代の人間生活の中枢部には意外なほど無力だった証しとも言える（もともと生産・消費、生活、誘導の線上から現代テクノロジーは発想されていた。先の中心軸の移動を促進し、かつ移動完了を俟って誕生したハイテクノロジーであった。移動の結果、人間生活の中心部は捨て置かれた）。

むろん、いまさら現代文明も「成熟した消費社会」も拒否することなどできぬ。げんにその恩恵に日々浴している現代人ではないか（広い意味で文化もまた秩序である）。つまるところ文明や進歩をどうしたら一部テクノクラートや行政機関からわずかなりとも衆人の管理下に置くことができ、なお少しでも望ましい方向にそれらをコントロールすることができるか、という恐ろしく月並みな問いに帰着するしかない。たとえばエコロジカルな危機を招き寄せた科学技術がいままたこの危機を回避する防波堤にもなる可能性がある。科学技術による危機への処方箋を書くのは、またしても科学技術というわけだ。一般人は指をくわえて一部エリートに自分の運命（あるいは可能性）を任せるしかない。それが嫌なら、右の「管理下に置いて」「コントロールする」には現代社会（現代人や科学技術の司祭たちや現代支配の体系）をどう変化させる必要があるか、というあたりまえの問いをここでもまた発するほかかない。こう言ったほうがわかりやすいだろうか。戦後日本はそれ以前に較べ格段に良くなった。なお良くする余地も必要も十分にあり、そのためには戦後日本の生み広めた様々な負（拝金社会、管理社会、格差社会、第一次産業の軽視、ハイテクノロジー産業中心主義、アメリカ中心主義、等々）を未来にむけて除去していくことが必須となる。その一助として、たとえばそれ以前の日本社会が堂々として蓄えてきた一端を想起すること、あながち無駄とは限らぬだろう（第一次産業の復権、手作り仕事の重要性、清貧、人間関係の情愛、等々）。

破滅への思考

しかし、過日にくらべ、「良い時代になった」という話もすでに終焉しかけていよう。唖然とするほど短くひ弱なエピソードだったのだ。弛みない収奪、利益追求と消費拡張を至上原理とするしかない現代資本主義は、確実に一切を破滅に導くだろう。人も心も動物も地球も。食糧、人口、資源、エネルギー、環境などの諸問題、かつての東西冷戦やイデオロギー対立どころではない崖っぷち的な全人類・地球問題の出現である。逆に、これら諸問題の発生理由の一つに、昔懐かしい言葉、「南北問題」を見ることもできる。どれも政治、経済、社会、軍事、文化、そして差別的な出来事でもあるからだ。かつての生産社会もさぞきつかっただろうが、今日の消費社会には底無しの恐怖が忍び寄る。先のコントロールにもついに失敗し、自分の足や胴や顔を食い尽して口だけ残る、有名な蛸のイメージ。生産性がモノを食い尽すなら、消費性はやがて己をも食い尽す（消費する）だろう。「口」は際限を知らない資本主義（かならず差別主義を含む）の究極の贈物だったというわけだ。

すると、資本主義の秩序のなかで「生きていてよかった」と思うのは虚言か自己欺瞞か、そう思いたいのなら思いなさい、とでも言うしかない。心までも生産、管理、誘導、消費できるのが超資本主義的なテクノロジーなのだから。もっとも、どんな体制にあっても、人はなにをどう思うこともできる。そのどれもがみな虚偽で欺瞞で、とは言えぬ。思考の泉にはだれもに固有の想像するという力があるからだ。夢の経済大国が実現しようと、世界がどう終末論的な色彩を帯びようと、管理社会がいかに人間生活に深く浸透しようと、そんなもの（一定の体制）に還元できるほど人間は生易しくないというわけだ。本心も虚言も欺瞞も錯覚も含め、なにをどうとでも思いうるところに、人間が「秩序の人間（体制的人間）」になど（なりたくても）けっしてなり切れぬ証拠がある（後述）。

さて、人類・地球の延命を企図するのなら、まず根本的な思考発想の転換を要するのではないか。エコロジー問題の出現とともに二〇〇〇年来の西洋思想とはかなり趣を異にした新思想の登場も待たれている。そうかといって自動的に東洋思想や日本主義の夜郎自大のイデオロギーに期待が持てるわけでもない。やはりある種のエコ・社会主義的なイメージ（「より少なく生産し、より少なく消費する」、ソフトな社会のイメージ）の追求のなかでしか前途に希望を見出せないのは自明のことのように思われる。あるいは世の中を少しはマシな方角に改革していこうと地道に努力をつづけていく生活市民的な方向。そのとき社会主義を、政治経済的な実体（体制）としてでなく資本主義的なシステムに対する原理的な批判的思考としても考えてみることができそうだ。言い換えれば歴史となった社会主義（一つのシステム）にたいしても同程度に批判的イメージとなりうる。たとえ突発的に〈革命〉が勃発しようとも、やがてすべては歴史に戻っていく（秩序として収まっていく）ものだ。時間というものがある以上は。むしろ日々の暮らしや社会的なシステムや政治的な機構を少しずつでもまっとうな方向（つまりは庶民の生きやすい方向）に絶え間なくずらしていこうとするのがよい。革命がありうるとすれば、きっとこの種の永久革命（永久改良）しか意味しないだろう。そしてそのままに浮遊する想念が、優しさとか公正などというまだ見ぬ社会主義的（生活に根をもつ批判的）なイメージということなのである。

もはや変革を導く中心にプロレタリアートや階級闘争が鎮座することはないだろう（構造的な階級対立は依然あるにせよ）。先進国対第三世界、政府対生活、労働組合対パート労働者、企業対外国人労働者やホームレス、大企業対中小零細企業、精神労働対肉体労働、大人対子供と老人、男対女、管理する者対管理される者、行政対病人、人間対動植物、経済文化対自然、等々、その他、じつに多様な対立軸の流動する重層関係が残る。抵抗もおのずから多彩になる。多様な対立軸を一元化したり、ほかのものに還元しないほうがよい。その禍は周知の通りであろう。還元的な思考はおのずと抑圧的、暴力的とならざるをえないからだ。ひとつのものに還元するその「ひとつ」を、根源、原点、原理、全体、根底、構造、体制、革命、その他なんと称しようとも。しかし、あえて言うならイメージとしてはたったふたつでよいのではないか。①一人ひとり〈人間〉でなく〉を大切にする公正な優しい社会。そして②自然の慈しみに学び、その動向に注意を怠らない感受性をもつ社会。右の社会主義的なイメージである（既述した人間生活の中心部でもある）。政治家たちにはこの二点を真面目に追求してもらえたらよいのだが、好んで自己否定をする権力者はおるまいから、所詮は空しい夢にすぎぬ。いずれにせよ、一切を社会（あるいは抽象）に還元する、言い換えれば抽象作用からすべて（具体）を規定するような真似はしないにかぎる（余談だが、子供の非行やいじめが話題になっている。ここで忘れられないのが、いつの世も子供は大人の世界の鏡であるということ。子は大人の縮図を背負った親を見て育つ。小さな頃の自分に照らし合わせてみて、たいていの大人はこのことを知っているのに、いつの頃よりか忘れかけていく。ついでだが、子供のもつ想像力が地球の破滅を拒むヒントになりはしないだろうか）。

人間のなかの地球

これまで記述したことについてもう少し言及してみる。と言って、なにか命題を喋々するためではない。世の中を変革するには何々主義などの諸学の勉強をしなければならぬ、などということがあってはならない。問題は変革であって、勉強ではない。言われなくとも普段から私たちはいやというほど学んで（学ばされて）いるのだ。だから知っている。変革主義を会得したという免許状を所有する変革の化身たちが領導する〈革命〉など、あらたな抑圧の秩序系にすぎぬ。イデオロギーや権威秩序や真理論なんぞとは無縁に生きる、いや、生きるとはたいていの者にとっておのずからこんな観念世界を日々に食み出して暮らしている謂だろう。もし真理とやらがあるのならこれがそう、そしてこれ以外のどこにもない。生きるにあたってはべつに真理など必要であるはずがない。ただ生きる、それ自体が真理なのだから。なすべきは私たち庶民がやりきれぬ思いをして生きている生活の場をもとに、うんざりするほど常識的な観点をただ徹底するだけのことである（「世の中どうなってるんだい？」、「政治家よ、暮らしをなんとかしてくれよ」、などなど）。

さて、五〇年ほどまえまではさほど目立ちもしなかった鋭い地殻変動のようなものが私たちのあいだに表面化している。曰く、エコロジカルな危機の到来である。ついに人類はその全生存を賭ける時に差し掛かったという。それも異星人の襲来とか自然による大異変（たとえば氷河期とか）などによってではなく、底なし資本主義と果てなき科学技術の結晶によって先導された普通の人間の生活がみずから招き寄せた内的な結果であった。危機は地球を変形し、確実に人類を破滅へと導くだろうが、その日をわずかなりとも遅らせるのが人類最大の課題になる（「遅らせる必要があるか」との問いも含めて。暗々裡に人類はすでにこの問いにノンと答えてはいるが)。「人間の死」どころか、人間は一切を巻き添えにしながら奇妙にも地球の死にも立ち会うことになるかもしれぬ。思えば百年まえにはおそらく予期も想像もしなかったくらい、地球は意外なほどにナイーヴだったわけである。この年月を回顧しようものなら、資本主義を導師とする産業革命以来の二百年間の生産消費活動の進歩が地球-人間にもたらした代償の巨大さ、奇怪さに慄然としない者はまずいまい。モノにも身にも心にたいしても。いま人間を作動させているものは、社会機構という名の機械である。もはや牧歌的な人間省察(人の思いの遣り繰りでまかなえる範囲)も終わりを告げているというわけだ。

それでも「その日」までは人類は生活し、人は産み、働き、食べ、いろんなことに関わり思い煩って、小さな死を迎えることに変わりはない。あいかわらずそこでは「地球の死」談議も「人類の死」の予感も少し後景に退いていることだろう。人は欲求と生産消費と家族と生活関係に繋がれて生きる者だから。明日の職の心配、不安な会社の勤務成績、嫌な職場の人間関係、台所の飯粒の心配、悩ましい子供の教育、気になる体(心も)の調子、やりきれない住宅ローンの支払い、その他諸々がかったるくクルクルと廻る生活の円環にとっては、地球の危機や人類の滅亡などあまりに抽象的かつ間接的であろう(これを「人間のなかの地球」とでも言うか。だが、やがてはそんな悠長なことも言ってはいられなくなる日がきっとやってくる。たとえば地球温暖化現象は、別荘を持つことも温暖な海外に移住することもかなわぬ庶民の生活を大きく曇らせるだろう。つまり「地球のなかの人間」の登場だ)。すると、ここでの問いのひとつは、こうなる——私はどう生きるのか?

人間と弁証法

おなじ一人の人間でも、社会の側から見た場合と個人の側から見たときとでは次元が異なる。前者は人間の一人であり、後者は一人の個人、あるいは私である。以下、後者に即して述べる。一人の生活者はまさに生活することにおいて自分が抑圧されていることに無知で、権力に操作されていて――だが、生活にとってそれがいったいなんだというのだろう。彼はそんなことはとっくに知っているか、いつでも知りうる。直観という形で、日々の生活経験で。言っても始まらないから言わないだけだ。言ったらどうにかしてくれるか。そんなことより、生活しなくてどうしよう、生きていかなくてなんとしよう。無知も糞もない、人にはどうあっても生きていかなければならないときがあるものなのだ。己が生活を家族を守り抜くため、なにがどうあれ彼は秩序（社会）にひょっこり闖入する。うつむいてか胸を張ってか、はたまた……。それ以外に生活する術はないと覚悟をきめて。しかし、だからといって「秩序の人間（体制的な人間）」などと彼を呼ぶことはできないだろう。そんな「人間」は存在しないものだ（「普通の人間」なるものが存在しないように。完璧な反体制とは完璧な死にほかならない）。どんなに「秩序の人間」らしく見えようとも、彼は一人の個人として生きて動く。彼は秩序を求める。だが、そうすることで「秩序を求める」その人がいて、まさにその人がそう「求める（選択する）」ことにおいて、またそうせざるをえないことによって、彼は秩序からつねに食み出す。つまり彼は秩序ではないわけだ。一人の人はいかに「秩序の人間」に見えようとも、そんな対象的な人間などではありえない。それは死んだときだ。積極的に秩序に加担しようと、秩序の指示にどう忍従しようと、また、いっそ自分も秩序そのものになり切れたらどんなにか幸せだろうなどと願うとも、そうしようとする（そう願う）ことにおいて、そうやって生きていってしまうことにおいて、彼はいわば一人の苦しみ歓ぶ主体的な人（私）であるほかない。

いっぽう、そうしてしか生きられないよう、秩序の求心力のなかで彼の生活と人生はあらかじめ設定されている。彼の意図やその人生の幅などとはおよそ無縁の体制の機構のなかで、その生活はまさにそういう生活であるほかないよう不断にセットされていたわけだ。秩序とは暴力そのものである。だが秩序の意向に背こうものなら、彼の臓物までも死を意味する。秩序は「彼がひょっこり闖入してくる」のをすでに十分に見抜き、当て込んでいたのである。そんな具合にだれもとおじようにシステムのなかで生きている（生きていかざるをえない）かぎり、彼も秩序の人間の一人、大勢の普通の人々の一員にすぎない。つまり生きるとは「そう生きる」と「そう生きていかざるをえない」との弁証法とも言えよう。「そう生きていかざるをえない」と決意するのは、秩序ではなく、「そう生きる」と覚悟をきめた彼なのだ。体制的であれ保守的であれ、生きようとするから庶民は悲哀を込めて生活設計に没頭し、暮らしのかけらに小さな歓び楽しみを見出し、それを励みに日々の勤労に勤しみ、思い煩って逡巡し忍従し決断し、そうして知らぬま（意図せぬまま）に秩序を支え、ようするに生きる。「生きる」、そこに弁証法の絶対の真実が横たわっているとしか言えない。

人を社会に還元（非弁証法化）したらロボットができる。秩序が日毎夜毎やっていることだ。ロボットは生きていないが、人はなお生きる。どんなにロボットめいた人生を送る彼（私）であっても、「秩序の人間（ロボット人間）」などではけっしてないわけだ。そんな自分に涙することのできるのがよい証拠といえる（彼はいつでも自分の人生を自分で変更しうる。ただし秩序の意に沿って、しかも自分なりにだ。なお一部の例外はある。政治家その他の場合だが、ここで触れる必要はない)。彼が社会そのものでもなければほかのだれでもないその人であることくらい、本人はおろか他人でさえ十分に知るところだ。むしろ彼(私)の「ロボット人生」に秩序の暴力こそ見たほうがよい。人が生きるかぎり、つまるところ弁証法はやむことがないのだ。弁証法的とは人が生きている、秩序を支え、呼吸をしながら動いて関わって考えて(ときになにをやらかすかわからない)、けっして死んでいない、という意味以外のなにものでもないのである。

たとえば、「自由」もそうだ。いったん対象化(観念的に固定化)したらたちどころに消失し、意味のない「自由」という言葉だけが残るだろう。自由とは私の自由、その人にとっての自由、それぞれの私の自由だからである。たとえ錯覚であってもだ。私に経験できない自由など私にとって自由であるはずがない。「希望」もそうだろう。なまじ希望などもつから不安、辛酸、悲喜劇、絶望に人は苛まれる。だが、生きるかぎり人は不幸にも希望を抱きつづけることをやめないものだ。明日を期待しなくてどうするか。希望を除去したとき、その人はその死を意味する。希望は絶望を育み、絶望は希望の萌芽ともなるが、同時に死をも孕むだろう。いくら強いられた期待であれホームレスは街角の食堂裏に置かれた馴染みのポリバケツの明日の中味を気にしつつ、今宵もまた眠りにつく。その人の位置により状況により思惑により、希望に差異はあれ、その人に応じて明日を夢見るし、また夢見るほかない。死にたくない(死ねない)からだ。そんな夢が彼をつくる。行動の源は死と希望のカップルにあったたというわけだ。希望をもつこと自体、秩序に息の根を止められることなく、人が未来を目指しているやむことのない(悲しき)証しなのである(目ざとい秩序系はついにその人の夢を充分に利用し尽くすにしても)。

弁証法はやむことがないということは、体制や秩序の思考を容認するどころか、よりよき弁証法(よりよきそれぞれの人生)の模索にも人をむかわせる。秩序から出立するほかない革命は、かりに実現したとて問題そのものは変わりなく限りなく残ることだろう。はたしてそれぞれの自由に、希望に、人生にかなった革命なのか——不断の問い。変革の基準はここにしかありえない。対象的、制度的な〈革命〉の秩序はこの問いに答えるだろうか。問題はこうなる。どんな社会であれ——たとえ革命政権であれ——大多数の民衆が自分は生まれてよかったと少しは実感できる方向に社会をつくり直していく歩みを地道に重ねるしかない。権力と支配のための秩序、秩序のための秩序でなく、あたりまえの人間たちが笑う(笑い合える)新しい秩序づくりの方向と言ってもよい。動物は生きるために生まれてきた。人はさらに生まれてきてよかったと思うために生まれてきたのではないか。やはり人類が滅びるまでは永久革命にしか前途はありえないといえる。このように社会を考えるにあたって、個人(個々人、各自性)の水準、あるいは弁証法の作用を忘れることはできなかった。いっさいを(錯覚、誤解も含めて)体験し実感し味わい、希望を込めて乗り越えるのはその人その人しか、また私しかいないからである(不幸にも、というべきであろうか。弁証法に関しては拙書『原初の地平』において記してある)。個人を潰したら、すべては無化する。

私へ私から

どんなに秩序の人間らしく対象的、交換可能的、一般的に映ろうとも、ひとつひとつの人生はかけがえのない、それを生きるその人自身のものであった。では、自分の人生を少しマシな方向にずらしてみようと思う原動力を、その人自身はいったいどこから汲み上げるのだろう。まさか秩序の指示によってではあるまい。その指示は人がみずからものを考えることをつねに禁じるほうにまわるものだから。では、どこか。すると、いつも黙って付き従ってきた秩序の指示に疑惑（異和）を抱き、つまりそうして生きてきた自身に異和を見、少しはみずから自分らしくものを考え、生きてみようかと発意するその人から、ということがわかってくる。異和の素は生きているから、生きているさなかのその人が自分に自分で距離をとるところから生じる。秩序の三下奴の私——〈なにか変だぞ……〉。それはときに異和をもつ自己の肯定であり、秩序に忍従するなど私らしくないと感じる欠如（悲しみ）の意識でもあり、またおなじように秩序の家来に甘んじ苦しむ他人への共感なり応答なり憐憫なりがもとになっているだろう。手短に、自己との距離感、他人との関係と言い換えたらよいか。希望の素でもある、と（ちなみに、私に体感できない他人の自由でも、勝ちえて歓んでいる彼らの姿を見ると自分まで嬉しくなる。わかるのだ。私のなかにもある小さな悲しみの蓄積、その呻きによって。一例、かつてベルリンの壁を打ち壊した人たちの胸のうちの言い知れぬ悲しみと歓び。どれほどのものであったのか、とても押し測れないにしても）。

私らしさ（あるいは私らしくない）とは私の私自身との距離感である。そうでなければ自己への問い（たとえば、「らしくない」）も生じえない。問うとは、問うものと問われるものとを不可欠とするその関係だから。自分らしくない、いまの自分への距離感（異和感）。むろん、私にあらかじめ先行して真実の「私らしさ」なるものが私に客観的にか実体的にか常備されているわけではない。それではいまの私と本当の私と、私が二人いることになってしまう。もともと備わっていた「私らしさ」に合致したから、私が私らしくなった、などということはありえない。そんな「本当の私」などいまの（本当の）私を正当化、隠蔽、または慰藉する逃避の口実のための心的操作かもしれぬではないか。たとえば自分の境遇に不満をもついまの私を対象化して、自分がこうなのを家柄とか学歴のせいにする。あるいは自分と無関係な世間や生い立ちのせいにして、けっして私のせいにはしない。そんな汚れなき「無実の私」を「本当の自分」として対象化（責任転嫁）することだってありうる。だが、「本当の私」などどこにもいない。いるのは探すまでもなくそんなことを口走っているその人だけだ。「自分探し」といっても、自分以外に自分がいるわけではないから、「自分を探している」と言っている自分がやはり自分なのである。むしろ本当の私を探したいと言わざるをえないところに問いを見る。私らしさには多様な内容があるが、まずはいまの私に疑惑を抱いてしまった私そのものである。自分を肯定する（大切にしたい）ために、まさにこの私に疑念を抱く――〈私はこんな私でいいのか（これって本当に私なのだろうか）〉。彼は自分の人生を変えるかもしれない（自分を変えるかもしれないシーンは人生のいたるところにある。結婚、失業、子供の誕生、などなど。ここではそのもとともなる自己と自己との関係に記述を限定しているので、すべて無視する）。

自分らしさや本当の私など本人にもわからない。私は何者であるかとみずからに問うて、しかじかの者であると答えうるなどということはありえない。だれしもそんなふうには答えられない何者かである、としか言いえないだろう（強いて記すと、「私は旅人である」。人生を旅になぞらえることほどふさわしい喩えはないからである）。秩序における「私らしさ（その人らしさ）」は逆だ。現在から過去に、もしくは現在の反復としての「未来」にしか興味を示さないからだ（その際の自己証明の典型は職種、会社の役職、学歴、家系、履歴書など）。過去に遡って問う「私らしさ」など、あるとしても想像を絶する深遠のなかに違いない。本人も死ぬまで到底わかりはしないほどの。そうではない。わかりもしない過去に戻れるわけでもなく、たとえ戻ったところではじまらぬ。そうしているのはいまの私だし、その私は未来にむかうしかないから。秩序の私に対抗しつつ、いまの自分をこれからにむかって問おうとする私。「私らしさ」は、ここにしかない。

私は二人いない。自分をどう言いくるめようとも私は一人の私であることをやめられぬ。「いや、本当の私がいる」「いまの私は私らしくない」と思うのも、その私。〈私は私である（でしかない）〉。しかし、「一人の私」は実体と化してそこに止まっている私でもなかった。もしもそれ（完全な秩序の人間）なら自己との距離感も自己への問いも生じない。人は動く。止まっているように見えても。問い（たとえば異和感）とは、私は私であって私でないところに生じるものだ。ここでも弁証法である。未来にむけて生きるからこそ、私にむけて私は問う（問える）。〈どうやって生きていこうか〉、と。私らしさなどというものは自己との対話を糧に少しは自分の頭でものを考え、発意して行動しようとする程度に応じてしか実現されないものなのだ。ここは問い（たとえば異和感）の生じる条件を私らしさとでもしておく程度でよい。この際、自分に異和感をもつことと、自分らしさを求めることとはまったくおなじである。その人らしさ、自分らしさなど、その人がその人自身をみずから未来にむけてつくっていくというほどの意味でしかないのだから。だが、本当の自分は存在しない、いつもまだない未来（無）にしか。すると見えてくる——たとえば深い悲しみの底から聞こえてくる辛い囁き、〈私なんか私でなければよかったのに（生まれなかったらよかったのに）〉、そのとおり、じつは〈私は私でない〉のだ。だから明日もきっとまたその人（私）は生きていけるよ（そうしないといけないのだ）。小さな一生のなかにも、死ぬまで永久革命はありつづける。

現実のむこう側

ところで、私らしさを追求していたら他人と似てきた、私自身になってみたら（ありえない、私とは私との距離だから）みんなとおなじになっていた、などということはない。みんな似るような秩序（権力作用）に媒介される水準において以外には。そこでは巨大な秩序の指令により、だれもが似るよう（要するにフツウ）に均一に自分を強制される。さからう者には死の宣告が待つ。さて、そんな秩序の私を本当の私だと他人は騙せても自分は騙せない。ここからだ。いや、私はみずからうっとうしい詐術を弄しつつ、ついに自分をも騙そうとするかもしれぬ。そうしてしか生きられぬから、息がつけないから、秩序の人間なんて真顔や素面ではとてもやっていられないから。やったら発狂してしまう。今宵も仲間と寄り合って赤提灯、上役の悪口でも会社の愚痴でもこぼし合おうよ。〈私なんてこんな者だよ〉とみずからに言い聞かせつつ。

さて、〈それでおまえはいいのかい〉――生きていく途上でそんな声がどこからか（もう一人の私が発したのか、現実の他人の声だろうか）私に聞こえてきたとする。そのとき、もしかしたら私はいまの自分を少しずらすというか異化してみようか、と、あるいは酒場の歓談とは少し違う趣をもって他人にみずからを開いていこうとするかもしれない（他人の人生に学ぶというか、自分に不足を感じるというか）。容易いことではない。秩序と赤提灯に「保護」された今までの私と私があまりに親密すぎて。だが、いったん秩序のなかで強いられつくられてきた「私らしさ」のむこう側を目指し、異和と異化の眼差しをもってその人がまだ見ぬ自分らしさを見るべく本気で決意して旅立とうものなら、がんとして立ち塞がる、けっしてそうさせてはくれない鈴なりの秩序系への想像を絶する反抗なり抵抗を要しよう。しようがない、私らしさは反抗や抵抗のうちにしかないのだから。それどころか、すぐにわかる。こう言おうか、私らしさなどという愚挙を犯そうものなら、そんなものはこっぴどく撥ね返されたあげくの、実に累々たる挫折や屈辱や人間お払い箱のうちにこそある、と。私らしい私に待ち受けていたのは、惨めさ辛さと死の予告のみ。その人らしさをその人に託すほど秩序の世界は寛容でも平板でもなかったわけである。自分らしさとは打ちのめされた私そのものでしかなかった。私らしく生きるのを諦めた私こそ、じつは私にふさわしいのだ。屈服し、死の不安と向き合うしがない無力な自分だけがやっぱり残った。生きていただけまだマシか。この際、わが内なる声などにまともに聴き入っていたら死んでしまう、いっそこの身、秩序の御稜威に燔祭の供物として献上させていただこうか。秩序の人間にも私らしい私にもついになれなかった宙吊りの私。私とは宙ぶらりんそのもの、できることといえば日々それを忘れることだけ．いや、それもままならぬ、赤提灯のグラスの中でしか。すべてを耐え忍び、一生秩序の回廊を歩んでいこう……。

この世に生きるかぎり、どうせ「秩序の私」を本心をもって演じるほかなき私ではないか。みんな役者、命賭けの芝居だ。〈私なんか、いなければよかったのに〉。でも、それもいいではないか、わかったただけでも（わからないほうがマシだったたか）。私らしくしたら死んでしまう、私らしくなくともなんとか生きてはいけるのだし。残るものが残っただけである。諦念し、皆さんと再会して赤提灯にふたたび通い始め、自分にまたもや魔術を仕掛けてその自分らしくない私を正当化するのも、仕掛けきれずに絶望するのも、その人自身しかいない。しかし自分をついに騙し切れぬことを忘れずにいるとしたら、依然として自己が自己への問いとして残りつづけ、希望はふたたびここにのみあることになるだろう。

孤独と絆と

先ほど「普通」について言及した。本文の主旨にかこつければ、「普通の人」も「ただの子供」もいないことがわかる。あたりまえだが、みんな違うその人やこの子しかいないものだ。それもだれともおなじでない。画一化社会とか管理社会と称される世情がこれだけ貫徹、定着していながら「みんな違う」などおよそ現実味に欠けるが、やはりそうだ。ただ「あたりまえ」が極めてわかり難い。まさに画一的な視野から人や子供を評価（価値化）するからである。しかし、人のどんな細々とした生活も――本人がどう思おうと――普通などということで営まれていないし、けっして営むこともできない。どう普通を装い、月並みな生活に映ろうと、そう見える生活を生きているのは「普通の人」でもだれでもない、一人の独自の彼なのである。彼の生活は彼のもの、どう喜ばしくとも悲しくとも逃げ出したくなろうとも。ところがその彼は彼でいさせてくれない社会構造を媒介にしてしか、けっして彼として生きられぬ。よって普通の人と化する、ただの人を演じ抜くことによって。つまり彼は「普通の人」として抑圧、疎外されているわけである。彼は普通の人として彼だけの涙をこぼす。みんな一緒になりたがる（なるほかない）社会の一員として。だが、どう普通の人になっても彼が一人の彼であることをやめることはないし、生きているかぎりやめることができない。自分だけの生きる悲しみを、お伴として。

子供もそうだ。おなじようなのが大勢いるから普通の子、そこから食み出したら優秀な子か落ちこぼれ。だが、いくら大勢いようが普通の子などという子供はいないし、落ちこぼれの子という子もいるはずがない。ただ秩序（社会的な価値づけ）による通念（教員や親や世間を介して）が、「普通である」「普通でない」と指令を下すだけのことにすぎぬ（正常、異常もそう）。どんなに社会的価値体系が権勢をふるって子供をつくろうとも、実在するのはやはり個々の子供たちしかいないわけである（ついでに普遍とは一般化であって、普遍化でないとも言おうか。普遍性は質に関わり、一般性は量に関わるだろう）。

さて、たとえ人間（いわゆる普通の人、秩序の人間）と社会は調和しても、個人（私）と社会は調和しないだろう。個々人はつねに独自（また各自）であるほかないからである。私は社会にも他人にもものにもなれない。いくら私が社会に統合されても、またそうされることをどんなに熱望しようとも、そう渇望することにおいて私はついに私をやめることができなかった。だが、すでに記したように私とはけっして同一性の反復などでなく、〈私（孤独）とは私でない（絆）〉のだ。私は私でない自分、他人、もの、過去、未来、世間、そのほかすべてと関わりながら、私として生きていく（生きていくしかない）から。私は私でしかないが、私は私でないものに関わってこそ生きている、そのことにおいて（独自の）私なのである。孤独と絆はおなじだったのだ。さらにかけがえのない私を相対化し、自分にみんなとおなじ秩序の一員としてのただの人（ただの私）を感じ取ったとき、いっそう鮮明な絆（友愛）も見えてくるのではないだろうか（そうしないと独りよがりにもなりかねない）。〈みんな私とおなじだったのだ、おなじような痛みと歓びとを分け持っていた〉。そんな私や彼が、また多くの彼たちが、あの永久革命を密かに夢想しているかもしれない（なお、社会－人間と個人－各自性の次元を混同すべきではない。本文において人間の個別性、各自性を強調しているのも、それこそがもっとも尊いと同時に、そうしないと秩序－権力の思想にまたも屈すると思うからである。さらにこの次元こそ秩序としての社会的価値体系を現実的に変化させていく可能性の拠点、原動力に違いないとも考える。その意味で「秩序の人間」に関しては、社会－人間を問う別の一文を要する。拙著『地下の思考』で若干は記述している）。

奇しき夢想

超資本主義の究極消費社会という煉獄の秩序の底に生きる人間たち。もはや秩序の私を忌避できぬ。「もう一人の私」がいない以上は。ただし秩序の世界に生きていれば、だから問い（異和感はその一種）はおのずからその人に表出する。なんらかの作意でも意図の結果によるのでもない。表出しなければそれだけのことだ。だが、それはけっしてありえない。私とは私との距離なのだから。〈なにか変だぞ……〉、と自分にか世間にむけて思わぬ人はいないものだ。それだけ軒を連ねる秩序の下に生息するのは厄介なこと。なんといっても秩序は暴力なのだから。つまり、異和感は生きていさえすれば表出する。問いとはおのずと表われるその人自身といえよう。問いがあるためには、考えている（生きている）だけで十分であろう。問題はここからだ。異和を覚える巨大な対象力、秩序の力のまえに諦めて身を任せるか、異和を感じない自分に自分をつくり直すか（できるだろうか）、黙認するか、それとも仔虫のような抵抗でも試みてみようか。たとえば凶悪な日本的利権国家の最末端に生息する私とは何者なのか、自分の胸に聞いてみる。問いが生じるためには生きているだけで十分だが、問いを徹底するには考えるのを止めないでいるのでなければならないだろう。みんな異和感などとっくに持っているが（それは人間の証しだ）、しかし持っているからとてどうなるものでもない。黙って働くしか。

つまり、問いはこうなる。異和感を行動へと誘うものはなにか、行動の可能性とはなにか。おそらくその人の異和感の深さ、考えるのをやめない、つまり問うことそのもののうちにあるのではないだろうか。世界を問いとして感じるから異和感が生じるわけではない（その逆でもない）。わざわざ問わなくとも問いはおのずと表出する。彼の生の衝動のなかから。それより「なにが人を行動へと誘うのか」。ここでは「自分と世界にむかってさらに問う（考えつづける）こと」と言うだけにとどめ、このまままさにこれも問いとして残す。なにが行動を可能にするか——問いである。この問いにたいする答えはひとつしかない。問いつづけることである。問いはこれを問いとして感じるところから出発するだろう。月並みな言葉だが、自覚するところからしかなにも始まらないわけである。またしても蒸し返しだ。この問いがその人の人生のなかで問いとしての意味を有するか否か、もはやその人によるとしか言いえない。その人とはその人による自分の人生の選択そのものだったのだから。

問いと選択のまにまに漂いつづけるのが人生であろう。もはや過ぎ去りし事実としての私の人生

〈過去〉を消去することもかなわぬ。しかし現在の私の目からいろいろに変えて見ることはできそうだ。あの頃の私といまの私は異なるからである。いま、あの頃とは少し違うふうにあらたにあの頃を眺めることによって、いまの私にもべつな照明を与えることができる。過去がそんな多面体であったように、乱反射のミラーボールのような現在とも出会うからだ。三〇年後の私からいまの私を見てみるのもよい。未来の私はいまの私をどう思うだろうか、と。ただし、過去も未来も私がいまの私をどう思うかだけのことにすぎない。一人の人生の時間もまた問いであったわけである。なお一言。異和感はなかったらなかったでそれまで、あったらあったで本人次第である。どちらにせよもとより傍の者からとやかく言われることでも、傍が言えるものでもない。私は問題の一断面に触れただけである。

それにしても異和感を味わったらまずできるだけ遠くに逃げ出すにかぎる。異和感や問いなど突きつめていたら身がもたぬし、きりがない。あげく会社を解雇されるか発狂が忍び寄るのみ。そんなことで生きていられるものではないし、そうして生きる必要などどこにもない（余談だが、精神病にはなぜ被害妄想的〈強迫神経症的〉な色彩が濃いのか。たいていは子供の時分から〈存在〈の人間〉〉にいやというほど酷い目に合わされながら人格・性格の形成がなされたからと私は思っている。この際、個体として生まれた不安などはどうでもよい）。問いなどは吹っ切り、自分らしさもさっさと忘れ、でなければ人生などとてもやっていられるものでないことくらい、だれでも知っている。生きるとはなんと生きづらいことなのだろう。しょうがない、会社の操り人形と化したあるがままのいまの自分〈たぶん悲しみの私〉を演じ抜く。あとはたまには温泉にでも行って癒しの気分転換をはかるか、馴染みの赤提灯に通って焼酎でも煽りながら店の片隅で秩序の己をしみじみと受け入れ、味わったあと、奇声を発してカラオケ、そうして生き延びていけばよいだけのことではないか。他人に迷惑さえかけなければなるべく好き勝手に生きるに越したことはないのだ。命の自動販売機のような秩序によって与えられた「好き勝手」であるにしても、精神衛生上欠くことのできない一時凌ぎにはなるだろう。明日、また秩序にこの身を奉納するウォーミングアップかアイドリンクのためであっても。

少しでも楽しく面白く生き延びるコツ（あるいは知恵）を見つけることがなによりの急務だ。外側から邪魔されにくい自分なりの小さな世界でも持ったら、なお結構。「自分の小さな世界」が逃避の温床であってもいっこうに構わない。人間のなかには惰性と自己欺瞞という能力が備わっている。これほどの妙なる贈り物は他に考えられもしないだろう。だから明日もまた生きていける。せっかく生まれてきたのだからぞんざいにできぬ、秩序から少しは避難し、できるかぎり自分の人生を楽しむ。生きること自体をなんとか楽しむ、そういうふうに人間はできているものなのだから（すでに述べた、「人間は楽しむために生まれてきた」という快楽への衝動）。もっともそれも意外に大儀なこと、「できるだけ楽しむ」のうちにすでに問いは忍び込んでいるかもしれぬ。たとえば後ろめたさ抜きにはままならぬ。それもよいではないか、その人らしくて。いずれにしろ死や発狂や自殺がなんになるか。死んだらなんにもならないではないか、吹けば飛ぶような私のいと恋しい幸せも、あの永久革命（みんなもっとちゃんと幸せになりたい）も（余計なことだが、自分を負（死）の方角に自己同一化することはだれにもできないのではないか。どんなに自分の死を熱望する自殺志願者でさえ、狂気の淵に没するまではかならず躊躇するし、躊躇しうる。それがたとえ一瞬の幼い頃の想い出（想起）であったとしても）。生きていればなにかある、問いを隠し持っていたら夢がある。秩序の人間（ただの人の一人）からなにかきっとできる（と信じるか）。

さて、これまで記してきた批判的な記述（秩序の人間世界）の裏側は、するとさしずめこんなふうな夢想（無邪気にも）になるのだろうか（先に触れた人間生活の中心部かもしれない）。〈動物や植物たちが元気で暮らし、人は好きな奴と和やかに時を過ごし、隣人たちとお喋りをし、見知らぬ人と挨拶を交わす。みんな助け合って働き、一人のときには好きな音楽でも聴きながら本の頁をめくる。のんびりと酒のグラスを傾け、かけがえのない追憶に浸って。美味しい空気に安全な水、清潔な糧と慎ましくとも寛げる住まい、安心な明日……〉。きりがない。生きていてよかったとしみじみいろんなものに感謝したくなってくるから。きっと私らしさなど、とどのつまり生まれて生きてよかったと（できればまわりの人と一緒に）自分を思えることと合一するほかないものなのだろう。だが、所詮すべては朦朧とした夢想（私たちの裏側の世界）の話だ。その夢を見つづけるためには（夢のなかだけでも）、少なくとも弱肉強食の利益至上主義（資本主義、人間中心主義、等）と管理主義（国家主義、権力主義、狭隘な合理主義、等）だけはどうしてもなくなってもらわないと、こまる。

（二〇〇一年二月）

再び「母の死」と父

母が死んで一年半になる。死の直後に小文を草した（「母の死」本書所収）。最近、少し心境も変わったので、自分の記録のためにもまた記しておきたい。

以前に父が亡くなったとき、やはり小文を書いた（「死の父」『地下の思考』所収）。あの文章は、あれでよい。父への思いは死の前と後とで大きく変わらない。だが、どうも母の死は私にとって違うらしい。母の死にはべつなものを感じる。生きていた母と死んだ母は、私のなかで食い違ってきている（この異和感は前文「母の死」にもあるが）。そればかりか、この異和感はある種の合一感のようなものをも生じさせているかのようだ。私が年をとったせいもある。五〇歳で立ち会う死は、三一歳で出会った死（父の死）と違う。この間、二人の子どもも生まれた。子だった私が親になった。これも違う。こんな文章をまた書くのも、あの母がげんに死に、いまはおらず、そして私がいろんなものを抱えて年をとったせい、とあらためて思う。いろんなものを抱えた時間が生む母との、また自分自身との距離感を俟って、私は母を別様にも眺められるようになっていったのかもしれない。時間が生む距離感が、かつて生きていた母を少しは違った目で見られるようにしたということだろう。私の母への思いは、この一年半のなかで変化していった。

私は母が好きではなかった。死ぬまで、ずいぶんむごい仕打ちをしたものだ。あの人が本当に死ぬ。げんに死んだではないか。だれもとおなじ、母も生きているときから死を孕んでいたというわけか。そのあたり、とんと無知だった私だから、ひどいことを言ったりもした。いまなら〈お袋よ、ごめん〉と言える。死んだからだ。それによって母が「生きているときから死を孕んでいた」のを知ったから。生きていたときの母への思い、かつて生きていた母への思い、この相違（冒頭の「異和感」はこれだ）。生きている母より死んだ母のほう、私のなかで生きている母のほうを親密に感じる。非現実だからだ。死をあいだに挟まなければならないとは、母にとっても私にとっても不幸なことであった（原因はおもに私にあるが）。いまさらしようがない。

それだけではない。もし母が墓から甦ってきたとする。いまなら違った接し方もできる気がする。あの人も死ぬ（死を孕んでいた）ことを知ったからだ。死んだ母を知ったから。実は死者はその死者を追想する者のまえに、それと知らずに日毎夜毎甦っているのかもしれない。母の幽霊から生前の母の人生が覗ける、透けて見える。死を通して、生きていた母が知られる。すると、死から甦ってきた母とは生前と少し異なる出会い方ができそうだ。死の（死んだ）母を知った私は、生きていたときの（嫌いだった）母を少し違ったふうに見詰め直せる気がする。ここが「心境の変化」というものだろう。いまでは生前の母をほとんど共感を込めて理解することができそうである（冒頭の「合一感」とはこれ）。死者は甦らない。私が変わったのだ。こう言おう、生者に合わせて、死者は甦る（死者に合わせて、生者は変わる、とも）。私が少し変わったとしたら、死の母のせいではなく、生前の母が私を通してあらかじめなにかを伝えておいてくれたからかもしれない。母の死、あるいは生きていたときの母をまともに実感するのに、私は一年半を要した。みずからの能力によってではなく、死の力によって。死んだ母はなにも変わらない（死者の特権であろう）。

死に裏打ちされた母をほぼ死ぬまで想像することができなかった私だが、父は違った。愛する（好きな）者には死の影がひく。父が死んだとき、〈殺したのは日本だ〉と思ったのをいまでも鮮明に覚えている。大正、初期昭和の日本が父に止めを刺した。子供の頃の父の極貧、懸命に苦難を乗り越えても失わなかった善良さ、生真面目さ、優しさ（こういう人は昔は沢山いただろう）が、父を殺した、と。「戦後のお父さんの人生はオマケだよ」、と晩年になるまで酒を飲んだりすると思い出したように言っていた。「あの戦争のとき、死んでもおかしくなかった」。影の薄い人だったな、という印象をいまも私は持っている。いつか蠟燭が消えるように、もの静かについえていったっけ（私の理想である。それだけ〈存在〉が少なかったのだから）。さて、いまそんな父も母の死も年ごとに遠ざかっていく。記憶すらもが。しかし彼ら二人の意味は、私にとって年ごとに深まっていく。追いかけるように、私が老いていくから。「死の影をまとった母」の想念（愛情とでもいうのだろうか）の欠如は、間違いなく悔恨となって私のなかにいつまでも残りつづけるだろう。

私の子どもはずいぶん大きくなった。こっちの言いなりだったあの子たちも、この一年半のあいだに、私にむかって反抗に躍り出る始末だ。そんなとき、父のこと、母のことを想う。二人はどんな思いをしていたのだろう。どんなに深い悲しみに耐えていたことか、私のような超わがまま者、根性のひん曲がったひねくれ者の悪餓鬼を育てるなど、さぞ難儀で肩身の狭い思いもしたろうに。まこと、〈子を持って知る、親の恩〉、か。ついに生きている母を好きになれなかった私は、ここでも昔父の死に際して記したようなことしか言えない。己の非をわが子に転嫁し、自分を正当化するためだ。〈私が父や母にしたように、おまえたちも、ぜひおなじ仕打ちを私にしてくれ〉、そう子どもたちにむけて。それでいて〈存在〉の化身のように子どもの反抗心を手厳しく抑圧しているのだから、たちが悪い。父母よ、あなたたちの一人息子はいまだに学ばない。二人の子から実はそんな仕打ちなどちっとも受けたくないのだ（あなたたちが私から受けたくなかったように）。ついでに知っている、あの子たちは父親ほど気立ては悪くなさそうだから、たぶん仕打ちなどしない、と。だったら、ついに己の正当化を果たせぬまま墓場にまで持っていくことになる、悔恨という（正当化されない）財産が私にまたひとつ増えたわけである。これから身をもって知るのだろうか。私がどんな父親（そして人間）だったのかを。私はいま、ほぼ毎日、父と母のミサをしている。さらなる加齢とともに、この通夜は私にとってもっとずっと苛酷なものとなるだろう。

「いま、母が甦ってきたら」、またあの問いの蒸し返し。いや違う、〈死なずにげんにここにいたら〉。私はこの問いのまえに立ちつくす。死なずにいまも存命なら、私にどれほどの心境の変化があっただろう。あるいはなかったか。いつになっても学ばない一人の息子がやはりいるだけのことか。いま、さらに年をとった息子は少し違った振舞いをするか。なんとも言えない。ここはそれでよしとしておこう。母の死によって私が自分の過去にたいする絆のひとつ（実に大きい）を失ったことを知っておけばよい。本当に過去になったので、逆に絆を得たと言うべきか。本文「再び」を書くのもそのひとつだろう。父と私とともに生きた、母。いと小さな三人の家族であった。あの団欒がどんなに尊い一瞬であったか、そのときは知りもしないで。大正、昭和、平成の時代を、母はどう自分のなかで生きたのであろうか。小さなこの人を、いま本当にいとしく思う。さて、あの世は共有できないが、死は共有できる。少し正確に言うと、私も父と母とおなじく死ぬ、死ねる。この「おなじく」だけでよいのだ。そう思うと少し死が怖くなくなってきた、寂しくなくなってきた（なんだか二人にまた会える気さえして）。

そんなことは、いまいいか。いまはただ二人の子をなんとしてでも育て上げよう。かつてあの二人がそう私にしてくれたように。私を育ててくれた母への恩返し、供養のつもりも混ぜ込んで、この子たちを育てさせてもらう。孫を見ることもなく逝った、父のことも、想って。この一文を書き終えたら、二人に一粒ずつ涙をあげよう。
〈お袋、ありがとう〉。今度こそ、本当に、さよなら、だ!

（二〇〇一年三月）

反問する復讐

私はかつて次のような意味のことを書いた。――国家・司法権力による死刑制度に反対する。人の生き死にを外側から決めるものがもしあるとするならば、もっと別の次元であろう、と。たぶん革命裁判とか人民による反乱などを念頭に置いていたのだろう（十代の頃はたんに死刑制度に反対すると書いていた）。いま、司法制度としての死刑のことはよい。

むしろ本文ではこう問うてみたい。「死刑制度に反対する」という客観的な定言はどれだけ主観性に耐えられるだろうか――。他人でなく、自分の連れ合い、わが親か子が殺されたと想像すればよいだけのことである。なぜこんなことを思ったか。ふだん死刑制度に反対している者も、「自分の愛する者の死を促した者に対しては敢然と死刑を望むらしい」、とあるアンケート調査に記されていたからである。主観と客観の自己矛盾はなるべく犯さないに越したことはない。客観主義による「冷静な傍観者の過誤」はやらかさないにかぎる。

さて、わが子がどんな状況、条件において殺害されたのか、あるいは犯人の人間像や生活環境はどうで、なども問わないことにする。下手人が捕らえられ、彼の犯行が明瞭に立証されたとしよう（容疑者を捜査するのも、ふん捕まえ、しょっぴいて拘留するのも、また犯行の立証自体も、みなすでに警察・司法権力を必要とすることだろうし、どれも個人にとっては絶望的に不可能に違いないのだが、それも置いておく）。私はどうするだろうか。客観的ではいられぬし、いる必要もないだろう。ではどうするか。「羊飼いは、わが羊のために命をかける」……。〈なに言ってやんでえ、あんな臆病な子に一人で三途の川渡れってかい？　ふざけるな、こん畜生！　おまえも道中の道連れだい！　俺も諸共つづいていかァ！〉。刺し違えてでも奴を殺す。オヤジがやらなくて誰がする。それとも、「いまさら」と思って下手人を許すか黙殺するか。あるいはもっと別のこと、自殺しなさいと勧められるものなら勧めるかもしれない。〈人殺しよ、謝らなくていいから権力の執行によってでなく、個人として死ね！〉と。

ただ、こうは思う。「加害者には殺された者とおなじ苦しみを味わってほしい」と望む者（親かもしれないし、恋人かもしれない）に限り、下手人への仇討ち、闇討ちの権利の保障、つまり私刑の制度化（要はお目溢し）を施してはもらえないだろうか（この場合についても警察権力の手を煩わすなどの助っ人を必要とせざるをえないだろう）。闇討ちにあった下手人に家族か恋人がいたとする。際限のない果たし合い（仇の討ち合い）が予想される。ただ、この制度は一応権力による死刑制（あるいは権力的な殺害）とは違う。もしこの方法がかなわなかったとする（現にそうだ）。では司法権力による死刑を望むのか、それとも「いまさら」とすべてを諦め、亡き子の供養に努めようか。どうせ殺された子にしたところで、なにがなんでも生きていたかったと思うほどの浮世でもなかったかもしれぬし。

首尾よくなんとか殺人者を闇討ちに処したとする。仇討ちは法的に制度化されてはいないのだから、私は公的裁判の被告席に座らなければならぬ。もはやどんな法的権力も受け入れよう。愛する者の死は要するに私の死なのだし、自分を失ったいま、公権力ごときに怯む必要などどこにあろうか。そんな公的判決のまえにみずから率然としてさっさと己の死を願う。なぜそう思うのか――愛する者の生き死にを受け止める場はどう見積もっても（公的でなく）個々人（主観性）以外に見出せるはずがないと確信するから。逆に言うと、わが子殺害の被告の司法裁量が死刑であったとしたら、私は助命嘆願書を書くかもしれない（それは犯人を許す許さないとは別の水準だと思って）。悲しみはそれを強いた者への憎しみにつねに転化するとはかぎらない、と言ったらそれまでだが。いずれにしても私の場合なら間違ってもワイドショー番組あたりに出て、「犯人への怒り」「すべてを奪われた子の悔しさ」「極刑への願い」「被害者の人権」「犯人への一抹の理解」、等々の類をインタヴューで述べるほど気立てはよくない。私ならインタヴュアーやカメラマンを殴ってやる。

ところで殺された子が殺害者を「許す」かどうか。親にしてみれば微妙な問いかけだが、これも置いておくしかあるまい。自分を殺した極悪人にも女房がいて子供がいて、恋人がいて、哀しみをこれ以上拡げてなんとしよう。見事仇討ちを果たした父親は刑務所入りか死刑囚。死んだあの子、そんなことを願うだろうか？〈悲しみは（悲しいのは）私だけでいいよ〉、と言っている気もする。逆上している親の気持ちが穏やかでないのはむろんだが、死んだ子がなにを望むかわかりっこない。ここが決定的な点ではあるが、肝心なことはわからないときている。〈死者はなにを語るのだろう？〉

死刑制度反対は主観性に耐えられるのかが問いというのだから、ここに殺人鬼をなんとしても許せない父がいてよい。わが子を思って犯人を殺し、自分も死にたい当然の父がいる。しかしお目溢しも仇討ちもご法度だ。だがここまでくればいまさらご法度も提灯もない。護送の途中かなにかの機会をなんとか狙い、刺身包丁を振りかざし、「思い知れ!」とでも喚いて地獄への道連れのつもりでそこに突っ込むやもしれぬ。むろん、あえなく警護係に取り押さえられて、御用。結局、権力による司法裁判の席上において、私は被告の死刑を望むかもしれない。

どうしても司法権力による決裁を不可欠とする。それなら以上の朦朧とした行論を念頭に、死刑制度に代わる公権力の新たな仇討ち制度のイメージ化として、私なら終身刑の制度化を望もう。むろん半端な終身刑ではない。受刑者は死を願うもけっしてかなわず、悲しむことも詫びることすらできない。独房で陰気に足を投げ出しておちおち夢想も独白もしていられぬ肉体的、精神的な反復の煉獄だ。前非をどう悔い改めようとも、けっして外界に伝達されることのない精神の孤独の常態化。自分など生まれてこなければよかったと刻一刻と己が出生を呪い、みずからの存在そのものを悔やみ苛みつづける、独特の終身刑。生きているのがつくづく嫌になるも、生きるほか術なきわが身、いっそ死ぬよりも怖ろしいか。だが、「殺してほしい」と嘆くのも愚かしい(なにしろ終身刑なのだから)。形式的にも居心地の悪さやストレス増幅を入念に追求し、ただし自殺と発狂だけはままならぬ。朝、昼、夜、正気保全製剤を飲まされているのだから。その刑苦の酷さときたら、死刑制度のほうがまだマシということになりかねない。

いちおう、この小文も未決ということにしておこうか。

(二〇〇一年三月)

〈存在〉からのJUMPより

存在とは何か、と問われたら、「ある」と答えるのが普通だろう（もしくは、あるが「ある」と）。では、存在にわざわざ〈 〉をつけてみたらどうかというと、かつて私なりにきめておいたことがある（『原初の地平』所収、「哲学再生の世界」、その他）。一言で言うと、秩序（体制、システム、権力構造など）のなかに「ある」、あるいは秩序として「ある」。秩序としての世界、秩序としての関係、秩序としての人間、秩序としての私――などを指す（まえに書いたことのある「秩序の人間」とは〈存在〉なのである）。では、なぜ〈存在〉というか――凝固し、同一的で、一元的に静止している。あるいは反復としての時間。つまりそこに〈ある〉だけ、というほどの意味。そこでは時間と場所（を持つこと）自体が〈存在〉である。右の拙文を繰り返すのを避け、ここではまず「〈存在〉としての私」に焦点を限って記してみる。

私のなかの〈存在〉

学業を終えて後、いまに至るも、私は一種の吹き溜まりのような場所に生息している。往時のわが家の細々とした家業（クリーニング店）に始まり、パリ生活も思えば浮浪者のようであった。その後の編集者稼業にしても、薄暗い片隅に吹き溜まった、だれからも相手にされないような極小出版社のうらぶれた一室のなかで寂しく作業をやっていたものだ。どういうわけかいまの勤務先（精神病院）でも、職員も患者も建物のたたずまいまでもがどこか無理に吹き溜まったかのようなみすぼらしい面影を湛えているではないか。吹き溜まりが嫌でこう言っているのではない。〈存在〉どころか〈存在〉の寄生虫にも等しい存在、多分にみずからは存在していないような、糸の切れた奴凧みたいな自由の吐息もそこに感じられるから。私もひとかどの吹き溜まりの一住人だからだろう。やろうにも〈存在〉に奉仕も寄与も貢献も献身もなしえない、そんな者にありがちの泡のような安堵の情は、知っている者しか知るよしもない。むろんある種の凄惨さと表裏をなすことは言うまでもない。一方、〈存在〉の化身、礼拝者、代弁者たちはどうであろうか。

身勝手気ままな私は、気に障ることがあるとたまに職場の同僚とも喧嘩していた。手慣れた仕事ならそれでもいいかも知れぬが、いつの頃からか多少は他人に好かれるようにしないとしようがないなと思うようになった。失業、転職を重ねつつ、ついにまったく未知の精神病院に流れ着き、打ち上げられてからのことであろうか。同僚たちから拒絶されるのを怖れた（この「怖れ」の情はもっと遥か遠くの子供時代にまで遡れるが、ここでは触れない）。そういえば、その頃からだろう、自分をくらます得意の道化（その場凌ぎの妥協と逃避）の技がいちだんと冴えざえと輝きを増してきたのは（ただし私は元来面白い男である。「なんて人なつっこくてひょうきんな子なんだろう」とよく話をしていた父と母の証言があますところなく雄弁にそれを示している）。なぜだろう。いくら寄生虫の寄生虫とはいえ、少しは〈存在〉のお零れに与らなければ生きてはいけぬ。私が生きていこうがいけまいがだれもどうも思わぬとも、私は思う。無難に生きていこう。なんとか〈存在〉の一隅に登録されたい（私は存在したい）……。

子供の頃、戦争ごっこなどをして友達と遊ぶとき、私は軍隊の階級のランク付けを好んだ。学校を出てから、遊びでなく仕事をするようになった。家業をやめ、就職する――不安と恐怖が万力のように私の胸を締めつけた。死ぬほど怯えたのだが、やってみると、生活の絡んだ重苦しさ（賃金が低い、などなど）はあるものの、なんと遊びに似ていることか、と思いつつ。その頃、人からなにか仕事の指示でもされると、なんとなく嬉しさを覚えたものである（いまではウンザリだが）。自分にも外界から指示を受けるに値する居場所（むろん〈存在〉の末席の末端）のようなものが持てるのか、他人〈〈存在〉としての人間〉になにかを当てにされる身になれたのだろうか。つまりこれ、私はいていいよ、という証し、おまえも存在していいよ、というメッセージでなくてなんだろう。軍隊のランキングなら三等兵以下の補充歩兵ではあっても、自分の存在を正当化してくれる〈存在〉の一塹壕が私にも割り振られたのだ。すると外界との関係〈〈存在〉としての関係〉が持てる、私は生きていていい。なんだかはじめて意識以外の、肉体でも持ったかのような感触であった。私は嬉しかった（こんな感覚のもとも子供時代にあるだろう）。

どんな小さな指示であれ、〈存在〉の破片であるかぎり権力の香りが立ち込めているものだ。その「嬉しさ」はまたいつしか他人に指示を与える私でもあった。〈存在〈任務遂行〉〉の手段としての人間関係、上官と部下たち。そんなふうにしてあの懐かしい戦争ごっこがふたたび楽しめたわけだ（戦争とは業務の完遂である）。あの頃と違い、理屈のうるさいわりに命がけの戦争ごっこではあったが。さて、生きていていいのは嬉しかったが、たちまち私は不機嫌になった。こんな具合に生きていくしかないのか。まさに生存から意味への転換。なんと身のほど知らずの贅沢というか、わがままな問いであったことか。しようがない、そんな〈存在〉のなかでしか人も私も生きられないわけだし。〈存在〉の大舞台に乗って喜んでいる人はともかく（彼は〈存在〉からかなりの利益を得ているのかも知れない）、たいていの者は私のようにそこから飛び降りたくてもできぬ惨めな悲哀をひた隠しているのではないか。人により〈存在〉の陣地に差はあるものの、半歩でもその外に踏み出ようものならだれでも即座に窒息死する。魚が水の中を泳ぐように、いくら飛んでも鳥は空から逃れられないように。

人生の肯定から

私の存在は〈存在〉としてしか現われない。存在と〈存在〉はひとつであると言い換えることもできる（前掲書にて言及した）。長い間、私は自分は存在したくないと思っていた。存在したら自分もあの嫌な〈存在〉のひとつになってしまう、その共犯者の一人になってしまう（ここでいう〈存在〉とは私以外のすべてというほどの意味である）。存在の痕跡すら残したくないものだ。そうだ、わが骨粉すら存在したら〈存在〉の勝利にも等しいではないか。私はいまも墓場なき死者を願っている。〈存在〉は巨大だが、より大きく尊い大自然の転変のなかに静かに消え入りたい。むろん死んだ私はどうでもよい。どうせなにもわからないのだから。げんに生きている私が死後の私についてそう望んでいるだけのこと。わが骨や死体を借りて、生者としての己を記しているにすぎない（存在の滅亡願望もみずからの幼少期にまで遡れるはずだが、いずれゆっくり考えてみたい）。散骨などよりもっと単刀直入なものに自殺があるが、臆病な私のこと、記さずにおこう。しかしどう無残であれ、生活〈存在〉のかけら）できる有難みも喜びも私は少し知ることになった。とくに子どもが生まれてからは。

二人のわが子は私の〈存在（給料を運んでくる人）〉をきっと信じているだろう。どうして応えないわけにいくものか、私の存在の意味もひょっとしてここにあるのかも知れないのだから。やっと少し自分の外界が好きになれてきた、私以外のものをみずから受け入れるようになってきた。前節の言葉を使えば、「〈存在〉に登録されたい」、この生活をもっとつづけていたい……。私の存在する意味は死ぬことではないはずだ。だいいち人生の、生きることの明証的な真理性をあれほど執拗に書いた私ではなかったか（前掲書）。無条件の生きる讃歌、人生肯定の無罪を信じるいっぽう、それでも飯を喰うのをどこかみずからの〈存在〉の更新を欲望する貪婪な罪科のようにも感じるという相反する意識を持ちつづけたのではあるが（いまもそうだ）。

さて、それにしても〈存在〉への献身でもある生活からわずかでも抜け出たい、少しは抵抗してみたい、そんなかなわぬ夢をみるのをいまも私はやめていない（所詮はかなわぬ夢なのだ、まったく呆れるほど昔からみる夢だ）。夢に終わらずに、〈存在〉のなかからたった一ミリメートルでよい、跳躍を試みてみたいものだ。それはたとえばほんの少しの「自分らしさ」であり、つまりほんのわずかな私の〈存在〉への抵抗であろう。職場での自分を守る術でもある円満な逃避としての道化もほどほどにしようか、周囲に適応しようとするための作為も度を越してはいけない。ピエロは舞台の袖裏で泣いていればよいのだ（たいていはしようがなくて仕事に来ているのだから、せめて現場では少しでも面白いほうが気が紛れてよいのにと思うのだが）。なにをしたってしなくたって〈存在〉を超えることはできないが、若干の距離（視点変換）をとってその姿を覗き見ることはできよう。たとえばまさにこんな文章を書いている、そのことこそ経験の異化（抵抗）のささやかな証左と思いなして。人は

〈存在〉を不断に支えつつも、多少ともそこから逃れ出ているものだ。私にしても私なりの〈存在〉の錘を忍んでここまで生活してこられた自分を喜んで受け入れているし、誇りにさえ感じるが、夢をみたり喜んだりしているとき、私は〈存在〉そのものではない。悲しむこともできたのだから。〈存在〉からの脱却でなく（それは不可能、自ら存在しなくなってしまう）、〈存在〉への同化でもなく（それでは彼は存在しなくなる）、生きつづけ、喰いつづける（人間とは宙ぶらりんな生き物であるがゆえに）。なんならちょっとは意識して〈存在〉に抵抗し、自分と他人との、また私と自身との関係を少しずつ変化させていくのがよい。あとはこの閉塞社会、みんなストレスいっぱいなのだからわずかでも工夫を凝らしてなにか楽しみをみつける（私なら下手な文章を記して「ガス抜き」をはかる）。でなければ異化も夢も反抗心もあったものではない。「楽しみをみつける」のも〈存在〉に押し潰されていない人間の証しなのである。むろん人生の快楽はなにかのための手段にすぎぬほどしみったれたものでもけち臭いものでもない。人は楽しみ歓ぶために生まれてきたのだから。そのためには反抗も必要、というだけのことなのである。

反抗はといえば、庶民ならだれだって黙って政治でも語らせておけば、ときにとんでもない革命的な言辞を吐かないとも限らないものである。ふだん吐かないのは、吐いても生活はやはりいつものとおり黙って米つきバッタでやり過ごしていくほかないことを嫌というほど知っているからだ。鬱屈した日本の生活世界を五体投地のようにして生きるほかなき庶民、わが身の解放を夢みないほうがどうかしている。つまり彼はつねに革命的でありうる人である。彼は革命論や真理問題など露ほども考えなくとも浮世を立派に生きている。真理だ普遍性だとしたり顔して図々しく説きたがる人生の傍観者よりよほど真面目に生きているというものだ。飯は食べないと死ぬが、本など読まなくたって死にはしないし、それで頭が悪くなるわけでもない。もし真理なるものがあるのなら、鬱屈、革命的、真面目さなどがない交ぜと化しているこの生活のなかにしかありようがないのではないか。能書き抜きにして生きる、これほどそれ以上問われるいわれのない無条件的かつ自明の真理の次元はほかに思いつかない。もともと対象的な真理などない。人生の羅針盤に使える真理はない。真理なるものがあるとしたら、私たちが生きていくことそのことのうちにある。ここでわが身を思う。理屈っぽく〈存在〉などという私は庶民の名にも値しない一介の貧乏人ではないか。〈やめときな。真面目に飯を喰え〉。なんとか生きているだけで十分なのに、その「生きる」でさえ日々四苦八苦しているくせに。私は言った。生まれてきた意味とは生きることを楽しむ、人生をやってみてよかったと感じること以外のなにものでもない、と。そうは問屋が卸さないだけで、そんなことはだれでも知っているのに。気を取り直してみた。よいではないか、どうせ大したことではない。卸問屋や自明の真理やらをぼんやりと考えながら、少しは楽しんで日を過ごしていくことにしよう。いや、考えることでちょっと自分の〈存在〉も透かして見る。

もう一人の〈私〉から

〈存在〉の回廊をひた走る私。そんな私をかならずしも快く思わずにじっと佇んで見ているもう一人の〈私〉。〈存在〉を動かす歯車の小さな一粒としてガチャガチャと回転しつづける私を不快に〈悲しく〉思うもう一人の〈私〉が私のなかに存在する。〈おまえは、それでいいのかい?〉。そんなうっとうしい〈私〉なんか存在しなければいいのに。そんな〈私〉などいなければ、つまらぬことを考えることもなく、心置きなく〈存在〉の一歯車に専心する私でいられたものを。もう一人の〈私〉にストーカーのようにしつっこくつきまとわれているかぎり、〈存在〉と化した私（ロボットとか歯車になった私）などにはなりたくともなれやせぬ。けっして意識あるロボット（生体機械）にも意識なき私にも私はなれない。しようがない、私とは〈私〉との距離だったのだから。すると私が歯車なのは、人が〈存在〉の人間なのは、やるせなき見せかけ、芝居を打たなければ生きてはいけないから。真剣に本気でやるので、だれもがまさに本人も気づかぬほどのやむなき切なき迫真の名演技となる。いったん〈存在〉を興行主とする大舞台（社会・劇団）の幕が上がったら（つまり人は生まれたら）さいご、倒れるまで踊りつづけよう。舞台装置の建物に這い登ろうとする人、床で滑っている人、舞台から落ちていく人……。みんな大舞台の片隅に身を寄せ合って浮世のしがないかりそめの宿のように漂っている。私という仮の宿で人はその一生を終えるというか。

〈いいさ、この私で〉、歯車の私は呟く。呟くと、背後の暗がりでなぜか（悲しい目をした）あの〈私（おまえ）〉が佇んでいる。〈おまえは上役に気に入られようとしてまたもや芝居をやってるな〉とでも言いたげに。〈それでおまえはいいのかい？〉。〈存在〉という舞台の一隅にやつれ果てて立ち竦んでいる私をもの悲しく見つめるもう一人の〈私〉。じつはちっとも存在しない、たいていはただ〈存在〉にすがる私の耳に紛れ込んでくる煩わしいノイズとしてかろうじて私の頭蓋内の深奥の襞の陰にのみ存在理由をもつ、〈私〉。私を意識する作用そのもの、あるいは私らしさ（自分らしさ）と言い換えてみてもよい。まったく、〈存在〉の舞台上ではときにこの〈私〉のうるさいこと、うっとうしいこと、真面目に役柄に専念できやしない。どこまでも人影のようにつきまとって、私をたえず見せかけ者（俳優）として脅かす邪魔者。囁くように私に〈私〉は言う、〈おまえはそのおまえでいいのかい？〉。やかましい、もうウンザリする。もう一人の〈私〉とは、いつも私にむかって問いを発する、問いとしての私だったのだ。私の苦しみ、考える泉。私と〈私〉との問答、応答こそ、私らしさかも知れぬと言おうか。たまには自分にしか聴こえない声に耳を澄ましてみる訓練でもしてみなさいよ、ということか。そしてもし私や大舞台にむけた（ふたつでひとつだ）反抗なり抵抗がありうるとすれば、この〈私（意識）〉が〈存在〉の禁制を犯して言葉（表現）を持ったときだろう。生きているかぎり、だれしもみな〈私〉をひっそりと抱いている。たいていは悲しみの子供のように。もしもう一人の〈私〉なるものがいなかったとしたら、私とはなにか想像することさえできぬだろう。もう一人の〈私〉がいなくなったら、彼は〈存在〉になるのではない。非存在（無）、つまり死ぬのだ。およそ幾千年の歴史の下敷きに敷きつめられて息絶えた大多数の者は、もう一人の〈私〉の秘密（悲しい眼差し）をみずからに封印し、黙々として生きて死んでいったのであろう。哀れにも赤子のように小さな〈私〉をいとおしみつつ、その言葉に耐えつつ、つまりは私自身に嘆きながら。歴史の谷間の底についえていった怨霊、怨嗟の無言の澱み。そこから立ちのぼる霊気のようなもののなかに自分は生かされていると感じることはないだろうか。

もう一人の〈私〉とは、私をつねに目撃している私の証人。問い、あるいは異化作用としての〈私〉などとも言い換えられよう。こんな厄介な証人がいるかぎり、他人は騙せても自分は騙せないものである。騙そうとする私を〈私〉は知っているのだから。パフォーマンスは自分にもむけられる。騙したふりをして煩わしいもう一人の〈私〉をあえて忘れようとする（自己欺瞞）。だが、忘れられた〈私〉が私の証人であることは変わらない。忘れるためにはつねに思い出していなければならぬ。証人の問いとは、〈私〉を忘れられるかな、というものであった。他人もまた私の証人である。他人の目に映った私が私である、という。いよいよ人生の末路を迎え、裁きの法廷に案内されたとき、私の証人は私の耳元でなんと囁くだろうか。そしてこの証人に私はなんと答えるだろうか。この証人は、私にむかって私のことをなんと証言するのだろう。

私のなかから跳躍台へ

私は五〇歳を過ぎた。若かった頃のことをあれこれと思い出す日々。たとえば数年間におよぶささやかにして慎ましい〝闘争〟のことを。いま私の生活はあの頃とはくらべものにならないほど生活保守主義に彩られているが、それだけに思うところはある。〈存在〉と私との対象的な関係（二元論）でなく、生活のなかから〈存在〉としての私について多少は理解し始めたことによる。私は〈存在〉を嫌悪はするが軽蔑はしないし、またできるものではない。人間の涙と血の歴史によって支えられているものだからだ。少しは〈存在〉のなかに（とともに）生きる自分を素直に見つめ直してみようか。こういう調子だから視線を外界に転じてみても似たり寄ったりである。歴史の未来とか世界のひろがりといった〈存在〉の大舞台においては一人の人間の一生など生まれて生きて死ぬ、ごく短く狭いもの、ほとんどとるにたりぬ無にも等しい。それならなおのことというか、私など一人の人が生きて死ぬ些細な出来事に気をとられる。なんといっても当人にとっては自分の人生ほど気がかりなものはないのだし。「塵（個人）も積もれば山（国民あるいは国家、ようは〈存在〉の舞台）となる」とばかりに、自分を数千万分の一と見做す（選挙制度はその典型の〈存在〉）ことも辞さぬ生真面目な彼であってみれば、なおさらのこと。この凡人こそ〈存在〉の一化身であると同時に、未来にむけて跳躍を宿す一人のジャンパーなのである。

〈存在〉の見知らぬ乗客としてたまたま乗り合わせた私たち。どこへむかっているのやら不安な旅路ではあるが、でもいまはただ死ななかったことを歓びとしようか。乗客のなかにそれぞれの〈私〉がゆらゆらと漂っていて、生きていてよかったと自分を実感できる機会を与えられているのだから。じつはそのためにこそもう一人の〈私〉なるものは私にあれこれとちょっかいを出すのだが。「生きていてよかった」と感じるのは私のほかにはいない。せっかくの人生の機会、だから悲しみをすこしでも少なくしたい。ここに人それぞれにしつらえられているそれぞれなりの跳躍台（私らしさ）がある。生きていてよかったという思いには自分や家族や隣人たち、社会へと連なっていく大きなひろがり、時間の流れがあるだろう。〈存在〉をわずかなりとも超え出ようとする、波紋のような抵抗。いっぽう、畸型と抑圧の現代生活は人間をまた〈自然〉としても強制する。そうしてしか生きられぬ、当然の生として。歪んでいる私こそ自然な私らしさであるというわけだ。だからただいるだけ（私のままで十分によい私をイメージしながら――すなわちもう一人の〈私〉の囁きに注意を払いながら――、畸型化した私をもってさも本当の私ででもあるかのように強制する多様な〈存在（権力）〉に少しは食い下がり、逆らっていくのがよい（それを勇気などと言ってみてもしようがない。言葉でどうなるものでもないし）。だが、〈社会〉のなかで抑圧されているのはそんな私や人間たちばかりではない。

自然もまたそうである。

「ある」ことの摂理

たとえば地球というものが存在している――私というものが存在しているのと同様、偶然性と呼ぶしかないこの出来事を奇跡とも驚異とも感じてたじろぐことだろう。偶然性にむかって、「なぜ存在するのか」と問うには及ばない。存在する――それは恵みとでもいうしかないことなのだ。「奇跡の惑星」地球も、その表面で生息している私も、存在している以上はなにかをもって代用などできぬ。どちらも代替はきかない。私はだれにもなれず、だれも私になれず。世界に一人しかいない、ただそれだけをもってだれもとおなじく私も生きていてよい理由が天賦されているのではないか。一匹の蜘蛛も個体として生きているかぎり、まったくそう。鳥も虫も、葉っぱも石ころも、水も雲も風も、存在するものはみなそうだ。自然とは、そうあるがゆえにそうあるべきである、としか言いえないようなものだろう。（自然として）存在している以上、みな等しくそのように存在する価値も理由も権利も備わっている。存在するかぎり、存在するだけで、どれも存在していい、そのままそう存在しているべき存在（自然）なのである。まさに自然（存在）が自然のままにそうきめたというほかない。あるものはただあるだけで、他のものと対等に結ばれるようにして。とすると、存在しているものに無駄なものはひとつとしてないことになる。存在は存在であって、非存在ではない。だれも犠牲に供したり供されたりする権利も義務もないし、存在と存在のあいだには上位も下位もない。虫も人間も。すべての存在はひとつの存在（自然の生命の摂理とでもいうか）の多様性なのだから。蝶や蜂は花の蜜を吸い、花は陽光や土からの栄養分を取り込み、人はたとえば久遠の歴史の流れのなかで、それぞれこれからになにかを伝えていく。これら全体が一堂に会し、寄り添いあって（共生）、ひとつの地球も命の連鎖も自然の循環も形作っているわけである（たとえば食物連鎖も自然が生き延びるためのみずからの一秩序だ。掟である）。それら全体の大きな流れの均衡のなかで、いろいろな生物も私も彼もまた生かされている。私たちは自然であるが故に、自然によって（自然に）守られているといってもよい。私たちはみんな（大自然や人間たち）のなかに生き、生かされてある。生命と自然はひとつ、だからそのどれかひとつでも壊れたら（壊れるような環境条件があったら）少しずつ全体の均衡が狂いはじめ、いつかきっとすべてを失うだろう（生命種の絶滅など、まさしく不吉なその予兆以外のなにものでもない）。無益なもの、余分なものはない、なにを欠いても駄目（異常）、全部揃っていてひとつなのだから。たったひとつの例外がいる。人間である（後述）。事実、二〇〇年間耐え忍んだ自然がついに反撃に転じはじめている。地球の温暖化は自然の抵抗のほんの一例であろう。

宇宙はどんな構想力、想像力のもとにつくられたのであろうか。なんにせよその恩寵のようなものに包まれて私たちは生かされている。故にこんなに平等なものはない。しかしいったん〈存在〉の手にかかったら事態は一変する（その人間中心主義と金銭経済中心主義と）。たとえばだれのものでもないはずの地球の有限な資源を、資産家は貧乏人にくらべて大量に消費できるし、している（一例。お屋敷の電力消費量や大型高級車のガソリン消費量と、安アパートに軽自動車のそれ）。むろんそれだけ彼らは地球環境の悪化にも貢献する。しかし、なんの権利があってだれのものでもない地球を人一倍消費し、わがものにしうるのか。また身勝手にも地球にそんな仕打ちをするか（これらのことは当然にも企業活動などに範囲を拡大して考えて然るべき事柄だ）。それになぜ人間のあいだにはそんな不公正（不条理）があるのだろう、宇宙は平等だったのに。貧乏人よりもはるかに多額の金銭を、資本家は電力会社や給油所に支払えるからである。金さえ出せばなんでもあり、なんでもできる。豪勢な屋敷やでかいマンションを金持ちは建てる。太陽の恵みが遮られ、裏の貧乏長屋はいっぺんに真っ暗。おなじことだ。そんな権利といったら、みんな銭のこと。もちろんだれのものでもない地球や自然から資源にいたるまで好き勝手に買い込み、私物化し、楽しめる。それによる責任などとらないし、とりようがない。責任といったら銭のこと。社会構造が金銭（別称、妄想）という材質によってつくられているからである。しかし銭で地球は変えても、地球を新しくつくり直すことはできぬのだ。そんな心配はよい、銭の亡者たちの頭で出来上がっているような社会なのだから、貧乏人は黙ってしょぼくれた電燈の下でわびしく冷飯喰ってろ。なんと大自然の摂理をも畏れぬ所業であることか。いや、無償の恵みとしての存在を卑しめている。

「地球に優しく、地球を守ろう」などの本末転倒をやらかすわけにもいかないだろう。おこがましいことを言うものではない、地球に寄生しながらわれらは存在させてもらっているくせして。地球がいたから私たちも生まれ、生かされ、逆に地球によって守られている身なのに、「地球に優しく」もないものだ。身のほどを知ったほうがいい、地球を自分から切り離して他人事のように対象的に眺めているうちは駄目（そうしたければ学者はそうすればいい）。あの異化作用は〈存在〉や自分自身にだけでなく、同時に自然にもおよぶ。有用性、有効性、実用性の平面上に自然を還元していることに勘づくときである。むろん人間がいなくても、喜びこそすれ地球はちっとも困らない。地球環境の悪化によって人間が住めなくなったとしても、それで困るのは自業自得の人間だけ、やはりいぜんとして地球はそこにありつづけることだろうから（トバッチリを受ける無数の生命がいるが）。逆に地球がいなくなったら、言うまでもなかろう。問題なのは地球ではなく、「地球に優しく」などと他人事を言っている人間自身なのである。そんなことより、人間たちがどれだけ他人を守り、優しくなれるかである。それによって地球の環境などどうとでもなるのだから。

地球、私が存在する。自然より与えられた無償の、なんと幸運かつ奇跡的な恵みであることか。だからこそ、この恵みに慎み深く浴する修練を怠ることがあってはならないのではないか。しかし驕る人間たち、恐らくそうしないだろう。〈存在〉はたぶん改悛することがない。自然や生命を都合よく加工して〈存在〉の富に転化させ、それを大本にして金儲け（あるいは権力維持など）が永劫につづくとでも思い込んでいるふうだから（逆に、そうはつづかないと感知しているからこその明日なき捨て身の暴力であろうか）。人間は地球（自然）を世界（あるいは〈存在〉）として対象化し、そのなかで生きている。だがそんなことをよそに、いよいよこれまで人間には目視できなかった、知覚しえなかった事態がいやでもはっきりと露呈してくるにちがいない。人間がどれほど愚か（でない）か、ついに試されるときにさしかかったわけである。自然がいましているように、愚者の私たち人間どももやはり〈存在（人間中心主義、利益中心社会）〉にむかって抵抗しはじめなければならないが、自然の抵抗がやがて自滅に行きつくように（すでに述べたようにじつはそうではないが、その節は人間ともどもだ）、人間の抵抗もそうならないともかぎらぬ。私も彼も、また一人の〈存在〉なのだから（私は金も欲しいし、恰好いい新車も。〈存在〉と事を構えたら、そんなことより会社をその日にクビ、あげく人気のない路上に放り出されて、終わり)。では、どうするか。新しい人間の誕生——どうやって。けっきょくこの問いだけが残る。あたかもこの問いだけでも残す必要があるかのように。

見知らぬ乗客へ

活路は、右の修練の意味をどれほど会得することができるかにかかっているだろう。あるいは未来を必要と思うか思わないか(生き延びるべきだろうか)に。問いは発しつづけられなければならない。問いかけ、問いかけられているのは人間なのだから、存在(自然)から離れはじめ、ネオン瞬く巷の人間にふたたび問いは戻ってくる。さて、私は存在させてもらっている、と言った。大宇宙、大自然の生命の摂理としかいえないもののなかの、一仲間として。存在している——こんな尊いことはまたとないだろう。ところでそのために人間たちは非存在(死)の不安と恐怖に怯えながらの日々を送ることになる。「尊さ」への感謝と「不安と恐怖の日々」を天秤にかけたらどちらが重いだろう。またしても難問ではないか。もっとも、この計測には存在の尊さを日々忘れさせつつ、人を奈落の底に突き落とす〈存在(秩序)〉の作用が欠けている。それを補正すると、こうなろうか。せっかく存在させてもらっている(すなわち、生きていかなければならない)のだから、まず感謝したい。感謝に少しは応えるためにも自分にできるなにかをすればよいだけのことではないか、と(せめて恰好悪い中古車にするとか)。〈存在〉に嫌悪感をもよおし、少しはちゃんと存在したい、という。

私たちは〈存在〉という名の列車に乗り合わせた見知らぬ乗客であろう。車内にはふんぞり返って指一本で人々を使い回す偉そうな人たちが特別席に陣取っているかと思えば、彼らを顎で使うなお上位の〈存在〉を行使する重鎮たちは個室におさまっている。彼らに日夜、身も心も金もピンはねされている人々が一般席をあてがわれてずらりと座っている。隅っこで寄りかたまって突っ立っている影のような人たちを、さらに〈存在〉に役立たないからと邪魔者扱いしてど突いたり追っ払ったりしながら。真ん中の通路を歩いているつもりらしい出世欲をひた隠しにした用心深そうな目の人たちは、人に権力を振るい、同時に人から権力を振るわれつつ中腰姿で吊り輪を摑んでけっして離そうとしない者か。なんにしてもみな〈存在（資本主義社会はその一典型）〉という汽車に乗り合わせた乗客たちなのだし、たとえ見知らぬ者同士であっても、私たちは否応もなく車内で結び合わされたのだ。これこそ私たちの絆であり、すべてはそこからだ。反抗としてか共感としてか、どっちにしても。アフリカの子供が日本の〈存在〉の汽車を線路わきから眺めていたとしたら、なかの乗客たちはひとしなみに他者（〈存在〉）に見えるだろう。特別席（権力構造）を廃棄し、〈存在〉の列車を廃車し解体して、みんなで楽しく車窓を眺めながら旅をすればいい（なお、〈存在〉は個別的な現実のなかでつねに具体的に現われるものだが、もはや本文の水準を超えている）。

私にかえる

ふたたび私に戻る。私にもひとつだけできることがある。問いが立てられる。「私（人間たち）はどう生きたらよいか」「どうしたら〈存在〉を廃棄できるのか」、あるいは「どうすれば人は家族や他人と、目と目を合わせながら飯を喰い、お喋りできるか」など――回答は貨物船一隻分はありそうである。寡聞にして正解までは知らない。きっといまもこれらの問いの解消を見ていない（それどころではない）。

だから私にとってその問いは依然として問われる価値も必要もある。答えなど知らぬ、ただこの問いを隠してはならないと自問しているだけのことだ。まがりなりにも立てる私の問い。うまく問えば少しくらい答えは透けて見えるものだとの望みを当てにして。いや、正解はないことを知るためにも。問いをこれからも吹き溜まりのなかから発信しつづける行為をみずからに課することをもって、あの存在への私の感謝の証しとでもしようか。それにしても一人でできないことがなんと多いのだろう。わずかにいま私にできるのは、このように見えない読み手、存在しない読者にむけ、か細い声をもってむなしく呼びかける小さな暗号の屑を記すことだけだ。暗闇のなか、一人打電しつづけるいい気な無線士。

誘導された時間、あてがわれた空間、生きていることにつきまとう恐怖(あるいは孤独)、要するに〈存在すること〉の悲しみは私の思考に通底する澱のようなものであったが、いま、そんな抽象的、一般的な言いまわしとしてではなく、みんなの〈存在すること〉に即して現実を学びたいものだ。悲しみのコインにも裏側はあるだろう。ならば、〈存在すること〉の歓びと悲しみとを精一杯全身で噛みしめてみたいし、少しはみなと分かち合いもしたい。そのためにもみずからの〈存在〉を素直に受け入れ、陽気さ、わずかな正直さをもって、無駄飯を喰いつつも、私は〈存在したい〉。これが吹き溜まりへの連帯を込めた私なりの表わし方である。夜の通信士は解読不能の暗号を未知の人に、あの厄介な証人に、暗黒の未来にむけて打電しつつ、今宵もまた夢みている。

(二〇〇一年三月)

伸縮する時間たち

「今日という日は二度と戻ってこないのだから、一日一日を大切にして生きていきなさい」。四〇年ほど昔、小学校の先生にそんなことを教えてもらった記憶がある。二〇年もまえになるだろうか、私は書いた。すべてが飛ぶように過ぎ去ればいい。いっさいが過ぎ行き、ひとつの過去となり、やがて私自身も過ぎ去って、ただ忘却の安らぎだけが残る、と。

この頃は少し違う雑念が頭をよぎる。ちょっともったいないではないか。ろくでもないことばかりの毎日だが、楽しいことがぜんぜんないわけでもなし、少し気分を変えてみればけっこうこれで人生稼業も面白いかもしれないよ。子供の頃しじゅうやっていた大好きだったプラモデルをもう少し大掛りにして、木製の精密な帆船模型を気長に作ってみようか。熱中して、少しは嫌なことも忘れられるかもしれない。音響機器をもっと充実させ、音楽の世界に没入してみようか。天体望遠鏡でいつまでも星々を眺めてもいたいし。そんなことを思ってはみても、日々生真面目にやっているのはただ飲んだくれてテレビを見ているだけ。でも模型作りやオーディオ設備や天体望遠鏡のことなどを考えていると、人生実に楽しい。満天の星空の下、空想の帆船に乗って、透き通った深みのある音楽を聴きながら美味しいウイスキーを飲む……。えもいわれぬほど楽しい（やりたいことがあって、よかった）。

働いているあいだはどれも無理だろう。時間の余裕はあっても心のゆとりがない。ある友人が言ったっけ、「あなたほど現実とか社会とかにそぐわない人もまず珍しい」。そうだろうか、そんなことに客観的な平均値などあるとも思えないが、人生が「祭り（遊び）のつづき」だったらよかった（地域の夏祭り、神輿祭りではない。子供の頃もそれほど好きではなかった。ただし縁日とか露店は大好きだった）。その「祭り」とはなんだったのだろう。生きる意味を問い、世界の本質を学び、みずからの人生の目的を探し、あるいは権力に抵抗し、他人に反抗し共感し、さりげないことに感動し、芸術がくれた贈り物に歓びおののき、みなとなにかを分かち合い……。子供の頃にありがちの「もうひとつの祭り」だったのかもしれない。年とともに私が背中を丸めてひっそり闖入していった（していかざるをえなかった）現実とか社会と呼ばれるものは「祭り」などとは無縁なところ、大好きだった「もうひとつの祭り」を跡形もなくものの見事に台なしにしてしまう「無表情な大人の世界」であった。ついに「祭り」は中断し、ひっそりと終わりを告げたのである。私の人生の秋風と一緒に。私は決心した、〈うつむいて生きていこう〉。だから（自分のことのように）嫌でしようがないのだ。真珠玉みたいに輝いた子供たちの瞳がやがて翳り、灰色に曇り、暗くどんより澱んでいく。かつては「輝き透き通った子供の目」をしていたに違いない、いまの「無表情な大人（の世界）」とは実はなんなのだろう。その一員たる私の瞳など濁りきってもはや一条の光も射さぬが、やっぱり考える。艶消しのセルロイドのような私の目を透しても微かに見える、どんな宝石よりも光を放つ子供たちの瞳。あれは「お祭り」を見ている深い歓びの目だ。彼らの目の健康のためにもどうしても考える（私はほとんどいま無力なお節介をやらかしている盲目の眼科医の心境だ）。心躍る「祭り（光る目）」を忘れ、潰す「大人の世界（無表情な目）」とはいったいなんだろうか、と（現実とか社会とは陽気に「祭り」に興じていられるほどのどかな場所ではなかったのだ）。初老の私はいまもけっきょく「独り祭り」を踊っている。

わが家の子どもたち。ゆっくりと成長してほしい。そのペースに沿って、自分ものんびり年をとってみたいと思うようになった。できるだけ静かに長く彼らの成長を見守ってやりたい。だから、かつて願ったように飛ぶように時が経ってもらってはこまる。子どもにしてもそんなタイムスリップに付き合わされたのではかなわないだろう。「子の齢を数えて我が齢を忘れる」のがいいか。まえははやく四、五歳になって私と会話らしい会話ができるようになればいい、と思ったものだ。だが会話はじつはとっくにあったのだ、生れたときから。またしても私は間違った。さて、いつまでも彼らを見送っていたいから、ついでに長生きまでしたくなった。彼らの出生、子供の時代、成長、それらを時どきに打ち眺めていられるのはなんという喜びであることか。時間は八方に伸びている。もう一度、私までまた子供時代に戻らせてもらっているような気になる。楽しいことはいっぱいある。子どもを育てる、それだけで私には生きる意味も価値もあるわけだし、無力な私に与えられた最上の恵みとしか言いようもない。やがて彼らは飛び去っていくだろう。そうでなければこまるし、いまのうちからそんな覚悟もしておこうか。

人はその幼少期を超えることができない。その人がその人を超えられないように。幼少期はその人そのものである。私は自分がこの歳になっても呆れるくらい幼稚だから、よけいにそう思うのかもしれない。私は願う――。〈子供の頃の俺って、いったいどんなふうだったのかしらん。だれか教えてくれない?〉。だれも教えてなどくれない。親や幼馴染の語った印象もたぶん部分的なものであっただろう。肝心の私自身にしてからが、いい加減な思い込みを混ぜているだろうし、もともと記憶力がどうにも当てにならないときている。でも私はいまここにいる。幼少期を忘れても、存在している。五〇づらした爺がここに一人いる以上、かつてこの者の幼少期はあったのだ。すると、「幼少期はその人そのもの」なのだから、「いまの私」を遡ってみたらいいだけのことなのではないか。それで少しは幼少期も見えてくるだろう（たとえば数年前に出版した拙作『地下の思考』は、私の幼少期を知らぬまに物語っていることだろう）。だが、それで「私とはだれか」がわかったことにはならない。それはありえない。幼少期（過去）を知ろうとするのも、いまの自分を少しは知りたいからだが、実はその人はその人を超える。幼少期の時間（意味）をきめるのはいい年をしたいまなのだ。生きているかぎり私は死んだわけでも私の過去（だけ）でもなく、未来を生きよう（生きたい）とする現在なのだから（死んだら私は私の過去になる）。未来（未知）がその人をして（現在）その人（過去）を超えさせるわけだ。さて、幼少期を正確に知りえないように、また未来の自分も定かでないように、私は自分をだれだか知らない。いまの自分さえ、実はあまり知らないのだ。やっぱり、「俺って、だれ?」、か。だからなんとも面白いとも言える。もっとも、回答はおのずと、たぶんさりげなくふだんから与えられているような気もするのだが、確かなことはなにもわからない。

先日、子どもの誕生日を祝うため小さなケーキに蠟燭を灯し、部屋の電気を消して、家族三人でその子に「ハッピー・バースデー」を歌った。私はすぐに涙声になるので、みんなに聞こえないよう、小声で歌うことにしている。目もすぐウルウルになるので、部屋が暗くてよかった。〈よくここまで元気に育ってくれたね〉、と暗闇のなかでいろんな力に感謝する。あの子どもたちと、おっとりした妻と、空想の大海原を突き進む帆船、宝石の星々の下の不在の天体望遠鏡、架空の音楽、安酒の現実などに取り囲まれた、私の幸せなひととき。あの先生の言ったとおりだった。たわいもない一日一日が、どんなにとんでもない一日であったことか。いつまでつづいてくれるだろうか。時間とは歓びであり、悲しみだ。諸行無常（ナニゴトモ、常ナラズ）、よく言ったものだ。いろんな時間の流れが合流（交錯）するいまという時のいとおしさを、私なりに静かに感じている。

（二〇〇一年四月）

ひとりよがりのエッセイ

『地下の思考』（一九九六年刊）以降、たいして文章は書いていない。書く場を失ったことも一因だろう。なのにこの頃になってまたちょっと書いている。そのうちまた書かなくなるかとは思いつつ。じつに不思議な行為だな、と思う。書くとか書かないとかいうのは、なにがどうやってきめることなのだろうか。書きたいとか書けないとか書けるとか、書きたくないとか書こうということには、どんな心的な傾斜が潜んでいるのであろうか、私にはよくわからない。それに引きかえ、私の場合、書くことはたいていきまっている。自分が生まれて、生きて、くたばる理由を嘘でもいいから知りたくて書く真正なひとりよがりの作文。少しは上質なひとりよがりの作文が書ければいいと日々念じているし、作文を読む架空の読者も、当然そんなひとりよがり氏を想定してはいる。無数のひとりよがり君の耳元に、こっそり囁くようなつもりでなにか書けたらいい（いや、一人のひとりよがり君に、でいい）。まさしくひとりよがりのひとりよがりな書く理由である。

そのひとりよがり。あの本をどこの本屋で見つけたのか、わざわざ読んで電話でそう評してくれた某有名出版社の編集者までいた。それどころか、じつは私はあれを「ひとりよがりのエッセイ」という書名にしてもよかったくらいなのである。ただあまりにも身近すぎて思いつかなかったのではあるが。こんな調子でどうせ私のひとりよがりは今後もやみそうにないから、三作目を出すようなことがあったら帯にでもそう記そうか。私の書いてきたものなど、勝手な思いつきや思い込みが拡大し延長していった結果、文字として映し出された影絵のようなものなのだろう。多分に妄想に彩られているいくつもの連想の降り積もった生活日誌（雑記帳）といってもよい。現実（実際の社会とか現実の私とか）を書いているようでいて、じつはまったくただ空想に耽っているだけのことなのではないか、自分でもそう思うことがよくある。対応物が外界にあるのだろうか。空想にもある種の現実味があればよいのだが、そうもいかぬ。緻密な客観的考察も実証的な分析の積み重ねも、高邁な学問的営為も胸を突くような詩的に深いイメージも、どれひとつとしてかけらもない、ただのひとりよがりの独語の連鎖（事実、私はよく独語をしている）。〈しようがないよ、おまえなんだから〉、いまも、だれに頼まれたわけでもないのに鉛筆なめなめ懲りずに影法師を書いている。

ひとりよがりのエッセイは、ひとりだけのエッセイでもあった。自分を記録するために自分にむけて書いている。読者もいないし、一文の銭にもならぬのに、なぜ書くか——この問いをまえにすると私は例によってたじろぐ。自己満足と自己証言とでもいうほか、いまも適当な言葉が私のなかに思い浮かばないから。いまの悪しき世界に自分は責任がない旨のアリバイ工作（だれも私にそんなものを求めてはいないが）、あるいは自分の死の通夜（私は生きてきた、生きていた、その証しと弔い。生前に造っておく墓みたいなものだ。前作に記した）。要するに過去と未来にむけた自己正当化の工作としての文章。余談になるが（すべて余談のようなものだが）、若い頃にキリスト教などという場所に居合わせたせいもあってか（ひと頃は牧師にまでなろうとした）、偽善者の類はいやというほど見せつけられてきたつもり。最上位の偽善者はもちろん聖職者たち（なんと自分でも自分を聖職者と呼んでいた！）であろうこと、想像にかたくない。みずからもそのなかのひとかどの偽善者だと知り、そんな自分をもなんとか拒否しようとした。処女作（一九七九年刊）に反映している。できるはずがない、どだい偽善者のやることなのだから。やったら己の偽善をただ偽善的に肯定する、つまりもっと偽善者になるか、それがいやなら自分を自身で真面目に抹殺するようなものだろう。冗談ではない、私はただ少しマシに生きたいだけなのだ。どのみち偽善者なのだからいたしかたないではないか。それよりむしろ少しは生真面目な偽善者でも志してみたらどうだろう。二作目に少し反映しているかも知れない。三作目があるとしたら紛れもなくこの延長上に位置するほかない。こうして文章を書きつづけているかぎり、私の偽善（自己正当化）はやむことがないが、無実などというものはないと思いつつもアリバイ工作（つまりは偽善だろう）に熱中している姿はなんとも滑稽、一席の小咄でなくてなんだろう。たかがちょっと文章を書いた程度で無罪なら、あまりに虫がよすぎて有罪者を捜すほうに苦労するくらいではないか。ひとりよがりのひとりよがりたる所以だが、「生真面目な偽善者」を志すような身になってからはまたちょっと趣が異なってきた。そんなことはどうでもいいよ、この際、下手に自分むけの隠れ蓑工作に執着するよりも（どだい無理な話なのだし）、どう思われようと（だれもどうも思わないだろうが）得意の自己満足と妄想とひとりよがりを唯一の発条にして、なによりも心楽しく文章を書いていったほうがどんなによいか知れやしない。最新作はこれにかぎる。そうまでしても書くのはよほど往生していないせいなのか。私のひとりよがりを迎えい入れ、嘲笑し、その欺瞞に異議を差し挟んでくれるのは他者しかいない。私の場合は私のなかの〈他者〉しかいない。六〇歳にでもなれば、観念して少しは落ち着きのある透明な思考を紡げるだろうか。

こんな呑気なことが許されるのも現代文化社会の効用のひとつなのかも知れぬ。読者も原稿の締切り日もない、ずいぶん優雅な「思想的営為」と言えば言えるか。なんの勉強も努力もしない、ただその日その日の思いつきのみをダラダラと記しているだけの代物なのだから当然の報い、大袈裟に言うほどのこともないか。それならやめればいいものを勝手にやっているのだから、無知な者がでしゃばってておうおうにしてやらかす楽しい誤解、浅はかな思い込み、もの悲しい見当違いにさぞ満ちていよう。ママゴトをさせてもらっているくせに本人は分をわきまえずにかなり生真面目にものごとを論じているつもりなのだから、なおさら始末に悪い。昔は個人的、主観的なことであっても責任があるなどと気負い、無理して客観性に橋を架けようと鬱屈し、内向していったものだ。でもこの頃は、いまも述べたようにお遊戯らしく、楽しくやらせてもらおうと思っている。自分に言えばよいことだが、暇潰しの道楽程度の気分で書いていこう（実際そうなのだ）。それでも立ち止まって自分をふっと振り返ったりするときなど、背筋のぞっと凍りつくほどの空虚感をいまでも味わうことができる。

文章は書いた意図（たとえばアリバイ工作）とはべつの水準（論旨の当否とか文章の美醜とか）にも関わっているが、ここで述べる必要はないだろう。ただ、私にはただの人が普通にものを考えたらまずおのずとこんなふうになる、という程度の思いはある。普通の人に文章を書かせたらおそらくこんな調子だろう、というほどの自負だ。最近、いくつかの文章を書いていて、自分もようやくあたりまえの感性を持つ人間に少し近づいていけたかな、と思えるようになってきた。およそ感覚においてはまず明白(自明性)であるに違いないと思われるものの一端を、文字に少し表わせたかも知れない、と(それともこれ、またしても客観性との接続願望か)。思い上がりかも知れぬ。その書いたものが現実にどう対抗しえているのかともなれば私の文章はたちまち途方に暮れ、とっとと退散するのみだが、「この妄想には思いあたるフシがある」とでも思う人がいたら、ただの人が文章を書くという私の本意はなんとなく満たされ、ひとりよがりの思わぬ効用もかなえられるだろうか。では淡い期待を胸に、天真爛漫にわが純正のひとりよがりになお一層の磨きをかけるか。

思えば長いあいだ、私には革命後遺症候群のような疾病があった気がする(大袈裟だが似たような症状の人は案外多いらしい)。革命とはいっても数人でガリ版刷りの「反靖国法案」「反日米安保」などのパンフレットを書いて盛り場で配ったり、機関誌を作ったり、デモに参加することくらい。権力から直接に弾圧された覚えもない(だれしもいま権力と闘い、権力に押し潰され、かつ権力を行使してもいて、日常とはそんなものだがここでは問う必要はない)。三〇年もまえ、古い話だ。就職してからはそれどころではなくなり、小さな文章を記しつつただうつむいて今日まで生きてきた。私の勤務してきた小さな会社の経営者たちは、大雪の吹き荒む極寒の大地に一人素っ裸で立っているように見受けられた。彼らこそ権力(の末端)に日夜抵抗しつづけていたであろうに。私は苦労知らずの怠惰な臆病者(悪しき潔癖症か)にすぎなかった。またもや自己批判とアリバイ工作が卑劣にイコールになりそうなのでやめておくが、実際、自己批判に値するものを数え上げたら私の場合は底知れぬ(だれも自己批判など私に求めてはいないが)。でも、いまではそんな自己にも批判にもあまり価値も意味も感じなくなった。たとえばアリバイ工作も病気の一症状だが、第二作目を書き上げる頃だろうか、なんとなく先の疾病は治癒していったようである。昔を終わらせた気がして。この病への有効な治療法は、未来にむかう自分自身しかありえなかった。未来にむけて思考を凝らすとは、現在とあらたに出会うこと以外のなにものでもない。

「生活日誌」などと書いた既述に矛盾するようだが、私のひとりよがりの主たる原因は、この年になっても人間も世間もよくわかっていないところに起因するだろう。なにもかも、あまりに素人すぎる。かつて一〇年余りやっていた本の編集業にしても、いま一〇年近くやっている看護介護稼業に関しても、素人の域をいささかも越えたためしがない。この文章のように虚ろに、どこか上の空のごとくの調子で過ごしてきた。仕事に慣れるにつれ、それ以上けっして先に進もうとはせず、給料が貰えればよい、とただうつむいて自分の妄想のなかに閉じこもる。もともと世間に通用する価値としてのプライドなどいっさいないし、持てないし、またそういう持ち物を持ちたくもないたちだからしようがない。自分を意識的に対象化し、対象化した「私」をさらに対象的な実体として持ち物にしようとする心性（たとえば自分をプライドとして所有する意識）を、自分を世の秩序に同調させる業として嫌悪してしまう。所有の意識こそ、まさしく秩序〈存在〉なのだから。にせの私を自分にするのはいや、私は所有どころか欠如の意識に苛まれてきた（むろん所有意識も欠如のひとつ）。〈私って、だれ?!〉。いつもなにかを求めていた、といえば聞こえはいいが、なんというわがまま者、どうかと思う。この逃避と妄想は私を極端なまでに視野狭窄者にしたのである。私の記すのは生活者のたんなる実感であり直観にすぎない、と大見得を切ってみたところで、こんな調子のいかがわしい生活の素人（自分も生活のなかにいるくせに、よくこのことがわかっていない生活の傍観者）なのだから、水にものを書くようなものかも知れない。私自身、現実味のない一個の空虚なのかも知れぬ（怖ろしいことだ）。

　先に口走った、よせばいい「生真面目にものごとを論じているつもり」とは、こうだ。一個の個体であるかぎり、だれもがだれもとちがうという意味で、私も人並みにだれもとちがうはずだろう。だれともちがう自分を少しは正直に語り始めるや、言葉は私の奥へ落ちていくと同時に、小さな意味を蓄えて外気をわずかなりとも揺らして遮り、べつのだれともちがう人に郵便のように届くかも知れぬ、と私はこじつけている。言葉とはそういうもの、そのためにあるのが言葉。これからもそんなことを思って書いていくことにしよう（どこにも発表の場を持たないけれども。いやでもひとりよがりになるはずだ）。そう思わなければいくらひとりよがりな私ではあっても本をつくろうなどと思うものではない（すでに記したように、それだけの理由で書いているのではないが）。頭部が破裂するのではないかと不安さえよぎったあの処女作の制作の時分にくらべれば、いまはずっと落ち着いている。年もとり、いろんなことも変わった。それでもいま書いている諸作文は『原初の地平』と『地下の思考』の続篇であることをやめないだろう。あたりまえだが、書いたものには人格的な連続性がある。なにが変わっても、ひとつづきの私の人生のメモ（断章）として。だが、そんな重ったるいことよりも、まだない未知こそ恋しい。同一律は忌むべき〈存在（生きながらの死）〉を連想させる（そもそも私は一貫性という言葉をてんで信用していないし）。以前に書いたものなど（愛着はあっても）ほとんど読み返さないし、どっちにしろ終わったことだ。止まって、〈存在〉にも似た本から出発して進歩とか退歩とかを云々するのも好まぬ（それではあの自己所有とそっくりだ）。この二〇年間、ただべそをかいて毎日生活してきただけだから、生活感は増しても進歩なるものはおよそ縁遠かったが、これからもその時々の想念を、その時々に記せばよいと思っている。

ついでに私の書き方。舞台裏の問題だが、たいていはまずおおよそのアウトラインを書く。その後、普段思いついてその時々にメモしてためておいた断片をアウトラインに沿っていくつか選び出し、それらしい個所に嵌め込んで全体を膨らませる。あとから押し込んだメモの量のほうがアウトラインよりもはるかに多くなるのが普通である。アウトライン執筆時よりも古いメモ類を挿入することもある。いくつかの断片をそれらしく分類し、つぎ足しつぎ足しして、それぞれ独立した文章になっていく場合もある。本文章にしても、結構な量のメモの合成がもとになっている。あるいは逆に、おなじような類のメモを組み合わせてアウトラインを作ることもやる。このようにひとつの文章も結局は小さな断章の集合なので（少数の例外はある）、最初は流れが凹凸で読めたものではない。断章はそのまま並べただけではひとつの文章にならない。だから最後にあたかもひとつづきに書いたかのようにスムーズに体裁を整える（整えたつもり）。もともとメモ書きの小さな文の数々をテーマに沿ってジグソーパズルのようにひとつに組み合わせてならしていこうというのだから、意外に厄介で手間取ってしまう（とくに私の場合はそう、第一作に記した文字神経症のようなものがいまだに禍して）。おまけに、この段階でもまだあらたなメモを書き加える（だから私の原稿は汚い）。こんなことをいつまでやっていてもきりがない、適当なところで妥協してまとめよう。すると幾多の断片の寄せ集まりであることをやめ、それはひとつの文章となる。このやりかたは第一作目の後半からやっているから、二五年にはなる年季の入った作業だ。

ところでそこにも書いたことだが、思いついたことがあってあとでメモ書きして残そうと思っても、あとになってどうにも思い出せないことがしばしばある（普段、メモ帳を携帯するようにはしているのだが、書きとめるのが面倒だったり、できない場合もある）。半分近くは忘れてしまうのではないか（煙草の箱にでもなるべく書きつけておくように心掛けているが）。書かれたものを見れば忘れたものは推して知るべしなのだが、こんなことからなんとなく経験とはなんだろうかなどと考え込んでしまったりすることもある。「書かれざる一章」とでも言えば体裁はよいが、思わずそんな気分にも取り憑かれるひとときだ。「書かれざる一章」などだれしも自分のなかに持っていることは措いておこう。当然、アウトライン執筆時、メモ類の執筆時、その結集、最後の調整までには時間的なズレが生じる。それでもちっともかまわない。ただ呑気にやっている。書いた日付もアウトライン執筆時にしたり、メモを付加して一本にまとめ終わった時点にしたり、じつはかなりいい加減なところもある。それもかまわないだろう。好き勝手にやっていることなど、どうせそんなものだ。所詮この文章、この本全体の出生の地は大量の小さな破片（そのときどきに頭を横切っていった観念を危うく紙片に書き写した断章）だ。十分にまとめきることができず、お里の痕跡をいたるところに留めているだろうが、やむをえない（おなじようなメモをいくつも作ってしまい、あちこちに使う不用意もやってしまう。全体に重複の多い一因はここにある）。机の上で一時に書き上げてまとめるに越したことはないが、いまの私にはそんな能力も余力もない。なるべくメモをため込んで、できるだけひとつにつなげていくことにする。もし私に思索などという洒落たひとときがあるとしたら、小さな紙きれに文字を書きつけようとしているまさにその一瞬かも知れない。アウトラインを書き、いくつものメモを整理し、まとめて文章を調整し、一本の作文を完成させる場所は、勤務先の夜勤の当直室で、ときめている。自宅ではなにも考えずに、酒でも飲んで、いろんなこと、ちっぽけな自分さえも忘れたいから。

そろそろ本文のひとりよがりも、幕を閉じる時。また、つぎのか細い妄想にむかって。夕暮れ時になっても、公園のシーソー台に乗って、いつまでも一人でこっちへパッタン、あっちへパッタンとやっている、涙が出るほどけなげでいじらしい子どものように。


（二〇〇一年四月）

ボランティアの妻

またひとつ、妻がボランティアの仕事を見つけてきた。いままで、自転車で一五分ほどのところにある知的障害者のための施設で、音楽クラブの手伝い、オルガン伴奏などをしていた。

ところが、またである。近所の区立の福祉センターで、こんどは痴呆症の老人のためにアコーディオンのボランティア（ちなみに、彼女はこの楽器でかつて全日本コンテストに入賞したことあり）。ついでにわが息子までが、そこに将棋のボランティアに行こうかどうしようか迷っている（彼はアマチュア将棋二段の腕前）。

「われわれは、つくづくお金に縁がないねェ」、と言い合いつつ。実はボランティアされたいのはこっちもおなじなのだ。わが家の内情が火の車なのは、このおっとり女房こそ骨身に沁みていちばんよく知っているはずなのに。とかく浮世は悩ましい（三〇年前の、この人の慎ましい反体制運動の遠い遠い木霊を、そこに聞く思いがするが）。


（二〇〇一年八月）

闇に映る死

マンハッタン

二〇〇一年九月一一日の出来事に関する政治的な問題については、あまり興味もないので省く（たとえばアメリカ国家権力は私的な利害のために今回の犠牲者を政治的、軍事的に利用するかもしれぬ、といったような）。

それよりも、私の脳は想像してみる。一見、「アメリカ万歳！」風のアメリカ人男と、とあるイスラム原理主義者風の兵士が、並んで死んでいるところを。死んだこの二人は、いまはただの二個の残骸にすぎぬ。派手なチェックの柄シャツを着てころがっている男と、埃っぽい布を身に纏った動かなくなった男と。ただのそれだけ。千切れた肉塊、乾いた血糊、周囲を舞いつづける蝿たち。

「想像力が権力を持つ」時代もかつてあったらしいのに因み、連想はさらにつづく。あの肥えたアメリカ人に女房はいたのだろうか。痩せっぽちのあのアフガニスタン人に子供はいたのか。もう喋ることのない二個の骸は果てしのない「いのち」の連想に列なっていく。世界貿易センタービルの一隅で倒れた一人のアメリカ人と、中東の砂漠の襞のなかに果てた一人のテロリスト。「並んで死んでいる」

かれら二人は、着ている服も瞳の色も習慣も出身地も言語も信じる神も違っていた。それでもかれら二人はその人その人であるだけで生きていたし、ただそれだけのことで、ほかの様々なものと大切な絆を張り巡らしてもいた。妻や子や会社や戦友や虫や光や郷土や木枯しや、なんでもかでもと。何度笑い、怒り、泣いたことだろう。そんなただ生き物でいるだけで、生きる価値も権利も、歓びも希望もあったのに。不意の中断が訪れる、あの日までは。

「テロに対する報復」によって死ぬアフガニスタンのテロリストや子供たちのいのち。世界貿易センタービルへのテロ攻撃によって死んだニューヨークのサラリーマンや消防士たちのいのち。どう本質的に区別（差別）できるのだろうか。関係を絶たれてころがっている二個の屍は、まったくおなじである。死体のこの平等性は生者の平等性を意味するしかない。二人のいのちはまったく平等であり、その人とその人のいのちであり、いのちが生み育てる絆にも優劣はない。しかし、現実は違った。

死と生の平等性から、生（いのち）を基点とする思考の芽を育てることはできないだろうか（死体にはもうひとつ、「いのち」という名前があるはずだから、この際、「いのちの思考」と言った）。心ある多くの人たちがいま「いのち」の立場を発展させ、精密化し、展開していることだろう。政治・社会体制やイデオロギーを基点とする思考法は、「いのち」のシステム連鎖とは異質であるほかない権力と支配による作意のシステムであろう（「いのちの思考」を抑圧する「死の思考」と呼ぼうか）。「いのち」を基点にしたら、体制の相違、人種、宗教、歴史、イデオロギーその他の踏み絵を超える新しい視界も拓けてくるかもしれない。いや、「いのち」がまずそれら諸々に対立してしまうのがわかる。アメリカ人とおなじ「いのち」なのに、イスラム人の「いのち」の割安感のようなものが導き出されている風潮だから。あるいは死の恐怖とともにある戦場のアメリカ兵と、間違った政策を展開していればよいアメリカ政府のトップたちとの、なんという「いのち」の相違。これらが許される社会は、「いのち（平等性）」と対立する。たとえば資本主義体制のもとでキリスト教を信じる白人と、回教国家のもとでイスラム教を信じる有色人。それでいいではないか。「いのち」の姿はちがうが、中身は「いのち」、まったく等価だろう。テロと同様、アメリカの報復も「いのち」でなく死の山しか生まない。「死（差別と侵略と報復）の思考」に基づく不公正な社会や価値観を超えるためにも、「いのち」の連鎖の思考を求めつづけるしかない。

イスラム原理主義やテロに対しても、情報が多少とも公正に伝えられていたら少しは違う視線が出てきた気もする。つまりHow（どうやって）にはいたって熱心で得意でも、不思議なくらいWhy（どうして、なぜ）を問うことを忌避したがる日本マスメディア業界。最近は報復と復讐を使い分けるテレビ局まで現われた。おなじ「目には目を」を行使するのでも、デモクラシーのアメリカ国の場合は報復と、野蛮なアラブ人の場合は復讐と称するらしい。

なぜテロリズムはやまないのか。世界に「いのち」の不平等がつづいているからである。大国による弱小の国への侵略と収奪と差別、国の富裕層による貧しい民への搾取や抑圧のあるかぎり、悪魔と罵られようとも、テロのやむことはない。なぜか。みなそれぞれが「いのち」だから、そこに夢と絆を託しているからである。支配のための用具（政治体制、社会システム、価値体系、イデオロギー装置、その他）を取り払ってしまえば、「いのち」の連鎖以外になにもないことがわかるだろう。人々や世界や地球には共存と共生の道しか（希望は）ありえない。大切なのは支配や差別の視点でなく、「いのち」の連鎖から社会を組み立て直そうとする努力である。
これからアメリカは物々しく報復と称して、「さらによりよい戦争のありよう」、「より理想的な殺戮の方法」を日夜研究し発明し実用化するだろう（すでに科学技術の在庫はたっぷりある）。人を殺すには〈正義〉も必要だから、インテリその他を掻き集めてアナウンス事業も万全の整備をし、お供のメディア界も「より典雅な戦争」報道に熱中、諸共こぞりてよりたしかな能書きとこじつけとを唱和しよう。さらに泣く児も黙るフリーダムとデモクラシーとグローバリズム（各種の差別抑圧主義）にも総動員をかけて錦の大御旗を押し立て、いよいよもってグッドな戦争を開始することだろう。このうえなく尊い「いのち」の連鎖が、いたるところで、断ち切られる（のたうちまわり、もがき、悲鳴をあげながら、あるいは、ひっそりと）……。

（二〇〇一年九月）

病院の一日

東京のはずれにある職場（あまり気立てがよいとは申しかねるクリスチャン院長の経営する精神病院）。私の仕事（しがない無資格看護助手）については、いままでほとんど記してこなかった。あまりに身近ゆえに煩わしさが先に立ったからである。忌まわしい現実を云々するよりは空想に熱中していたほうがどんなにましかしれない。仕事だけでいいよ、というのが正直な感想。それどころではない、この「だけ」が生活に占める幅の広さ深さを何気なく振り返ってみようものなら、もうウンザリ、憔悴感やら諦念やら、戦慄すら感じる。いっそ笑うしかない。一日の三分の一の時間のせいで（夜勤を除くとして）、残りの三分の二をどんなに私は一種の無為（鬱的・放心状態）として過ごしてきたことか（これは私の責任である）。生活していくというのはこういうことか――そうしみじみ味わえる。しかしもっと味わうために、なにをことさら書くものか。なにか書くには書かせるだけの理由があろう。労働は私にとって生活していくためのやむをえない手段のほか、どんな意味もない時間の塊。鬱陶しくてかなわない。あらためて記す気もない。おぞましいだけ、反吐が出る。だがそうして生きていくほかない悲しみ、そんなの書かないほうがよい。愚痴以外、書けっこない。やめたほうがいい（そういえば以前の出版編集稼業にしてもほとんど触れなかった。さらに以前の家業の洗濯屋の仕事については処女作でかなり言及している）。

とはいえ、なんといっても勤労は私の人生の重要な一部には違いない（なら、なにか書くか）。仕事への思いは私にとって暮らしのやるせなさに直結している。労働は貧しい日々の糧に同化していった。貧乏な人は貧乏について考えない。考えなくても考えてしまうから。この考えを表わそうとすれば仕事の愚痴にもなる。愚痴は言っても始まらない。それでもしようがなく口を衝いて出てくるのが愚痴。言いたければ言えばよい。ただし仕事のことは仕事をしているときだけ、そのときだけは諦めてただやるにかぎる。生活は、黙ってただやるにかぎる。やるしかない、なるべく考えないようにして。私など精神衛生上からもできるだけそうしてきたつもりなのだが。あとは陰気な顔して俯いてさっさと空想界に逃げ込むか、家路を辿れば疲れ果て、酒でも呷り、ふて腐って寝るだけ。「自分の仕事に喜びを見出せない者は不幸である」、と明治期の某元勲だかが口走ったとか。この基準だと大半の人は不幸、というよりもこんな言葉にもっともらしく相槌を打つ者はよほどの人生の「成功者」か粗忽者のどちらかだろう。この点、私など純金の不幸者でしかないが、だからといって嘆いてみても始まらない。私はこの不幸をとっくに受け入れている。そのせいだろう、ここまで働くことができた。仕事の愚痴などもあまり書かずにすんだ（案外、ほかの私の文章は仕事の愚痴の変型かもしれないのだが。一個の歯車でいるのはどれほど心の安らぎをもたらしてくれることか。いまの仕事がまさにそうだ）。

勤務して八年にもなるのに（私の最長不倒記録）なにも考えないのだから、なお仕事についての文章を書こうとすれば右の愚痴以外には就職当時に書いた次のようなことくらいしかいぜん思い浮かばない。引用する――

「最近、わたしは長年の小雑誌の編集業においとまをし、近所の精神病院でしがない無資格の看護助手をやって生計を得ている。神経科病棟や老人病棟にまわされて働いているが、ここにもまたしてもあった。「ひとの役に立たない、他人や社会にたんに負担をかけるために生きているような病人に、生きる意味や資格があるのか」といったげっそりするあの有用性の問いのもつ鬱陶しさが。しかし考えなくともわかる、〈健常者〉自身はこの問いをクリアできるか、何者が他人の役に立っているか、この価値の尺度は何処よりきたるか。従業員は〈病者〉のおかげで生計まで立てているおのれに気づくものだ。有用性や功利性などの通念を逆立ちさせければならない精神医療の現場においてさえ、まさにこの通念こそ価値観の根幹になっているというわけだ。わるいのはかれを〈精神障害〉に追い込んだ社会ではなく、その社会に適応できずに現代の悪霊たる〈精神病〉に取り憑かれて〈精神病者〉

と化したかれであり、さらに〈正常〉な社会になお復帰できずにもがいているかれなのである。冷酷な社会に通用しえない優しい柔和な者は、保護と治療を名目に余計者として容赦なくこの類の〈病院〉に永久追放されるだろう。いっぽう、ではじぶんを精神病院にかたづけた価値観を〈患者〉自身はどう思っているのかといえば、案外に同一の価値観を分有し、みずからわりに学歴や職歴や家系などにこだわる風もあるが、どうせそんなものだ。「地上の思考」(どうぞまた本書のタイトルを想起……)、すなわち有用性の価値観や〈存在〉の思想、それらの呪縛を脱し、生きることがそのままみずからの価値をおのずと生むあの自然と出会う瞬間など、いつかひとにおとずれるのであろうか。」

(拙著『地下の思考』所収「鏡のなかの〈私〉へ」より)

欄外に鉛筆による次の書き込みがある――「現代日本社会こそ、娯楽、外出、面会、作業、食事、睡眠、療養など一連の、施設、機能を兼ね備えたひとつの巨大な精神病院のようなもの。逆に〈患者〉の眼差しによる社会批判が必要だ。」

いまもこれに付け加えるものが見当たらない(ただし「社会復帰」に関しては、私は当時より柔軟に考えるようになっている)。だから――最初で最後のつもりで、仕事というよりも、ある感慨を記してみる。

精神病院の思想

勤務地は私の家から徒歩で通える(その職場は嫌なことばかりではない。ラッシュアワー知らずの徒歩通勤にどれほど感謝していることか。背広にネクタイもなしなど、死ぬほど嬉しい)。私はこの界隈にほとんど生まれたときから住んでいる。しかし、まさか子供のころより遊び慣れたその一角に、壁と鉄格子を隔てて数百人の人たちが固まって息を潜めて寝起きを共にしている場所があろうとは夢にも思わなかった。幽霊屋敷のようなこの病院も、私とおなじほどの年になる。わが家の至近距離に、つまり子供時代から慣れ親しんでいる〈日常（正常）〉と思われていた場所のなかに、壁一枚隔ててこんな忘れられた〈異常〉地区もあったのだ。社会から、家族から、人間関係から、医療からさえも抓み出され、弾き飛ばされ、惨めに忘れ去られた患者たち（①）。

また、こうも感じる。壁の外の人たちも、名前を変えた治療や療法や入院生活のもとに、案外見えない鉄格子のなかで忘れられた人のようにして生きているのではないか。たとえ「良識ある社会人」「幸せな家族」「和やかな地域社会」など、そのほかなんと呼ばれようとも。平ったく言えば、どうせ世の中全体、ひっくるめて一種の精神病院みたいなものだろう（②）。要するに、三重なのだ。

①断絶性としての〈精神病（者）〉
②連続性としての〈精神病（者）〉
③社会（権力）の価値基準による〈正常〉と〈異常〉の同時設定。

さて、①の〈正常〉〈異常〉をだれがきめるのかといえば、社会である。社会を動かし、その質を規定しているのは社会的な権力作用だろう。権力による社会的な価値基準（③）が、たとえば一介の医者を介し、「この者は社会に適合しない異常者だ。隔離して治療する必要がある」として表出する。あるいは自分を介し、「私は社会に通用せぬ生きる価値なき余計者なのではあるまいか」となる。すると、①の〈正常〉と〈異常〉の断絶性に基づく治療の基準は、③の裏側のはずだろう。つまり社会の価値基準を疑い、拒否すること。社会の価値基準（〈正常〉か〈異常〉か）が①を産出するのだから。治療が必要だとしても、その必要の基準はまず③を拒否することからしか始まらないわけだ。「社会の価値基準」を容認しないこと。（内科や外科と異なる）精神科医療者の矜持でさえある（内科その他もけっして無関係ではないだろう）。要するにちゃんと②の視点さえあればよいのだ。壁と鉄格子の外側は〈正常〉という名の（もっとたちの悪い）巨大な異常社会にすぎなかったという。実際、異常も正常もあったものではない（②の診断、治療はそれ自体壮大な〈問い〉なので触れられない。本書の他の文章で簡略に触れている）。①の〈精神病〉は個人によって先鋭的、抑圧的に生きられる社会（家族も含めて）そのものであり、逆にいわばみんな一緒に（社会全体が）〈精神病（②）〉を生きる世界を個人化したものともいえよう。その〈精神病〉の病理が③（因みに、拙著『地下の思考』も本書の幾篇かもこの問題に言及している）。異常な価値基準（〈正常〉〈異常〉とか〈普通〉など）が〈精神病〉を作り育てて壁の中に差別、幽閉し（①）、発狂したくなるような（実に多くの者がすでに私も含めて発狂していることだろう）しがない生活者をおびただしく排出する病み歪んだ生活空間（②）を構成する病根なのである。要するに、①の治療基準の確立は③への抵抗を前提とする。②にたいする洞察（感性）が③への抵抗（異和感）を育て、①の治療基準の確立を促す。

治療の目的（あるいは終了）を例の価値基準（③）において成り立っている社会への適応（〈社会復帰〉）と称するのなら、倒錯というものだ。〈精神病〉を産み育てた本来抵抗すべき社会を肯定し、あげく彼に〈精神病者〉の札をかけたその社会に再び「復帰（適応）」しろというのだから。まさに本質的に〈再発〉は必定であろう。患者の「社会復帰」は社会そのものを暮らしやすい場にするのと併行しなければ意味がないし、不可能である。自分を①に押し込めた否定すべき相手（③）に自分を支えてもらうわけにはいかないではないか。②の認識を欠く①と③を平板に同格化する精神医療を斥け、①②③の諸点の次元および連関を精密化して治療を立体化する必要があるだろう（一素人として私は感じた問題点を図式的に粗述したまでだが、こんなことは心ある人たちがとっくに綿密、周到、大規模にやっている。東京のはずれまでまだ届かないだけだ）。たとえば、たんなる適応でも復帰でもない、患者が自分を信じ、一人の人間としての自信（価値観）を取り戻すのを手伝う、患者と職員とが一体となった改革的で斬新なデイ・ケア（望ましい「社会復帰」のための訓練の場）があればよいと思う（きっとあるのだろうが、私の勤務地からは見えない）。

右記のことは基本中の基本だが、ついでに思いついたことを記してみる。

こういうところにいると、死ぬことについての苦しみのほかに、死ねない苦しみ（あるいは生の苦しみ）というものがあるのをいやというほど感じる（死ぬことについての苦しみも生の苦しみに違いないのだが）。「死ねない」のは「死のう」と思いつかなくなる、思いついても（望んでも）かなわない、あるいは「死ねない自分を嘆く」などを含んでいる（とくに老人科病棟で）。自分を外側から見ようとする視線をほとんど失っているのも数えよう（多くは精神科病棟も、そう）。なぜただ苦しみつつも生きているのか。「死ねない」からである。職員はそういう人間にたいし、陰で「この人は生きていてもしようがない」「私なら自殺する」なんぞと不用意に言うものではない（世間的な価値観③に便乗した独断にすぎないからだ）。死をもっとも願い、しかも果たせないでいるのはその患者かもしれないではないか。死ねるものなら死にたい、と。生きる（死ぬ）とはなにか、生きられない（死ねない）とはなにか、などの問いがここに待ち構えているだろう。生きられない苦しみ、死ねない悲しみ、なにもない恐怖。私も患者の姿（とくに老人の）に幾度己の末路を重ね合わせてみたことか。だからといってこの八年間で死（または生）がわかったとか、老いそのものを知ったとまではまったく言うつもりはない。何年たっても無理な話だ。ただ個々の死や老いや、そこに結びついている人それぞれの人生というものについて、多少のことは考えたと言えるかもしれぬ。看護現場のなかでこんなことを感じさせてくれた職員、病院業務には感謝する（では患者への感謝はなんだろう？　本文そのもの、本書自体としかいまは言いえない。もしくは一言、絆）。以上の初歩的な理屈はもっと聡明に語られなければならないが。

——ひたすら忍従をつづける日々の仕事のなかの私に、なにはさておき私がウンザリしていること、すでに述べた。顔も声も笑おうとさせるのだが、毎度のこと、心が引き攣って顔と声が追いついてこない。そうしてあらかた惰性で仕事をやっているから、いまも勤めていられることもすでに述べた。患者の生活に禁止条項を設けることぐらいしか仕事を思いつかない職員用ストレス発散型の職場にも辟易するが、卑近な現場風景を並べていくとまたもや愚痴になるのでやめる。哀れみと蔑みのにぎわう交差点——精神病院。職員と患者、患者同士、みなそうだ。これしかないとは思っている。出会った患者に、できるかぎりその人に則して優しさのある接し方をしていく試みを失わないこと（つまり③の意に反し、また②の一般性とも異なり）。そう念じてはその都度失敗している、怠惰な私の難行苦行なのだが（それでも、「患者さま」などと言って相手を小馬鹿にするよりはよほどマシだろう）。どんな職場であれ、やれることはあるものである。

これが mon métier（わが職業）、お陰で生活もさせてもらっている。「社会復帰」など夢のまた夢の人生の廃兵たちが群れ集う、わが精神病院（もっとも、ここも社会の闇の一断面であることを忘れてはならない）、私にいてほしいと思っている患者がいないともかぎらない。さあ、あの病院には私を患者としてでなく職員として遇してお金もくれて、ありがとう、とでも思ってペンを置くことにしようか。

（二〇〇一年一〇月）

星へのメール――一七歳の娘に贈る

「ねえ、お父さん、うちもインターネットやろうよ。」

娘が言った。

「せっかくパソコンあるんだから、それもいいねェ。」

と私。

「世界中とアクセス（接続）できるんだよ。お父さんが若い頃お母さんと暮らしたヨーロッパとだって、コミュニケーションできるんだから。」

〈……でも、おまえと少しでもアクセスできれば、このお父ちゃんはそれで十分なのだが……。〉

これは言葉にはならず、娘から部屋の窓にちょっと視線をずらすだけにおわった。

〈眩しいくらいに輝き、それでいて受験の日々に圧し潰されて陰気な顔つきと化した、わが娘よ。おまえは電気やボタンで地球の裏側とも好きなだけアクセスすればよい。それはきっとおまえを豊かにする。でも、父ちゃんの願いはそうじゃない！　全世界となんかとちっともアクセスしたくない。おまえとさえ交信できれば……〉

「むずかしいんだろ?」

「心配ご無用！　大丈夫だって。慣れよ、慣れ！」

〈季節外れの片思いをやらかすこの寂しがり屋のクソ親父のことは、どうか忘れていい。そんなことより、おまえこそいつか電波でなく、本物の世界にむかって羽ばたけ！　お父さんとお母さんがかつて死にもの狂いでそうしたように……。電波（情報）と自分を通して見る現実は、ちがうかもしれないよ。〉

「ところで費用はだれが出すんだい?」

「あたりまえじゃない、お父さんよ！　親なんだもん。」

〈「親なんだもん……」。二年前に逝ったお袋、二〇年前に死んだ親父、どんなに一人っ子の私と交信したかったことだろう。ついに私はわからなかった。わかろうとしなかった。いまごろになって、ものの哀しく迫ってくる。通信を切望する親のことが、その種の交信に興味のなさそうな子どものことも。〉

「試しにやってみるか……」

「そうそう、そうこなきゃ。世界がひろがるよ！」

〈おまえをここまで育てさせてもらっただけで、ずいぶん世界はひろがったよ。この父ちゃんの望みは、ただひとつ。どうして願わずにいられるものか、一歩一歩遠くへ歩いてゆく可愛い娘の人生が、なるべく悲しみの少ないものでありますように。ついでに、ちょっとはイイ女になってみろ、とも。祈りにも似たこんなふざけた願いをおまえに送信するわけにもいかないね。しようがない、内緒で秘密の暗号を作り、星々を中継地に、父ちゃん、夜空にむかっておまえにそうメールしようかな？（だれから送られてきたのかもわからない、気味の悪いメール……）。〉

（二〇〇一年一二月）

Kちゃんへ

四月下旬の、ある夜半。病棟の便所からふらふらと出てきて、底冷えのする薄暗い廊下にそのまま蹲るように倒れ込む。見ていた職員がすぐにベッドに運び込むも、すでに絶命状態であった。それまでふだんとなにも変わるところはなかった。死因は心臓麻痺——。翌朝、病院に出勤した僕は、夜勤者からこれだけを聞いた。これで十分であった。彼のいないこれからの病棟を想像してみただけで、無性に寂しさが込み上げてきたことは別にして。

Kちゃん。五一歳。男性。病名は精神分裂病。精神病院の入院歴、二六年。

映画『E・T』の異星人の顔を細長くしたような顔。体はヒョロ長くて、大きな人なつっこい目をし、無口なほう。それでもときおり人を寄せつけないような鋭い表情を見せる。けっして目立たず、いつも人の後にいて一人恥ずかしそうにうつむきかげんで微笑んでいた、シャイでダンディーなKちゃん。本当は中吉と大吉しかない手製の占いカードをいつも人に引かせては、「きっといいことがあるよ」と言っていた、優しいKちゃん。君には「いいこと」がなにもなかったろう。あんな占いカードを作るから、凶がぜんぶ自分に集まってきたみたいに。なんでさっさと死んだの。それでよかったのかい。それとも人に言えぬ憤怒を抱きかかえて逝ったのか?

死の報を聞いたとき、とっさに僕の後頭部をよぎった言葉がある。〈Kちゃんよ、君はいったいなんで生まれてきたの?〉。薄暗い精神病院で暮らすためかい? 人並みに恋もしたかったろう、女を抱きたかったろう。木洩れ陽の揺れ動く樹々の下なんかを、ひとり気ままに散歩でもしたかっただろうに……。〈なんで?〉、だれよりもそう問いたかったのは、君だったね。なにもしてあげられなくて、ゴメンな。

僕は君の死を容認することができそうにない。あまりにも不公平すぎて。ちぐはぐな恰好で宙ぶらりんになった「君の死」は、これから僕のなかでずっと中空を漂いつづけるだろう。Kちゃん、お疲れさんよ、そしてありがとう、サヨナラだ。

〈君が存在したが故に、天国は存在しなければならぬ〉。これは僕の憤怒である。あの世には辛いことはなにもない(はずだ)。僕はとうてい天国には行けそうにもないが、君には溢れるほどの資格がある。

せめて僕はこう空想して、いまはこころの隙間を埋めることにする。

〈Kちゃん、そのうち僕もまんまと紛れ込んで天国にいる君のところに行くかもしれないよ。まさか黄泉の国で占いでもないし、もう患者も病院も差別もつまらない規則もないのだから、そのときこそ、一緒にいつまでも遊ぼうよ！〉。

（二〇〇二年五月）

三つの不機嫌

思い出してみてもどうにも解せないことは無数にあるが、共通していて、しかもあるときまでなんとも腑に落ちなかった、少なくとも三つのことが私にはある。

二年以上もまえになるか。あるとき、①庭に敷石を並べたのだが、敷き方が悪いと言って手伝っていた妻をこっぴどく怒鳴りつけた。②庭の縁台をひっくり返して（故意にではない）花木を折ってしまった息子を激しく叱った。③返答の仕方が悪いと怒ったら反抗してきた娘を、したたかひっぱたいた（娘は電車に乗って、夜遅くまで家出した）。相前後して起きたことだが、共通しているのはどうも不機嫌（それと、いずれも酒を飲んでいた。酒癖は悪いほうではないのだが）。この類のことはきっとほかにもあったのだろうが、右の所業は私へのひんしゅくの記憶として三人のなかでいまもって語り継がれている。

ところで、私の母はその一年ほどまえに死んでいる。その折の気分については「母の死」（本書所収）という文に短く書いた。ある時代（非常に小さな母と私の時代だが）が終わったな、という別離の感懐と解放感だった、と。

さて、一連の乱心（右の①〜③など）に狼狽した女房があるとき私に言った、「お母さんが亡くなってから、不機嫌になったね」。ハッとした、ギョッともした。思いもよらなかったと同時に、もしやと思ったから。〈そんなはずがない〉、お袋の死は私に汲めども尽きぬ解放感を授けてくれたはずではなかったか。すると、なんだろう——もともと短気なところのある私であったとしても、あのころのあの奇妙なくらいの不機嫌さ、常軌を逸した怒りっぽさとは？

本人にもよくわからない。たやすく分析できる心理現象なのかどうかも知らないが、そのままに放っておく。たしかなことは、ただひとつ。妻の言葉を聞いた瞬間から、私の得体の知れぬ不機嫌な塊が、すうっと溶けていくような感じを味わったこと。いまの私はあのころほど不機嫌には生きていない。まさに精神分析学が説くところの「意識化による昇華」そのものなのか。なんにでも意味があるとして、このたびの「不機嫌」をあえて自分で意味づけようとすると、「母の死」以外に上手い考えはどうも浮かびそうにもない（私の心の淵に一条の光を射てくれた第一級の寡黙な分析医の女房に、感謝でもするか）。

残ったものは、母と子とはいったいなんなのだろう、という思い。思っていたよりはよほど深いものなのだ、この結び目は。それだけはわかったし、「再び『母の死』と父」（本書所収）という文章を書く気にもなった。人それぞれなりの闇が、人それぞれなりの人生の底に静かに蠢いている（私にはたとえばあの〈水晶の夜〉のように。「私のなかの『水晶の夜』」本書所収）。人の心の闇は世界の闇（また歪み）と深く繋がっている、と私は見ているのだが。

（二〇〇二年一二月）

うたかたの日々

＊

去年の夏（暑くて死ぬかと思った……）以降、今年に入って、わが家は息子の高等学校進学騒動に揺れている。

小学校四年生の頃に観たテレビのサスペンスドラマ（私もファンで、なかにはなかなかよくできているものもある）の主人公がたまたま弁護士だったことにヒントをもらったのか、この子はいまのところ弁護士志望である。それならそれで、それなりの努力がいる。親としてもなにか手伝ってやれることがないともかぎらない。まずは、「志望に沿った勉強や努力のしやすそうな学校は……」。そんなことは、子どものほうがよく知っている。あと半月もすれば受験だ。どう転ぶか（私は内々に、こう思っている。恐ろしいほど推理サスペンス小説好きにして、呆れるくらいに不活発なこの子のことだから、案外、推理文学の研究者にでもなったらどうだろうか、と。どの高校にしろ、入学したあと、落ちついたら奴にこの話を切り出してみるつもりだ）。私が楽しいのは、こうして日々を過ごせる全体だ。入学を望んだ学校に不合格となればだれだって悲しいはずだし（私も娘の場合もそうだった）、それなりの努力をしたつもりの本人ならなおさらのこと。茫然としてしゃがみ込むかもしれない。でも、それも人生。取り返しのつかないことをしたと思って悔恨とともにこれから生きていくか、あとになってよい想い出となるか、あるいは——いずれにせよ彼のこれからの人生がきめることさ。さきに死にゆく年寄りの私は、残念には思っても、やはりどこまでも楽しい。そうして日々が過ぎていく（そんな日々を送らせてもらえる）、これだけで嬉しくてたまらない。陰鬱な受験の日々が終わったら、中学校の卒業祝いも兼ねて、親子四人、二泊三日くらい近場の温泉郷にでも行こうか。またもや、楽しい夢……〔なお、息子の夢は本文執筆から六年後、かたちを変えつつある〕。

＊＊

私はだれかの役に立ったためしなどあるのだろうか、子どもが生まれるまで。この子たちはほかに頼るものもないので、健気にも私をあてにしてくれる（いまや、私はけっして独りぼっちではないわけだ。涙がチョチョン切れる……）。人に頼られる（あてにされる）という幸福感、安堵感、免罪感……。ほかにやりようがないので子はそうしているにしても、それだけで私の生きる価値（意義）は仰ぎ見る杉の大樹のようにまっすぐ凛々しく、すっくと樹立されたというものだ。「羊飼いは我が羊のために命を捨てる」という。ひがみっぽい私はそこに救いを見る。生きる意味の発見と、死の恐怖からの離脱と、孤独からの癒しと、生活への順応と。私には意味があった、私は無ではなかった。手放してなるものか、私はクソオヤジの役回りを喜び勇んで演じ切る。

子どものほうはどうか。「生まれてこなければよかったのに」と思っているとしたら。私の恐怖におののく言葉、存在の悲しみ（昔、私は父に悪態をついた、「生まれたくて生まれてきたんじゃない！」。あのとき、悲しそうな目をして父は黙っていたっけ。時は流れ、このわが一言が悔恨とともに甦ってくる。私も子を持ったから）。でもこのごろは思う。生んだ妻や私のせいばかりでもないよ。

生まれてよかったと思うのも生まれなければよかったと思うのも、本人次第（余計だが、私にしてもそうだった）。どう思うか、これからの人生のなかで自分がきめていくだけのことだ。どっちにしろ試みるに値するではないか。人生など試行錯誤そのものだ。「生まれてよかった」と子が思えたらいいのに、と親たちは願うのみ。いずれにせよ、生まれてよかったと思える機会だけは与えることができた。生んだのだから。大したことではないか。私自身、驚く。暗黒無為（無）の宇宙のなかに、存在の歓びという一灯（それは貴重な有だ）を灯しうるのだから。

子どもたちがどう考えるにせよ、私は今日も職場に出撃していく。僅かばかりの給料を家に持ち帰って、この子たちの上の顎と下の顎をぶっつけさせるためには。そうでもしなければ生まれて良いも悪いもない。わが家など当然共働きのケースなのだが、少しでも「生まれてよかった」の手助けにでもなればと女房はほぼ子育てに専心、無残な貧乏世帯と相成った。

子どもを育ててみて私がよかったことのひとつ、自分が少し変われたことか（私のような男は、なんにせよ変わったほうがよいのだ）。育てなかったらどうかは言えないが、頑迷で臆病なものだから、たぶん変われなかった。あと、子供を苦手にしていたのに、好きになれた。子供の持つ純白、無垢を私は讃美する。長くはつづかぬ、本人も忘れ去ってしまう記憶となるからである。いまではどこかの子供が泣いていると、いい年をして私まで泣く。小さな胸がいまどんな思いをしているのか、と思って。かつて自分も子供だったことを思えば、どうでもいいことではない気がする。きっと私が書くのは〈子供〉への鎮魂歌なのだ。己の存在意義（価値）の弛みなき継続と二人の子の存在の歓びとを願望しつつ、禿げかかった白髪頭を振り振り、この父ちゃんは今日も行く。

＊＊＊

「フリーターの若者は」などと言う。その子たちの将来を想像すると、なんだか背筋あたりに悪寒が襲ってくるのだが。傍観者の早とちりか、新たな未来への小さな胎動を見透かせないセコハン爺の杞憂か。私も長年フリーターのようなものだったから、他人のことは言えない。なんにせよ、日本の政治経済社会に潜む問題であることも間違いのないところなのだ。

私みたいな男にとって、仕事があるというのはどんなに有難いことだったか。食えて生き延びていける、それだけでいいよ。疎外された労働だろうが、賃労働であれ、搾取、抑圧された人間であれ、この際、どうだっていい。理屈は生き延びたあとだ（たしかひと昔前の日本のある政治家が言っていた、「理屈は後から貨車で来る」）。それでいて、気に食わないと言ってはよく職を変えたのだから、やはり素直な気立てではなかったのだろう。そうまでしてなんで生きていかなければならないのか？　私はなにを探していたのか。覚えている人も多かろう、ビートルズの「ヘイ・ジュード」末尾のスキャットのリフレインを。あの曲は終わらない。ずうっとつづいていったらいい、「ラー・ラー・ラー」の歌声と合唱。みなの人生、いつまでも「祝祭（遊び）のつづき」であってほしい、と祈るように響く（だから古いフランスのシャンソンにも好きな曲がいっぱいある。人生の哀愁と歓びの混じり合った歌。悲哀はこらえようもなくおのずから人生のなかに滲みでる。日本の演歌のように「悲しみ」を正々堂々と目的化したのでは、もういっぽうの歓びとの微妙な交錯の妙も人生の機微も吹き飛んで、身も蓋もない）。思えばなんととぼけた救いようのない甘ちゃんであったことか、私は。さて、こんな科白を自分に言い聞かせてみる。「若いうちは無駄飯を食え。年をとったら無駄飯は食うな。身銭でひっそり食え」。「年をとった」私は「ひっそり食っている」だろうか。いまの若い「フリーター」はどうなのだろうか。無駄飯などとても食えないだろう。

存在する(生きる)のは悲しいことだ。では私は悲しみとともに生きていきたい。悲しめるのを素晴らしいことと思えるようになりたい(とても無理だが)。あのシャンソンのように。毎日が饗宴とまではいかないが、せっかくなら生きているあいだはおもしろおかしく、楽しくやろうぜ、と願うだけ(われらのあてどなき特権だろう)。そのためなら神にも悪魔にも祈ろう。こんな言葉を屈託もなく言えるようになったのも、最近のことだ。「おもしろおかしく」に自責(負い目)の念のようなものが頑なにつきまとった昔もあった。もっとも二〇年以上もまえに私は相棒に呟いている。「人生は旅である。死ぬその日までつづく私だけの旅だ。このことに気づき、どうせ旅ならみんなで楽しく旅をしよう、と思いついたとき、つまらないことはうち棄てられ、人生は一変するだろう。これが革命の最深の奥義であるだろう。」(「風としてのヨーロッパ」福原明子著『風船のなかのパリ』所収)。

もはや「フリーター」の未来でなく、一人の若者の未来である。絶望だの希望だの、言葉はどうでもよい。生きているかぎり、人は言葉を超えて泣き笑うものだから。うつむいた彼が、少しでも顔を上げて笑えばいい。

(二〇〇二年一二月)

雪夜の情景

月夜の目抜き通りに降り積もった雪は、通行人の足で踏み固められ、白い大路となってはるかかなたの淵までつづいていき、やがて暗黒のなかにひっそりと消えている。両側には暗く鬱蒼とした大樹の梢が低く垂れ込め、跳ね上がれば届きそう。大通りのあちこちから中小の小路が迷路のようにいくつも枝分かれしているが、先はどの道も雪をかぶった小高い森の闇のなかに吸い込まれるように消えていく。

道と一緒に吸い込まれていく人たちもいれば、人恋しさからだろうか、とぼとぼとメインストリートまでまた戻ってきて、行きかう人たちをキョロキョロ眺めている人もいる。〈道に迷わないように〉、辻々にビーズ玉を繋げたような七色のカンテラの明かりが灯っている。降り始めた雪に淡い光が反射し、あたり一面青白く浮き上がって、うっとりするほど美しい。その下を、さて会社の倒産かリストラか、再起ゼロの顔をした五〇歳代の陰気な男たちの一群がたそがれて歩いているかと思えば、亭主に捨てられでもしたか、赤子をねんねこ半纏にくるんでおんぶしているまだ若い女性は、無表情な瞳を剝いてただ路地裏をぐるぐる回っている。よく似合う華麗なドレスに身を包んだ女が並木を背にしてしゃがみ込み、降りしきる雪のなか、虚ろな目をして焼酎のラッパ飲み。瓶越しに青白い雪景色が映えている。「ハァー」、大きな溜息をつき、ふざけたようにだれかれなしに手を振りながらうつむいたままゆっくり暗い沢のほうに消えてゆこうとする、風采の上がらなさそうな中年の男。パートを首になったのか、しょげたり目をつり上げたりしてフリーターの娘たちの一行が大通りを横切った。

もっともらしい険しい顔をした分、どこか滑稽さの漂うインテリ風の紳士は、思いつめたように眉間に皺を寄せ、ゼンマイ仕掛けみたいにギクシャクした歩きかたで雪道をせかせかと通りすぎていく。あそこを通るのは、きっとなけなしの有り金を若い男に貢いでは逃げられてとほうに暮れている中年女の一団だ。そんな年でもないだろう、寒そうにポケットに手を突っ込み、浮かない顔をして大路と並木のあいだを体を震わしてうろつき廻っているうらぶれた風情の男どももいる。いまあの横丁を、手をつなぎ口をきっと結んで曲がっていった中学生らしいカップル。ベンチの上に正座し、雪のやんだ夜空にぽっかりあらわれた冴え渡った月に、放心したような眼差しをむけている老女たちの群れ。痩せた黒犬を一匹従えて足早に去っていく一人の青年。そういえば動物をはじめて見た。手に手をとり、串団子のようにくっついて無言で雪の轍を踏みしめながら森に通じる小道にそっと消えていく老夫婦のうしろ姿。カンテラの灯に照らされて雪夜のしじまに長い影を曳いている。正装をして抱き合ったまま、いまとある一本の小路をふたつの悲愴な顔が曲がった。初老の不倫男女なのだろうか、こちらのほうを振りむいてひとつ深々とお辞儀をしている。スノーボードで新しい道をつくり、自分たちのつけた雪跡を振り返ってたしかめてはキャッキャッと叫び声をあげながら、少しずつ森の奥のほうに消えていくハイティーンたち。

それにしてもこのあたり、なんという雑踏であろう。他人の肩に触れずには歩くこともままならない。この大路を行くと中央広場に出るらしい。人でごった返して身動きもとれないだろうが、行ってみようか。広場の真ん中に黒々とした円塔がそそり立っていて、てっぺんに巨大な投光器のようなものがまわっている。広場の中央に黒い灯台が突っ立っていると思えばよい。〈なぜあんな光があるんだろう?〉。ここからは〈道に迷わないように〉用の綺麗な電飾が放射線状にぶら下がっているが、そのわきで電線の敷設工事などもやっていて、ちょっと奇妙に見える。通行人が危なくないようにと、並木の下には遊歩道まできちんと整備されて。小型ショベルカーがくるくるまわって忙しそうに雪掻きをしているが、新しい街道でも造成しているのだろうか。梯子の上のほうでは錦に色分けをした道路標識を丹念に作っている作業員の姿もちらほらと。〈あの人たちはどっちなんだろう?〉、見上げながら思わずつぶやく。こんな華やいだ雰囲気に溢れ返った界隈なのに、それにしてはなんて気味の悪いほどひっそりとしているのだろう。

遊歩道と雪を被った背後の松林に挟まれるようにして一本路地を曲がると、なんと打って変わって喧騒の洪水。蜂の巣のようにびっしりと並ぶ露店に、人が大波のように寄せているではないか。ピンクやブルーや黄色のネオンに照らし出された品物をやっとの思いで覗いてみると、短刀各種、紐類、剃刀、槍、和弓、錐、金槌、金鋸、お守り札、迷子札、ピッケル、行火、夫婦茶碗、コンロ、造花、アイマスク、録音機、ビデオカメラ、懐中電灯、和洋蠟燭、水筒、体温計、耳栓、防腐剤、腐蝕剤、風呂敷、手鏡、あるいは灯油、錠前、方位磁石、笛、種々の経典、風水グラフ、筆記セット、メモ帳、短冊、ロザリオ、数珠、提灯、行灯、包帯、絆創膏、白装束、結婚衣装などなど、所狭しと並んでいる。本日は食欲および性欲減退剤、再起意欲遮断剤、恐怖心ブロッカー剤、ビタミン剤各種、抗精神薬、トランキライザー各種、鎮痛剤、睡眠薬、消毒薬、各種のサプリメント、各種媚薬、解毒剤、避妊具など、薬品類のバーゲンフェアなのだろうか。『大樹林帯完全ガイドマップ』『ハイセンスな自死のワンポイントレッスン集』『先人の一会一死集』などの書籍類まで堆く積み上げられている。食料品ケースのなかには幕の内弁当各種、惣菜各種、サンドウィッチ類、ピザ、牛丼弁当、餡蜜、白玉、おでん、天ぷら、鯖押鮨、カップ麵、白飯、甘酒、ジュース類、缶ビールなど。「ご苦労さまです！」と低い声をかける赤い法被姿の売り子から品物を手早く買い込んではさっそく値引きを持ちかけている人もいるし、不思議にもだれもが釣銭を財布にしまっている。「死ななきゃ治らないわね」、だれかがクスッと笑う。「こう混み合ってちゃ、まったく死にたくても死ねないよ」「そうねェ、しんみり落ちついて逝けないわねェ」、身なりのいい中年のダブル不倫カップルが手をつないでしょんぼり通りすぎてゆく。「危なくておちおち道も歩いていられやしねェ！」、物凄い剣幕であたりに怒鳴り散らしている、恋女房に逃げられたかまだら顔のオヤジ。「自業自得よ！」、若い娘が嘲笑うように言い放った。

「あの世の花小路」という大きな横看板の掛かっているごみごみした飲み屋横丁を曲がってみたら、なんとオーロラ色に瞬く狭い通りはえもいわれぬほどに騒然としているではないか。アコーディオン流しに新内流し、ギター流しに三味線語りに太鼓持ち。ハーモニカ小僧や小遣い欲しさに下手な尺八を吹いてはお椀を通行人に突き出しているにわか虚無僧たち。その横をひっきりなしに僧侶や宮司や神父が、忙しげに裾をからげて往来している。きまって葬儀屋があとを追って。もの悲しいブルース調のメロディーを竹笛で奏でている小娘がいる。汚れたセルロイドの赤ちゃんをおんぶしながら。あと、各種占い師、祈禱師、黒魔術師に金魚掬いに駄菓子屋、屋台の焼き鳥屋にお好み焼屋、夜鳴そば屋、真紅の人力車まで突っ走っている。いまは借金取りに追われている身ではあっても、ここは人生の行き止まりへの大花道、精一杯のお洒落なスーツを新調して、腕を組み足を揃えて粛々と歩いてゆく分別顔の中年男女がいる。小便臭い通路をまるでウェディングロードかなにかのようにして。そのわきをピョンピョン飛び跳ねていくカンフー行者の一行。薄暗い裏通りでは、なにかに取り憑かれでもしたような深刻な顔をそろえて山伏行者たちが走っている。少年少女の鼓笛隊の行列が大通りを行く。したたかやけ酒を飲み、すっかり泥酔してよたよたとあたりを歩きまわっている株に失敗した司祭、とうに盛りのすぎた老ボクサー、生徒のイジメにあった教員たち、むこうの辻に一升瓶を片手にたむろしているのはろくな働きもできなかった三下やくざの一団だろう。「車屋さん、やっとくれ！」、「あいよ！」。赤い着物を着込んだ粋な中年増の合図に車夫の威勢のいい掛け声がこだまし、白い轍のなかに人力車はゆっくりと消えていった。赤く染めた髪を掻き上げながら、「どうしよう……」と一言ふて腐れた顔で鋭く呟き、吸っていた煙草を投げ捨てて足早に暗い路地に消えていく厚化粧の派手な中年女。だがどの顔も、ネオンを浴びた曼荼羅模様の輝きの下は凍りついた雪のように青白い。

林立する看板、色とりどりの幟を揚げる居酒屋、パブ。スナックバーのきらびやかなミニスカートの娘はドアを半開きにして客引きに忙しそうだ。キャバクラやナイトクラブにホストクラブにダンスホールにビリヤード、フィットネスクラブ、どこも繁盛している。大型店に挟まれるようにして、公衆便所、サウナ風呂、銭湯、宝石店、質屋、不動産屋、そば屋に洗濯屋に女の館、西洋旅籠の奥からはジャズの気怠い調べが。遊技場に酒屋に一杯飲屋に煙草屋に定食屋や薬局、うるさいパチンコ屋とカラオケ店、郵便ポスト、葬儀屋、診療所まで開業している。さて、あの奥まった一角は遊郭だろうか。三味線、琴、鼓などの艶っぽい音色の香りに誘われて近くに行ってみる。どどいつの唄いとあいまって絃歌は雪の路上にまで洩れ、客たちの笑い声や戯れともさらに溶け合って、しっとりとした街角全体がどことなく淫猥にさんざめいている。どこもひっきりなしに人びとが出入りし、あまたの人士が群がって右往左往、なんともあたり一帯、一大騒乱、狂乱の様相を呈しているではないか。

赤提灯の一杯飲屋「鬱」とクラブ「方舟」とホルモン屋「幽」の角を曲がった暗がりの一隅に小さな祠がある。手前に地蔵と大きな石灯籠、白い鳥居も。死ぬ理由をそれぞれなりにしたためた無数の千社札や「死の願掛け絵馬」に彩られて。手を合わせていたら、「そんな運転をしたら危ないじゃないか！」、うしろでだれかが叫んでいる。「路面凍結・危険」の標識があるにもかかわらず、狭い路地を飲酒運転のスノーバイクが雪煙を吹き上げて飛ばしていく。「酒でも飲まなきゃ、やってられるもんかい！」、と言い返しながら。スノーカート、スノボー、スキー、ソリなどの乗り物のほかに、優しい眼をした驢馬に牽かせた乗合い馬車、雪掻きに余念のない工事用運搬車などなどがこぞって入り乱れて道路は大渋滞、四辻の気のよい吹雪団子屋のおかみさんがときどき交通整理を買って出ている。

また雪が降り出した。目のまえをすぎゆく、固く結ばれた二つの手の影。「ママ、どうして暗いほうに行くの？」、不安そうに母親を見上げてささやく小さな娘。雪と一緒に悲しみまでもが降り積もり、地中深く浸み込み、樹々の根にびっしりまとわりついて、やがて樹木の栄養分となる。樹木はさらに太い枝をひろげ、みずからの腕に長いトンネルのように何本もロープの輪を棚引かせるだろう。木立の奥を行くと、ところどころに置かれたぼんぼりの灯に映し出されて、雪明りの土饅頭がいくつもぼうっと青く光っている。その上を縦に横に慌しく通行人が踏み越えていくので、いつしか足跡の十字架ができる。いま、森のもっとずっと奥のほう、暗い雪靄のなかに、あの母親と娘のうしろ姿が小さく霞んで見えた。やっぱり手をつないで……。もうすぐ娘はあの小さな問いを忘れる。真っ暗なところでは暗いことを忘れるから。〈ぼくはどうしようか……〉。降り積もった雪に足を取られながら、やっとまた、通行人や乗り物でごった返している大通りにでる。入れ替わるように、犬を連れた青年が森のほうに消えた。喧騒が地鳴りのように響きわたる大路の真っただ中に立ったとき、カラオケバーやパチンコ店の放つ騒音などとも重なって、なんだか暗黒の大樹海全体が巨大な啜り泣きに身を揺らしているような気がしてきた。不具の浮浪者が缶ビールを手に握りしめ、あたりの様子を窺うように血走った目をしてぼくの横を通りすぎる。まるでどこか大都会の盛り場のようではないか……。〈心が寒いよォ〉。

さっき買い求めた地図帳を手掛りに、人混みのなかを押し分けながら歩く。落雷注意、樹木倒壊危険、獣出没注意などの看板をいくつも通りすぎる。どのくらい歩いただろうか。雪のかさかさと降り積もる音しか聞こえない。いつのまにかあたりには人一人いなくなっている。粉雪の舞う雪の夜道をひた走る。むこうから男の子の手を引っぱり、風をかわそうとつんのめるような恰好をして小走りに歩いてくる男。ぼくを見るなり「おやっ?」という顔をしてすれちがった。「こっちのみ〜ずは、あ〜まいぞ」、振り返って男の子が歌っている。どれくらいの時がたったのだろう。人気のない、不思議なほど閑散とした広場にでた。前方にうっすらと小さな看板が見える。近寄ってみると、「Exit or Entrance」。いつか見たことがあるような懐かしさを感じる。ゆうべ、ぼくはこの門をくぐったのだろうか。古びた木戸の前に立ち、いま走ってきた道を振り返る。黒々と聳える大森林のなかを曲がりくねる小道。カンテラのまばゆいあの大路も広場も、巨大なブロンズ製の黒い塔も明りも、横丁を行きかう人びとのあの喧騒もネオンのきらめきも、もうなにも見えない、なにも聞こえない。ただ、不気味なほどの静寂だけ。

いつしか雪も止んだ。いまきた細長い道が月明りに照らし出され、闇の森のなかにどこまでも悲しげに吸い込まれていく。すべてが深い森の海の底に静まり返っているよう、一夜の夢のよう。空の一隅がうっすら白みかけてきた。〈なんだったのだろう、あの人たちは、あの小路は。げんにあの雑踏のざわめきが耳鳴りのようにいまもぼくの耳に残っているのに。それとも、べつの入口にいまぼくは立っているのであろうか？〉

（二〇〇二年一二月）

戦争から言葉へ

戦争と時間

二〇〇一年九月、ニューヨーク・マンハッタンの世界貿易センタービルに「テロ攻撃」が加えられた直後、あれだけのことがあった後だし、考える暇もあまりなかったせいか、アフガニスタンのタリバン政権やアルカイダへの米国軍の攻撃に報復という性格が授与されていたことを、人々はさほどの異和感もなく受け止めていたかもしれない。

それがいつの間にか「テロ支援国家」やら「大量破壊兵器の保有国」やらの名目でイラクに攻撃の的が移されていったとき、なんのことはない、この戦争は米国の国内事情の反映にすぎないのではないかという一種の興醒め、戦争への異和感を方々に伝播させていったのではないだろうか。米国の国内事情とは、バブル崩壊、現政権の一大支持勢力であるアメリカ・キリスト原理主義の意向、軍事産業や石油業界の動向などを指すが、確かなことは私などにはわからぬ。

多少わかることでこの際重要と思われるのは、国連によるイラク査察が行われたこと。それも査察そのものより、それに要する時間のほう。素早かったアフガニスタン攻撃の場合とは一味違った情景が拡がっていかなかっただろうか。査察をしている暇に、人々にものを考える時間を与えたという。戦争への異和感が徐々に生じ、少しずつ世界的な波紋となって反戦運動が拡がりを見せ始めたわけだ。査察が長期化すれば米国政府のくだす戦争タイミングの時間幅が逆に狭まる。彼らの焦燥感や恐怖心が少し透けて見えてくるようだ。時間は普通ろくなものをもたらさないが、この際は時間の効用というものだろう。ただし、この焦りや怖れが次になにをやらかす種となるかわからないのが戦争なのだが。いざ出番、ここを先途とばかりに、よりにもよって日本政府は米国のこの焦りや恐怖心の鎮静化にこれ一役買おうと取り入っているようである。しょせん日本国など米国の同盟国という口実の茶坊主的属国でしかないのだが。庶民には計り知れない事情はあるにせよ、ドイツ、フランス、ロシア、中国などには、米国、英国相手にせいぜい突っ張って、イラク戦争への不支持を通してもらいたいと願っておく。

にわかこじつけの名目による戦争開始に、戦争反対の時間が生じつつある。この時間を見守ることのできないマンハッタンとアフガニスタンの死者たちは、どう見るだろうか？

（二〇〇三年一月）

採用されなかった投書——もうやめてみては？

テレビの推理サスペンスドラマの大ファンとして一言します。

どれもおなじ、そろそろやめてもらえないでしょうか。殺された死体のカッと目を剝き出しているの。あんなの、あまりないらしいですよ。お馴染みのフィナーレ、あの景勝地の謎解き場面も。待ってましたとばかり、いきなり犯人の面前に横合いからヒョイと飛び出てくる良い主人公の探偵だの刑事だの、パトカーまで。おまけに犯人にむかって彼らはお説教やら人生の諭しまでやる。そんな馬鹿な、ちっとも推理的ではありませんよね。それまでのストーリーのせっかくの積み重ねが一挙に台無し。一転、無残な作り物と化すこの種の惰性の結末にはいやはやウンザリ、たいてい最後はそのつど興醒めしています（こんなの現代版「葵の紋所」と割り切ればよいのかもしれませんが）。

（二〇〇三年二月）

戦争の基準

本日のあるワイドショーテレビの番組タイトル――

「悲劇の恋、北朝鮮のトップ女優がスキャンダルで処刑！　そして消えた映像の謎」

「ポルノ占い……北朝鮮で流行！　内部文書語る〝崩壊〟」

この体たらくだ。会社の昼休みや茶の間で交わす芸能裏話程度の雑談と、シビアな国際問題の区別もない。あとはなんとも言いようのない、まさに北朝鮮ばりのエネルギッシュなバッシング根性。北朝鮮と日本との間の雲行きがますます怪しくなっているらしい今日、太平楽、不真面目、悪乗り、厚顔無恥、卑劣漢、無責任、恥知らず、いずれにしてもテレビ・ジャーナリズム業界の感性、われら常識人には計り知れぬほど摩訶不思議なものである。

東アジアで戦争になっても、事態の鍵（主導権）を所有しているのは実害のより少ない米国であろう。中東地域やアフリカ諸国についても事態は変わらない。しかし、いったん戦争（最大、極大の集団的な暴力）になったら「良い方」も「悪い方」も死ぬ。たいていは主導権の欠片もない兵士や民間人たちである。どっちの国に居ようが居まいが、「良し悪し」の価値基準（イデオロギー）に無縁の子供たち、その他大勢が巻き添えを食ってまたさらに死ぬ。だから理屈がどうあれ、戦争なんぞやらないほうがよい。自分が決めたわけでもない戦争に身を献げるなど馬鹿馬鹿しいではないか。いったい死んじゃった人間を戦争指導者はどうしてくれるのだ。「名誉の勲章」などいくらくれたって命には値しない。もう死人は帰って来ない。

「戦争などやめたほうがいい」とは、状況を左右する鍵を握っている米国（とその協力国政府）にむかって主に言うべきことだ。戦争の基準は主に彼らが作る以上、当然である。実害の少ない政府や国家の〈大義〉に事態のいっさいの命運が賭けられ委ねられているとはなんという超不条理な世界。もっとも、言ってやめるくらいならもともとやらないのが戦争かもしれぬ。でも、言うしかないではないか——戦争などやめたほうがいいよ。国のために死ね、などという国はさっさと滅べ（死ね）ばいい。新鮮味のない、いくら陳腐化した発語行為ではあろうとも、戦争について私はこれ以外に言うべき言葉を持たない。戦争をしてよい理由（理屈）はこの地上のどこを探してもただのひとつもないね、と。なぜ「やめたほうがいい」かといったら、命が泣き、途絶え、消えるのは嫌だし、よくない——以外になにがあるだろうか。反戦の基準があるとすればそれしかなく、それだけで十分である。駄目だろうか。

話を戻す。経済大国になったお蔭で、またぞろ日本は隣国を見下しにかかっている。つい六〇年前の一件をこの国の政治家やジャーナリズム（世論市場）はなかったと思っているのか、忘れたいのか。自分たちの先達がなにをやらかしたか熟知しているはずだろうに。おかげであれだけやり、またやられたのに、まだ懲りないと。安易な価値基準（万世一系とか）や価値判断（鬼畜米英とか）を設定して、戦争をした結末に（日本人は六〇年前の戦争の意味をどれほどみずからに問うてきたか、私はいまだに基本的に疑問に思っている）。（生活からの正当化でなく）観念による自己正当化（自己基準化）ほど始末の悪いものはない。もっとも、最近では観念（〈豊かな日本〉〈秀でた民族〉）とともに札びらを切って東南アジアを遠征しているらしいのだが。

たとえば、隣人くらいでやめておけばよい。気がすまない。町内会だの会社だの組合だの、しまいには見たこともない場面にまで狡猾にも拡がり、「日本国や同盟国の平和のため」などと称して仲間内以外の国や人々を〈敵〉として事を構えようともする。いっそ「地球のために」とでもすればいいものを、国家支配の地球ではそうもいかない。それでいて現実の隣人（たとえばわが家の隣の住人）には理不尽な意地悪をやらかしたりするものだ。なぜか。〈日本を守る〉は気分のよい一観念だが（全体を眼下に見渡せたつもりになれる）、隣に暮らす住人は否応もない現実だからだ。とかく現実からは目を背けたい。なぜか。私も一個のしがない現実だから。

さて、なぜか。人は観念を自分に都合のよいように際限なく拡張し、肥大化させうる文化的な生き物だからだ（文化のない馬や蜘蛛はこんな真似はしない）。観念の拡張に合わせて（「日本国を守る」）、拡張された観念の外郭にボーダーを引く（国境的、領土的思考。「A国はわが国に対して敵か味方か？」）。つまり、現実から観念が遊離する。遊離した観念が自立して、たとえば自分に都合のよい（と思われる）戦争の肯定的な価値基準を作成する。観念の拡張、遊離は他の生物にない人間独自の宿命なので、よく心得てたえず現実回帰の志向を心掛ける術を知らなければならない。現実の隣人（電車でおなじ座席に隣り合わせた人も、イラクの地で死んでいく子供たちも）につねに回帰していく思考（感性）をしぶとく自分のなかに作り上げていったほうがよい。こう言ったらよいか、私も彼や彼ら隣人とおなじ一人の現実の人間、その意味で私も私の隣人の一人なのだ、と。この視線を延長すると、たとえば反戦とはそれを言う人の生き方と密着した感性（あるいは想像力）の帰結であって、観念や論理の帰結などではない（後者を駆使して逆に戦争を正当化することもできる）。戦争とは幾重もの死人たちと癒しようのない悲しみの拡がりと人殺しの虚しい〈名誉〉と、ただそれだけ、ということもわかってくるだろう。

日本のマスメディアは北朝鮮の社会にあれこれつまらぬデバカメをやらかす暇があるのなら、まず己のメディアの体質、資質、水準を問うてみてからにしたらよろしい（そんなことをしたら、当のメディアを首になるか……）。私たちは価値基準や観念にたいする普通のまともな感性（現実からものを見る目）を持つようこれ努めること。

（二〇〇三年二月）

泣き笑い

泣き暮らす。炬燵の中、便所の中、テーブルの前、風呂で道端で、職場の廊下や階段や屋上で。テレビドラマやニュースを観て、本や新聞の読者欄を読んで、通りすがりの人、近所の子供たちのキャッキャッと笑いながら走り去っていく音、雨に濡れた野良猫を見て、日に何度となく、泣きの涙。ひっきりなしに泣くこの半惚けおじさん、どうにも始末に悪い（人に見られないようにはしているつもりなのだが）。

昨日、こんなニュースをテレビでやっていた。

――高校受験にむかう女生徒が、乗る電車を間違えて反対方向の電車に乗ってしまった。気がついて狼狽する彼女を見た乗客たちが、その旨を順送りに車掌に伝えた。事態を了解した車掌、車内放送で早速次のようなアナウンスをした。「受験にむかう女生徒さんが電車を間違えてこの車輌に乗車しました。前途ある若者です。つぎの駅で緊急停車をしますので、ご了承ください」。

だいたいこんな内容だった。

久かたぶりのエエ話やがなァ、と思った途端、私の目から大粒の涙がポロッ。人間、まだ捨てたもんじゃないよ、とまでは言わぬが、「乗客たちが順送りに車掌に知らせた」のもよければ、緊急停車がどんな意味を持つかポッポ屋なら熟知しているのに、「前途ある若者です」と言って決断した車掌さんもよい。なんだかむしょうに嬉しくなって、涙がまたポロリン。楽しくて泣き笑い、べェーべェー。こんなことで人はあまり泣きはしないかもしれぬし、泣いていたらきりがない。事実、私はきりがないのだ。それも半端でなく、堰を切ったように嗚咽することもある。半惚けに半アル中が加味され、もってパーフェクト。私なんぞ精神病院の職員なんて柄じゃなくて、立派な患者の側だろう。いや、患者に悪いか。おそらく一〇年も前から涙と笑いをコントロールする脳中枢神経回路に修繕のきかぬ破滅的なダメージを受けたのだ。

そのあたりで涙を零しているうちはよい。「流す涙も枯れ果てぬ」ほどの経験でもなし、長じてから自分のことで涙を流した記憶もほとんどないし。恵まれていたのかよほど鈍感なのか、どっちにしろ涙でとどまっているうちはよい。泣くことも笑うこともできない、あってはならない現実の山が幾重とあるに違いないのだから。私が何万回泣こうと喚こうと、なんの役にも立たない現実が遥か彼方にまでひろがっている。泣いている私は涙とともに精一杯自分の幸せを嚙み締めている。悠長に泣き笑いを繰り返すことで呑気に傍観者におさまっている私だから、実は自分のためにこそ泣くべきであった。

（二〇〇三年二月）

三月八日のデモに参加して

三〇年ぶりにデモ行進に行った。都心の公園に、妻と二人の子と。懐かしい追憶とともに。あの日々のなかで味わった無力感のようなもの、うら悲しさや白々しさのようなものまで思い起こすことができた。同時に、幾万人のうちの一人にすぎない自分を久しぶりに嬉しくも思った。なぜ、思い出したように私はデモなどに行ったのだろう。

米英軍のイラク攻撃に反対を表明するため、街の人たちにそう呼びかけるため、自分にむけ、囁くごとくに戦争反対を証言するためだ。もうひとつ。二人の子に歩く足の痛みとともに、戦争の愚かしさ、虚しさ、悲しみを、平和の尊さ、有難み、歓びを感じ取ってほしかった。そのひとつの機会ともなれば、と願った。彼らには初めての経験であった（娘は自前のプラカード「NO WAR」を作った）。ひょっとして私のデモ行進の呼びかけ相手は私の隣やうしろで目を伏せて歩き続けたこの子たちだったのかもしれない。

そう、私は二人の子にむけて行進をしたのだ。私たち四人がどう逆立ちしようとも、世の中、一ミクロンとて動きはしない。ただ戦争反対をか細く証言したいだけ。平和を愛するとは、いっぺんに国際問題や「自衛隊の海外派兵反対」と同列になるわけではない。むしろ、まず隣人との関わりのなかにすべてがある。二人にはただ平和な人として生きて、友愛を隣人と共有してほしいと願う（残念ながら、私は失格だが）。

彼らはあの行進のなかでなにを感じ取ったのだろう。私は聞かなかった。怖かったからだが、また聞く必要も認めなかった。彼ら一人ひとりがこれから自分のなかで、自分にむけて決めていくだけのことだ。「平和はみんなの願い」「戦争に反対しない者はいない」などの類の（戦争推進者の）詭弁、能弁を超え、行動と思想をもって戦争反対を行っていってほしいと思う（思い出す。戦争なんかよしたほうがいいことを最初に私に教えてくれたのは、大東亜戦争を南方海上で体験した父だった。幼子にむけた父の唯一の反戦行動だったかもしれぬ。私は戦争を「知らない」が、父が教えてくれたように、心貧しい私も子になにかを伝えたい）。

二人のなかに、静かに少しずつでも反戦の志と平和を愛する心が芽生えていけばとただ念じつつ、家路につく。

（二〇〇三年三月）

夕暮れどき

私にも光り輝く一時代はあった。処女作を数年がかりでようやく完成させ、直前に亡くなった父への思いを胸に、妻とともに未知の地へと旅立った、あの日々。パリ時代、黄金の日々。超貧乏な生活ではあったが、私の絶頂期であった。

二〇年以上の年月が過ぎ去った。いま、老いの薄暮の小径を静かに踏み始めている。私の人生の旅路には、これからもっと辛いことが待ち構えている予感もする。どんな自分も受け入れたい。本を読んだり、小さな文章を書いたりして。私の秘めやかな道楽だ。このごろ、やっと人並みの人間に近づけたかな、とときどき思うことがある。変貌というより、加齢による自然史かもしれない。

最近、ある理由からわが家の財政状態に異変が生じた。いっぺんに「豊か」になったのである。これまでは生活のため、食べるため、子どもの学費を稼ぐために働く以外、私には働く理由もなかった。こいま、この理由も曖昧になってきたというか、現実味が薄くなってきた。私にとってついぞ体験したことのない生活と意識の大転換であった。いつも曇天か大雨の空模様だった日々が、ある日を境にまばゆいほどの快晴に変貌していたというか。あまりの唐突さに脱力感が先立つ。

働くことは生きること、生きることは働くこと。労働の必然性を私は胸いっぱいの悲しみのなかで生きてきた。これからなんのために働くのだろう。いや、なんのために、どう生きるのだろう。忍び寄る人生の夕暮れどきにひょいと訪れた予期せぬ思案である……。

（二〇〇三年一一月）

長寿を言祝ぐ

あるワイドショー番組の司会者が分別顔してこう述べた。「日本は世界一の長寿国なのですから、日本に生まれたことに感謝しましょう」。一瞬、この人、正気なのかと疑った。いわゆる老人問題や、老後生活にまつわる心配事などを少しでもわかったうえでものを言っているのであろうか、と。日本の何に感謝するのだろう。ひょっとしてその感謝、憎悪と分かち難く結び合っているかもしれぬ、程度の想像はつかなかったものか。短命で亡くなった人はどう思うだろう。長く生きていればいいわけではない。問題は人生の時間的な量よりも、生きていてよかったかどうかという質のほう、くらいの初歩的な分別は持つものだ（もっとも、私には「量としての人生」がどういうものか、まるで見当もつかないのだが。人生にはいやでも質がつきまとうものだから）。

おなじ五〇歳でもみな違うものだ。八五歳まで生きたから目出度くて、四五歳で死んだから不幸で、とはどうもいかぬ。「生き恥を晒す」長命もあれば、「短くも美しく燃え」た一生もあって、それはだれがどうきめるというより、みずからがみずからと分かち合う、あるいは家族や隣人たちとともに分かち味わうようなものであろう（たとえ「生き恥」であってもそうだ）。分かち味わうべき隣人（恋人でも家族でも愛人でも友人でもいい）を欠いたとき、四五歳でも八五歳でも不幸なのかもしれぬ、というほどのことしか言えない。いや、孤独な彼は一人われにむかって長命（あるいは短命）を言祝いでいるやもしれない。そう、なにもここで日本などを持ち出す必要はなかったのだ。

よくいわれるではないか。老境に達し、死を目前に控えた人の吐く呟き、「あっという間のことだった」。四五歳で死のうとする人の、「永い歳月だった」。人生と化した時間はそれぞれに伸縮自在、暦の枚数ではない。その自在さ、あるいは人生の実感（また表現）には自己欺瞞がある。だれにもその人の人生を推し測れないのとおなじ、自分の人生の実測は本人にもわからないからであろう。「あっという間」だったのは八五年という歳月が惨いほど短いものであった嘆きか、「もうそんなに長々と生きたか」との述懐だったのかは、八五年の量ではなく、本人が自己欺瞞とともにきめる、その人の人生の質でしかない（ついでに言うが、自己欺瞞なしにはとても人生などやっていられるものではない。以って、この作用が人間に備わっていること自体、実に妙なることなのだと言おう。感謝するとしたらこっちのほうだ）。

人生の時間はダイヤ通りに走る各駅停車の汽車、どこを切ってもおなじ模様の飴のような均一のものではありえない。質と量の混淆する、暴走あり緊急停止あり脱線事故あり転覆あり電気系統の故障あり、あるいは既製の停車場なき、既存の線路なき、既定の終着駅なき旅である。この自在さこそ、喜びも悲しみも幾年月、救いでも徒労でも希望でも絶望でも倦怠でもなんでもありの人生そのものでなくてなんだろう。嫌なことは多いが、せっかくの旅（あるいは自由）である人生航路、停車してしまう人生選択（といっても旅に変わりはないのだが）などをやらかしたらもったいない。

さて、暮らしに煽られ、念じることといえば一刻も早く子どもを一人前にし、早くわずかばかりの年金を頂く歳になり（その夢がかなうかどうかはあの列車のことだから皆目わからぬ）、そのときこそやっと少しはのんびりとした自分らしい生活をしよう……。要するにこの人は一刻も早く年をとりたいわけだ。自分の人生は「自分の老後」のための手段でしかなかった。思えばなんと惨めな人生であることか。そうまでしてやっと勝ちえた老後なのに、いまや足腰が痛くて気楽にのんびりも自分らしくもできやしない。おまけに頼みの年金は雀の涙、子どもはいつまでたっても半人前以下、自分のことだけで精一杯、ときどき金までせびりにくる。なんだよこれ、この国に感謝しましょうなんてよしとくれ。

逆に言おうか。若いときから脇目も振らずに働きづめで家族を養い、さて気がつけば自分はいい歳になり果て、でも甲斐あって子どもは立派に成長したし、急き立てられるようにガツガツ働いたせいかいくらか蓄財もかなった。滂沱の涙とともに振り返り、これまでの己が人生を打ち眺めてみれば、万感交々。なんといっても苦労の末の達成感あり、夜の漣のように静かに胸に打ち寄せくる安堵感あり、要は余命幾許もない老後なのだ。「楽しい老後」かもしれぬ。自分の夢も健康も家族の絆も犠牲にした幾年月の代償にしては、なんとも儚く寒々しい気もするのだが。

むろん、右の二例は本人がそれでいいよと思ったらすでに成功例である。実際、たいていみなそうしているし、ほかにやりようがないではないか。若い頃の労苦の日々や子どもの成長する楽しみを願う平凡な老前に較べ、老後の余生には侘しさがつきまとう。あらかじめ「子供の成長駅」行き切符を購入していたか、「定年駅」で下車したからではないだろうか。その駅まで辿り着くのを乗車するときから旅の目的ときめていた。死ななければ、あとどうするのだろう？「自在の列車」は自分の感覚、実感、体力、価値観、かつ自己欺瞞でもあった。でも、それを制御するのは人を労働力（あるいは学歴も）とのみ見なす経済的、政治的価値観でも、老人を廃兵と見なす社会的価値観でもあった。それら諸価値観が線路や電車まで作ってそこに人を放り込み、目的地をきめ、旅を疲れさせ、美しい風景にブラインドをおろし、乗客を無理にも下車させたわけである（少子化現象は日本という国の矛盾や水準をよく示している。別段楽しくもないのにこの国で生き、かつ長生きをしている人たちがいる。そんな国の大人にさせるために、金もないのに、子どもなど産み育てる気になるものか）。

医療の進歩とやらの「恩恵」で長寿の線路を走らされ、長寿の駅に停車、各長寿荘かパレス「天国」に入居し、各老人はそこにじっとしていればまんざらでもない、そのうちなにかいいこともあるよと信じたあげく、日々酷い目に合っている例はきっと無数にある。なまじ長生きをしたおかげで、このざまだ。自分には生きる価値がないと思いいたる（思わされている）老人は数限りなくいることだろう。その「思いあたるふし」が彼をいっそう老いさせる。けっして「長寿社会に感謝しましょう」などと白々しいことを言うものではないのである（とはいっても、人生を楽しむ暇も、そもそも人生と出会う時間さえ与えられず早々に舞台から去っていくしかなかった無数の子供たち。アフリカ諸国、東南アジア諸国、そのほかの飢餓、病気などで苦しみ死ぬ子供たち。右の忌まわしい諸価値とけっして無関係ではない。たしかに日本はよほどいい。だからこそ、「この国に感謝しましょう」などとはかの子供たちに恥ずかしくてとても言えない）。

ところで、寿命というか、人体の耐用年数と精神の耐用年数、その間には実に絶妙のバランスがあるのではないだろうか。どう願っても、人は二〇〇年も三〇〇年も生きられるようにはできていない。その願い自体が八〇年もすれば摩滅し、やがて潰えてしまう。苦労するからである。うまくできている。たとえ飛躍的な長寿薬が開発され、そのくらいまで生きることが可能になったとしても、人そのものは死んでいるのも同然だ。なぜか。人間、五〇年も生きると身も心も疲れてくる。八〇年も生きたら、若いころには永遠に生きたいと望んだような人でも疲れ果てて死にたくなる人が続出する。たとえ二〇〇年生きても、大半は実質的に死んでいる。精神が生活疲労でとっくに死んでいるから。残りは自分が生きているのか死んでいるのかさえわからない始末だろう。生活のなかの人間とはこれなのだ（とはいっても、金持ち連中は「永遠の命」を欲しがってこの高価な長寿新薬をわれ先にと求め、販売所に殺到するだろう。苦労ずくめの貧乏人はなんでこれ以上悲しみを長引かせる必要があろう、怨めしさと軽蔑の入り混じった目をしてさっさと素通り。有の心の強い人は不幸だ。きっと失うし、失うことを怖れるから）。精神生活に寄り添うように肉体生活を、肉体生活に付き従うように精神生活を、するとせいぜい一〇〇年前後が上限というところなのだろう。例外はいくらでもあるだろうが、そのあたりを超えると、どちらかが破綻をきたすようになる。疲労とか健康という言葉の意味を考えてみたらよい。精神か肉体か、どちらか片方が突出してしまうことを、ひろい意味を込めて私は人生論的不健康とでも呼びたい。夢の長寿薬は肉体寿命にしか作用せず、精神寿命に薬効がない。一方、どう心理学や精神医学が気張ってみせても、精神寿命を二〇〇年間持ちこたえさせるには人間の心は案外にナイーヴ、かつ生活の現実が与える精神負荷もあまりに苛酷すぎる。つまり、夢の長寿薬は人を不健康にする。精神を肉体（物質）に変換できない以上は。体（身も心も）はまことに正直、何百年もつづくようにはなっていないのだ。超長寿の薬品が登場したら――庶民にも購入できるとして――はじめは喜び勇んで服用しても、やがて例のアンバランスに気づき悩み、不安や恐怖に慄いて、果ては世界中に自殺死体の累々とした大山脈が連なることだろう。両者のバランスとしての健康を保つのはだれにとっても難儀である。だれかが言ったように、「人の死は早すぎるか遅すぎるかのどっちかだ」ということなのだろう。上手に生きるのが難しいように、上手に死ぬのも難しいというわけである。たぶん、人は心身のアンバランスという病気が有する抗い難い悲喜劇のうちに死ぬ。

最後に横道に入る。私は大飯を食らう老人をどうも毛嫌いする傾向がある。しょっちゅう勤務先で見ている（若者はよい）。なにか生き恥を晒しているというか、卑しいというか、羞恥心に乏しいというか、身のほども知らないで、ときめつけてしまう。摂取する食物もその人自身だとすれば、多量に食する老人は己の〈存在〉を羞恥心なく不作法に拡張している、と。痴呆の老人の場合は惰性というか習慣でそうしている（そうなってしまう）のだろうが、壮絶というか哀れというか、なんとも凄惨な気がする。先のアンバランスの典型といえる（私は日々に目撃している。患者ばかりでなく、老職員の姿も）。痴呆になってもそれだけはしたくないと私は念じているのだが、そうなったらそんなことにおかまいなしなのが本人である。おなじことはピョンピョンやって肉体強化に励んでいる年寄りなどにも感じる（あるいはサプリメントをどっさり飲む老人とか）。時間というものを忘れた（忘れようとする）みずからの〈存在〉のおぞましい（不作法な、浅ましい、未練がましい、往生際の悪さ、驕り、自己欺瞞）拡大、誇示。彼は自分が年をとってしまったことに腹を立てているにちがいない。いい歳をして無常感のない人だなあ、と思う。それでも喰いたい、喰ってしまう老人は喰えばいい、肉体の強化をしたい年寄りはそうすればよい。すでに述べたように、だが彼の精神は確実に老い、それと知らずにこっそりと死を迎える（私も生き過ぎる愚は犯したくないと常に願っていることは述べた。余談だし自慢するわけでもないが、その点私の父は偉かった。病院に入院するや一切食事を摂らなくなり、蠟燭の灯が静かに燃え尽きるように、さっさと慎ましいその一生を閉じた。あるいは親不孝な一人息子に絶望したので、一刻も早く彼から離れて忘れたかったのかもしれぬ。彼なりに己の人生を言祝いだわけである）。

（二〇〇三年一二月）

戦争の一断面、または滑稽

滑稽に見えてきてしようがない。イラクで米英軍などがテロリストや地元反対派たちと戦い、日本が戦後初めて日本軍を海外に出兵しようと大騒ぎをしている最中に、隣国のイランで大地震が起き、いっぺんに何万人も死んでしまった。これは滑稽とは正反対。滑稽なのは、自然の自発性をまえにした途端、戦争や取って付けた戦争観念（大義など）の作為性（恣意性。手品、作りごと、ごまかし。イデオロギー）がなんとも鮮明に浮かび上がってきてしまったことだ。地震は一瞬、作為としての戦争を倒壊させてしまった観がある。

〈地震という〉自発性の厳粛さにたいする、他発性（作為性）としての戦争の滑稽、このコントラスト。

①つまり自然の大きな流れの起伏のなかでは（この場合は地震）、人間の作為的、人工的（この場合はイラク戦争）な思惑や行動など児戯にも等しいちっぽけな作り物であることを露にしてしまう。つまるところ、戦争などやりたい奴らが（やる必要のある連中たちが）勝手にやっているのが実態、と。〈正義〉とか〈大義〉は戦争遂行のために他人を取り込む必要上、連中があとからくっつけた飾り物。そんなものにこっちの命まで付き合わされたのではかなわぬ。

②よって、作り物のなかで命を賭ける兵士たち、命を賭けられる地元民たちは堪らない。いずれの命（あるいは死）も悲喜劇的な性格を帯びることとなってしまう。死にゆく者にとっては命より命を失う理由（意味）が重要だろう。死ぬ者は戦争好きな連中に煽られ踊らされた揚句の意味もない死（なにが名誉なものか）。生き残った者はやむことのない悲しみに導かれていく。前者は作為（たとえば「国家のために」）のなかで死んだからであり、後者は大好きな者を失い、おびただしい死者の鎮まることのない亡霊たちに取り囲まれて生きるほかに術のない身だから。

③角突き合っていた米軍が熱心にイランの復興援助をしているという。もし地震がイラクで起こっていたら、フロンティア・スピリットの旺盛なアメリカ人のこと、地震で下敷きになって苦しむアルカイダやフセイン派のテロリストたちをまなじり決して我先にと救出したかもしれない、などと空想してみる。そうなったら①②をさらに裏付ける、などと。

④ところで閉塞国家社会・日本。そんな覇気も気働きもスピリットもからっきしありはしないから、みな黒っぽいスーツを着込んで今日もやっぱり「民主主義的な」閉塞審議、稟議。われわれはいつも常に変わらない。イラクの地震など「もう少し、事態を見極める」ためだけにある、自己保身の迷惑な対応物。自衛隊のイラク出兵も、しょせんは長崎・出島の鎖国通商交易船みたいなもの。むろん、その歴史的、犯罪的な意味は大きいが。

⑤戦争は銭でやる。財布がなければ敵を殺すための鉄砲玉も戦車を動かすガソリンも買えない、と湾岸戦争のときだったか米国組に銭を上納した。札びら勘定には抜群にあざとい商人国家の哀しい習い性の為せる業か（憲法九条もある程度は作用しているが、銭も参戦であることに変わりはない）。カネだけでは駄目と米国から咎められたのをいいことに、人殺しの手伝いのため今回は体を差し出そう。むろん、他人の体（いわゆる自衛隊員たち）を。

ニッポン、地球に皆無の、なんとまことに超不可思議な国であることよ。

（二〇〇三年一二月）

喫茶店の窓越しに

今年もおしつまり、とうとう師走の季節。私に「一年の区切り」というほどのこともないのだけれど、この時期に街角や市場に見る人々のなんとも忙しげな、せせっこましい様子は嫌いではない。なんだか子供のころのことを懐かしく思い出すが、師走も正月もずいぶん様変わりした。それでもなんとなく華やいだ雰囲気だけはとつとつと伝わってきて、ちょっとウキウキする。こっちの、少し置いてきぼりを食ったような孤独感も悪くない。なぜだかよくわからないが。不景気風の吹きまくるなか、クリスマスの手料理やら正月のおせち料理やらを算段する神経も尋常ではすまなかろう。いっそ今年は諦めようか、そんな節目などなかったことにして。それとも忘年会も新年会も兼ね、この際パァッといくかァ（こんな「庶民の一年の節目」とはおよそ無縁な華麗なる人々もさぞ多いだろうに）。

「べつにどうということもない」にしても、この季節になるとつい過ぎし一年を振り返ってしまう。まず、息子が志望していた高等学校に進学できたことを、彼と一緒に喜びたい。高校生活を持ち前のマイペースで元気に送っていってほしいと思う。娘もなんとか大学二年生に進級できたし、おなじ言葉をあの子にも贈ろう。

六月に女房の父親が亡くなった。家族や彼女は悲嘆に暮れつつもいろいろな整理などに追われているようである。義父が家族とともに最後に計画していた自作の画集の自費出版の制作を引き継いでちょっと作業を手伝い、なんとか完成に漕ぎ着けたことは、私のしたことといえば言えるかもしれぬ。義父は私たちにさまざまなものを残してくれ、そして逝った。

私の精神病院の勤務が一〇年を過ぎた。はじめ、まさかこうなるとは夢にも思っていなかった。こんなに長く一ヵ所に勤務したこともなかった。まんざら自分に合っていなかったわけでもなかったのか、といまになって思う。でも、それよりも有無も言わせぬ生活の引力と、年のせいだろう。これからどうなるかはわからないが（そのくらいの余裕は私も持っていたい。こんなことを考え、書いていられるのも一種のゆとりであろうし、私を取り巻くある種の豊かさであろう）。かような作文をこれからも書いて遊ばせてもらいつつ、子どもたちが学業を終えるその日までのあと何年間か（私は指折り数えている）、なんとか働かせてもらって薄給を稼いでいければと念じている。

（二〇〇三年一二月）

作文集・編者「あとがき」

本文集に収録されているのは、娘が一三歳から一八歳までの五年間に書いた作文です。ものを考える、自分を省みる、テーマを選ぶ感性、まとめ上げていく構成力、読者に自分の気持ちを素直に伝えられる表現力――などを願って、娘と私で作った「作文教室」の成果です。こうした作業は、外界にむけておずおずと自分を言い表わそうとしている娘の年頃にはとくに大切なことのように思われました。偉そうな物言いですが、この子も少しずつわかってきたのではないでしょうか（私の文章の下手っぴさ、至らなさは、この際、そっと脇に置いて……）。三分の二ほどは私の出したテーマにもとづいて書かれています。

今年、娘は二〇歳を迎えます。記念にこれまでの作文をひとつにまとめることにしました。しじゅうピイピイ泣き、引っ込み思案で、おまけに癇癪持ちで、それでもこうして苦心して作文なども書くようになった娘のことを思うと、なんと言ってよいか、私も言葉が見つかりません。

娘の引っ込み思案（臆病）について、ひとつ想い出話を記します。この子の五、六歳のころのこと。めずらしく一人で近所のお菓子屋に買い物に行くと言い出しました。気の弱い、心配性の塊のようなこの子のこと、よほどの決心をしたのでしょう。不安いっぱい、緊張して家を出発していきました。ところがいつまで待っても帰って来ません。心配になった妻が様子を見に行ったところ、案の定、怖気づいて店の人に自分の買いたい物をはっきりと伝えることができず、行列から弾き出されるように後から来た客に次々に追い抜かれている、とのことでした。

〈なんてグズな子なんだろう〉、私は歯痒さを感じたものです。でも、その後私の誤りに気づきました。功利的でも利己的でもない、ただ他人との距離（の取り方）に人一倍戸惑う内気で優しい小さな娘の姿がそこにありありと浮かんできたからです。なんともいとおしく、ギュッと抱きしめてやりたい（やればよかった）と思いました。娘のこの気性は一連の作文のなかにも反映していると思います（小説が好きで、大学では心理学の勉強などをしているのも、やはり理由のあることだったわけです）。父親の私こそ、反省すべき山々があったのです。

そのひとつ。どういうわけか、私は娘が慄き、あとでこの子のホッとするところを見るのが好きでした。近所に寺があって、裏手は墓地になっています。娘はそのお寺の幼稚園に通っていました。迎えに行ったついでに、ぐるりと墓地をよく散歩したものです。とある墓石の隅にそっと私は隠れる。振り返った娘は、父親のいないことに気づく。「お父さん！　お父さん！」。べそをかきながら、だんだん火がついたように泣き叫ぶ、そこに私が横合いからヒョイと姿を現わし、この子を安心させる。私に抱きつき、安心したあの子の表情を見るのが大好きだった。可愛かった……。ずいぶん残酷なことをしたものです……。小さな子供のころに戻って、一人ぽっちだった私がいまこそ娘と二人で「かくれんぼ遊び」をして自分を慰めたかったのか、親として頼られる自分をそんな形で実感したかったのか、初めての子どもだったので、うるさくて嬉しくて面白い玩具にしてしまったのか、私の存在する意味を少しでも味わい知る一方便だったのか、つまらない日常の自分の境遇を癒すための材料か、そんなことでしかこの子と繋がれないかもしれないと思う不安の表明だったのか。なんにせよ、悪趣味の極み。小さな娘を不安がらせて喜んでいた自分をいま心より恥じます。私という者がそこによく露出しています。その幼児性、無知、愚かさ、卑劣さ、利己心、など（一応反省した私は、おなじ幼稚園に通った息子にはおなじことをしませんでした）。

ついでに、もうひとつ。三年半くらい前になるでしょうか。私のちょっとした物言いに、娘が一瞬感情的に反発したことがありました。私は逆上し、こっぴどくひっ叩き、娘は家出をしました。あの子はあてもないのにどんな思いを抱えて家を出たのか。「あの子は……」と言って、母親は自殺を心配しました。後になって、娘はこの一件を「私の家出」と名づけました。千葉県まで行ったそうです。妻が「帰って来なさい」と携帯電話に連絡し、夜遅くなって家に帰ってきたのですが。それにしても、そんなに激するほどのことでもないのに、なぜ私はあんなに逆上したのか（娘を叩いているあいだ、隣の部屋にいた息子が嗚咽していたのが印象に残っています）。

ちょうどそのころでした。庭石を作っていたのですが、妻のやり方の不味さに過剰に激したり、縁台の植木鉢を倒して花を折ってしまった息子を叱り飛ばすなど、私の情緒はことさらに混線し、怒りっぽくなっていました。あるとき、ふと妻が言いました。「お母さんが亡くなってから、不機嫌になったね」。ハッとしました。露ほどにも思っていなかったことを言われたからです。その一年ほど前に、私の母が亡くなりました。それで自分が不機嫌になるなど思いもよらなかっただけに、この一連の乱行の意味の深さ――私と母の五〇年間の絆の意味――について考え込むほかありませんでした〈俺もそれほど親不孝者だったわけじゃなかったんだ〉という虫のいい安堵感も伴いつつ)。おかげで、ほぼ理由のわかったつもりの私はそれでよいとして、トバッチリはぜんぶ娘たちに降りかかったわけです。そのほか、仕事が安定しなかったりして娘たちに当たったこともあるでしょう。そうすることで、私は癒された。いい傍迷惑だったのは、実はわけもわからずに被害を被ったこの子たちだった。あのことにしろ、そのことにしろ、この場を借りて――その取り返しのつかないことも含め――娘に(ほかの二人にも)お詫びします。このごろは他人の子でも子供を見ると可愛くてしようがありません。〈うちの子にもあんな可愛いときがあったのかしら〉、とふっと思うことがあります。十分あったのに。〈もっと気遣いをもって接すればよかったのに……馬鹿者の私は……〉。悔恨の吐息とともに、**the end**。

「あとがき」が「父の反省文」に終わりそうですが、本文は娘の作文集に父親の付けた「あとがき」なのです。娘の作文には、幼いけれどもそのときどきに瑞々しい思いと素直な心と優しく澄んだ目を感じとることができます。私も教えられるところがありました。「よい作文」である必要はないでしょう。これらの作品の気持ちを忘れずに、これからさらに自分で深めていってほしいとだけ思っています(この子はなるべくこのまま大きくなってくれたらよいのですが)。

あの頃に戻って、この子を力一杯抱きしめてやりたいところですが、もう二〇歳。ボーイフレンドもいるらしいし、せめてこれからはその歩む後姿でもゆっくり見守りつづけていくことにしましょう。すでに記したように、この子を育てながら、いい歳をして私が育てられたようなものです。この娘と出会えた父の願いは、ただひとつ。生まれてよかった、生きていてよかった、とこの子が自分を信じられるようになって、笑うこと……。
可愛い娘よ。二〇歳、おめでとう。とりあえずよくここまで生きてきてくれたね（妙な言い方かもしれないが、いつしかこうした言い方の意味もおまえにわかるときがやってくるだろう。きっと万感を込めて）。おまえは母親に似て、感受性の強い、優しい子に育ちつつある（ただし、怒りっぽく、好き嫌いの激しすぎるのは父親似だ）。なにより嬉しい。それと二〇歳を記念する作文出版、よかったね。自分にも他人にも物にも出来事にも空想にも、なんにでも名前をつけ、さらにまた空想し想像し表現を与えて生かしてみようとするのは大切だし、楽しいことです。これからも勉強に遊びに、また絵や文章を書いたり、本を読んだり音楽を聴いたり、くれぐれも体に気をつけて、おまえらしく元気に過ごしていってほしい、とだけ願って、ペンを置きます。

自分探しに船出しなさい
生きる意味を見つける旅に出ること
目的にむける羅針盤は、自分でつくるもの
マストにかかる帆は、自分の価値を信じること

（二〇〇四年一月）

〔さて、いざ出版——といっても、ワープロで書いて、コピーして、簡易製本して、親類、知人に配るだけなのだが——と思ったら、「そんなことしなくていいよ。そんなつもりで書いたわけじゃない

し、たいした文章でもないから」とあっさり娘は言うではないか。「せっかくの記念だから」と言っても、「でも、いいよ」と言い張るので、なんとこの計画は呆気なくボツ。私が思い込みで先走ったわけだが、ここでも親の思い通りにはもはやいかなくなった二〇歳の娘をまえにし、せっかくの右の「編者・あとがき」も虚しく宙に浮く身となってしまったわけである。――後記）

背教徒たちの夜から

泣き虫、仔虫

五五歳の声を聞いた去年の夏ごろから、体力がドサッと衰えたというか、どんと老いの忍び寄るのを感じている。ふた昔前くらいまではこの年頃が会社勤めの定年にあたるが、なるほどと思う。ついに老いが実感となった。

食欲はあるのだが、摂取量はここ一、二年ほどめっきり減った。〈このくらいの量はいままで食べられたのに……〉。去年の後半くらいを境に、なんとなく元気もなくなってきた気がする。なにをするのも億劫だし、どうにも疲れる。几帳面に安酒を飲んできたが、酒量も少し落ちてきたか。半年ほど前、近所の幼馴染みとしたたか酒を飲み、家に連れられて帰ってきて、あげく家族にメチャクチャなことを怒鳴りまくるわ、泣き叫ぶわと、手のつけられぬ乱行ぶりを発揮したとか。幸か不幸か、まったく記憶にないのだが、なにが自分をそうさせるのか、本人にもわからない。翌日、家族全員から手酷い顰蹙と冷笑を買い、私は冷たく辛い眼差しを引き受けなければならなかった。

歩を合わせるかのように、私の泣き上戸にもいっそうの拍車が掛かってきた。痴呆老人はなにかというと涙を流す、あれとまさにおなじ。子供のころ、私は泣き虫ではなかった。小学生のころは「我慢強い」で通っていたものを、いまではちっちゃな泣き虫、仔虫。そういえばテレビドラマを観ながら切ない場面に出会うと、親父はよく声を殺して涙を拭っていたっけ。いつしか私にもそれがよくわかるようになった。わかるくらいにいろんな目にも合った。この歳になった私を見たら、親父はきっと腰を抜かすだろう。〈可哀想に、こんなに年をとってしまって……〉と。そんなことよりも、つまりは初老性痴呆症というヤツを患っているのか、私は。初老期特有の症候なのか、なにかの病気との複合なのかなどはなおさらわからぬ。なんにせよ、こんな実感に襲われたのは生まれて初めてとは言える。いや、一五年ほど前から涙腺の弛緩の予兆は確かにあったのだが、なんとなく解せぬ。ここは「いろんな目に合ったよ」という人生経験に力点を置こう。そして泣かない人間を恐れ悲しむと言おう（そんな人がいるかいないか知らないが）。

まだ惚けたくも死にたくもないなあ。やっぱりたまには美味しいものも食べたいし、どこか旅行でもして、湯に浸かりつつ暗黒の静寂を味わってみたいし、海に沈む夕陽をずっと眺めていたい。さらに、自分はいまそうしているのだと感じてもいたいものだ。娘の顔も見ていたいし、女房とも話をしていたいし、息子をこれからも怒鳴っていきたいし、いつ果てるでもない自問自答をこれからも発しつづけていきたいし、要するに私はまだ死にたくない。鉛筆舐めなめこんな一文でも書けるだけでなんとも嬉しい。

子供はいつも問いを発しつづける。世界をまえにし自分をまえにして、謎や秘密に驚嘆するからである。なんと幸運な、幸せな一時であることか、それは。子供の頭脳のパワー、感性や想像力の豊かさ、体のエネルギー、それはわれわれの世代の百倍は軽く超えるのではないか(「問い」はどこか涙にも似ていないだろうか?)。人は大人になるにつれ、「問い」を発しなくなる。発しなくともなんとか済みそうな場を自分なりに見つけ、そこに閉じ籠って安心したいから。「問い」を発する必要がないなんて、なんと心安らかなことだろう。「答え」は社会的なオートメーション・システムの因果の目のなかにおのずから与えられているのだから。つまり「問い」は大人を脅かす。発しないに越したことはない。だいたい大人気ないではないか、「問い」を発するなど。すでに「答え」は与えられているのだし。大人らしくしなければいけないね。だが、「問い」を持たないのは幸せなことなのだろうか。

子供の頃に発した幼い「問い」をわずかなりとも忘れずに、少しでも問い直してみたいものだ。そんなことをして幸せか不幸なことか、いまは問わぬ(重要なことだが)。いい歳をして大人になり切れぬ者の紙一重の行状でもよい。寂しく発した子供のころの私の「問い」。〈私とは何者か?〉〈あるとはどういうことか?〉〈死とは?……〉。これらの「問い」に一生を賭けて答えてみたい。まずは「考えるとはなにか(「問い」を発するとはなにか)?」を問い、考えなければならないが。思想や哲学や文学などに論及する不似合いな思惑は二〇年も昔に葬り去った。ただ日々の暮らしのなかで問いとともに感じたこと、考えたこと、そこでぶつかった自分の姿。これらの風景をまた考え、小さく記してもいきたい。ひたひたと打ち寄せてきた初老の小波のまにまに漂いながら。

(二〇〇四年一月)

源流のイメージ

「源流をたどる」とかいうテレビ番組を観たことがある。「大河の源流をたどるのは素晴らしい」と述べていた。そうだろうか。河川のことなどちっとも知らないが、そもそも源流などあるのだろうか、と疑って。地図として作成された〈源流（あるいは水源）〉ならあるだろう。しかし、地図は現実ではない。地図の説く〈源流〉はなんら源流ではなく、源流のなかのただの一滴にすぎないのではないか。幾多の源流のひとつ、無数の点のなかのひとつの点だ。源流があるとすれば四方八方のうちに隠されている。樹木や大地や季節や雨水、湧水、地下水脈、水の中に生息する生きもの、その他の無数の共生運動のなかに。源流のほんの一部を「ここが源流です」と思うのは大きな錯覚だ、というのがそのときの感想であった。

もう少し考えてみた。地図上に展開された河川の〈主流〉や〈支流〉は、〈源流〉とおなじ、実際には存在しない。植物のエキスをいっぱい吸い込んだせせらぎ、工場廃液を多量に含んだ川、無数の排水溝から流れ出る家庭排水をたっぷり運ぶ川、雪解け水や雨水や湧水をふんだんに含んだ小川、農薬の染み込んだ大地を削り取って太ってきた川、等々。大地や生活と融合しつつ幾多のせせらぎ、細流から幾つかの河川（いわゆる〈支流〉か）へ、さらに寄り集まって一本の大河（いわゆる〈主流〉か）となるだけのことだ。時間的な順序としてたいていはそうなるというだけのことで、空間的にはある川はある川であって、一〈支流〉などではない。一〈支流〉と決めるのは必要に迫られて作った地図上の文化作為による。要は源流の発想自体を変えてみたほうがよい。いわゆる〈源流〉は源流の小さな一部であり、河川のほんの一隅（いわば一〈支流〉）にすぎない。〈源流〉にはさらに源流があり、それは無限である。身も蓋もないようだが、地図ではとても読み取れないほど一本の河川の深みは大小を問わず底知れぬ。

こう言おうか。巡りめぐって、下流や河口や海が源流をつくる、と。始めも終わりもなく、天と大地と水の混淆・回帰（競演）そのものがまさに一本の川なのではないだろうか。川とは空と海と大地と、雲と雨と光と大気とのひとつの結晶なのだ。さらにキザな言葉遣いをすれば、河口（あるいは海）は源流の秘密であり、川（源流と河口）の秘密は高きより低きへと連なる大地であり、流れることの秘密は水にある。水はただ流れ、淀み、また流れる。

地図帳や観光ガイドブックに「源流」と記されているからきっとそこはその河川の源流に違いない、と思うほうがどうかしている。気象庁が「梅雨入り宣言」をしたから梅雨に入ったわけではないのとおなじ。しかも梅雨は日本人が経験的に命名した一季節の称号である。気候（季節）自体は自然の名もなき大きなうねり、起伏にすぎない。自然には夏もなければ冬もない、ただのひとつながりの大いなる起伏とでも言うべきものが無限につづいていくのみ。むろん川にも、本流も支流も河口も源流もない。たとえ自然の大いなるうねりが今日の〈豊かな文化社会〉なるものの卑小なうねりのなかで著しく損なわれているにしても（異常気象、地球温暖化、オゾン層破壊、地球砂漠化、大気汚染、土壌汚染、水質汚染、その他）。要するになにを言いたいか。いわゆる〈源流〉も〈本流〉も一〈支流〉、すべてはそれぞれなりに川で水で、源流も本流もない。あるいはすべての〈支流〉が源流であり本流である。いわゆる〈本流（主流）〉とは、いくつもの小さな川が流れ込んできて生まれた大きな川以外のなにものでもない（もっとも、人為的な治水・河川開発が今日では行き渡っているから、以上のような記述は現実離れしていよう。人間が川を作ったり消したり曲げたりするのだから）。

つまり、どこか社会にも似ていないないだろうか。〈源流〉をたどって「素晴らしい」と思う神経には、意識しないにせよ、なにほどか選別主義（〈源流〉と〈中小河川〉と〈大河川〉と）、エリート主義（各〈支流〉を統一する〈主流〉）、権力主義（〈源流〉〈主流〉志向）などの忌むべき臭いがする。〈源流〉を正統、中央を〈本流〉、中小の幾多の〈支流〉やせせらぎはそれらを陰で黙々と支える食み出し者たち一山いくらの亜流、傍流、流民の類とでも勘ぐって辻褄を合わせれば、どこか差別構造の悪臭すら川面から漂ってこないだろうか。悪しき純血主義（〈源流〉主義）に汚染された家系主義（〈本流〉主義）にも似てくるし、排他的なおぞましい国家主義ともそっくりだ。なにも地図帳の分類主義や巷の〈源流〉謳歌ばかりではない。たとえば論理の〈整合性〉も歴史の〈一貫性〉も思想の〈原理性〉なるものも似たり寄ったりだろう。意識の〈源流〉主義（〈本流〉主義）は様々な社会構造のなかに、人間たちのなかに、ひとつの価値観の大河となって貫流し、それぞれの者の血流や水脈として脈々と流れつづける。

さて、心を鎮め、立ち止まって小川のせせらぎの音でも聴きながら深呼吸してみたらどうだろう。大河でもよい。河川と社会と人間とのあいだに通底する底知れぬ深みを少し覗かせて見せてくれるかもしれぬ（この点では「源流をたどろうハイキング」に大いに賛成だ）。

ついでに一席。私は若い頃、キリスト教と対立する史的イエスの追究にずいぶん興味を持ったものだ（『原初の地平』）。だが、あるときを境に急速に関心が萎えていったのを憶えている。本質的に専門的な事柄に素人が依存することに疑問を覚えたのも一因だが、なにより史的イエスを追究したり、変革行為の一モデルにするような信念は、空間的にはどこか河川の〈源流〉の「純粋さ」を一途に信じ辿るようなものではないかと思ったのである。地図の〈源流〉が源流の一部にすぎないように、史的イエスは原始キリスト教の一部にすぎず、現代のキリスト教にあってはもはや一部ですらない。キリスト教もまたひとつの巨大な歴史的、社会的、文化的な潮流である。一個人としてのナザレのイエスは十分に参照に値するが、キリスト教批判の方向性としては、その社会的な広がりの質のほうに着目したほうがよほど実りがある。批判をしようとする私自身に対してもだ。処女作の書名を「原初」とつけたように、私は「もと」を格別に考えた。すべてを理解する鍵になる。だが次に「地平」としたように、「もと」は〈源流〉の点のようなものではなく、どこまでも広大にひろがっている「地平」、つまり関係のようなものに思われた。「源流はここだ」といった狭い空間的な事柄（史的イエス追究はそんなものではないが）よりも、河川の自然的かつ社会的、文化的な広がり（関係）のほうがより重要なのとおなじことである。

（二〇〇四年二月）

窓

朝から酒を飲んでいる
窓のむこうを飛ぶ鳥を　眺めながら

夕方　まだ飲んでいる
そうしていると　生きてだけはいけると思えてくる
（それとも　死にたくなる？）
私を　少しだけ　忘れられるから
また　飲む
逃げ口上の生を　やっぱり編みつづけ
嫌な過去は　そっくり忘れたい
四〇年まえに誓った「真実に生きる」
わが自意識と　大いなる嘘っぱちだけが　残った
真実残ったのは
ただの　卑小な男
それら一切合財をまとめて
ただ　生きてさえいけたらいいよ
暮れなずむ　窓のそと
私が　なにかと繫がっている
私の　開いた　窓
また　飲む
私には　死ぬまで消せない傷痕がある　翳がある

それをぶら下げ　生きていく
ちょっと　そう思えてきた
わがセコハン人生よ
少しは正直な　残りの人生よ

夕日にむかって大きく開かれた
空虚な部屋の窓
自分のなかに　吸い込まれるほど深い　ブルーの空を持っていたいな
（たとえ　暗黒の　夜空であっても）
子供のころ　小さな窓を通して見えた
懐かしい　小さな空
あれからどれくらいの年月が流れたのだろう
いま　コバルトブルーに染まった　西の空
父の手を握りしめながら　映画館で見た
SF映画の青い空　とダブる
いつもなにかを探してた　子供の私は
いまも　私
いまの私は……　子供だった　私

〈ずうっと　私しか　いなかったんだ〉
ゾッとするほど……
あの〈窓〉に　いつか蔦は這うのだろうか?
酒を飲みつづける　いま
夕闇にむかって　開かれた　窓から
いつのまにか
ゆらり忍び寄ってきた
深い夜気の優しさ　が
愚かな私を　静かに
……抱きしめる

（二〇〇四年三月）

異教徒の祈り

異教徒とはなんとも大袈裟だが、自分は生きているのではなく、生かされてあるのだと感じる一瞬はないだろうか。キリスト教の神のように人間に対応させながら案出された実体によってではなく、もっと不可解な流れ（けっきょくは自然、生命、関係、あるいは摂理などと月並みに呼ぶしかないものなのだが）のなかで生き生かされているような感覚。もっとも、大自然の恵みに感謝はしても、それにむかって祈ったり呼びかけたり、なにかを願ったり、ましてその応答を期待したりはしない。「それにむかって」という実体がない以上、しようにもしようがないからである。

二、三年に一度くらい墓参りに行く。正月など散歩がてらに子どもを連れて近所の神社や寺院に行くこともある。たまに賽銭をあげ、掌を合わせる（二五年まえの私には想像もつかなかった）。なにを想うだろう。父母の墓参りなら、〈俺を育ててくれてありがとう〉とか、〈二人の子もずいぶん大きくなったよ〉とか、〈いろいろごめんね〉とか、〈安らかに眠ってください〉とか、〈力をください〉とか、〈俺もだいぶそっちの仲間入りが近くなったみたいだよ〉とか。祈りにまつわる心理は感謝や報告やお詫びや願いなど、祈る人のいまの人生上の思いであろう。神も来世も救済もない以上、そうであるしかない。

一方、私にとってかつては父も母も実在した。祈りは永い巡り合いの年月をかつて共にした（いまは実在しない）彼らにむかっていまの私が語りかけることだろう。この種の祈りはもはや実在しない者との感覚的な対話といえる。かつて出会った人たちへの思いを、いまはいない彼らにむかって語ること、その思いをいまの私が私自身にむけて語りだすことであろう。かつての私と彼ら、その三人が共に暮らしたかけがえのない日々を、いまの私にむかって語りかけること。そこには祈りにつきものの作意や詐称や自己正当化が込められることだろう。それでも、そう願い感謝し後悔し逃亡するかぎり、いまの自分を見つめ直そうとするひとつの機会にはなりうるだろう。墓場とはよすがの場である。人が墓参りに行く理由は死者への弔いや供養や感謝や鎮魂の念とともに、そんなものを借りてかつての（そしていまの）自分を見つめ直そうとする「いまの私」にある。追憶とはそんなものだ。その意味で死者は生者にとっていぜん実在するし、ときにいつまでも問いとして残りつづけるかもしれない（〈いまの私を見たら、父はどう思うだろうか？〉〈あのとき私はなぜ母を悲しませたのか？〉等々）。宗教のように救済や神などの実体（構成）を持ちえない、かつていた、いまは無の人々。彼ら死者たちこそ逆に生者にいま何かを語りかけてくれるだろう。祈りは関係である。〈私は彼らによって生かされている〉、と。私が死んだとき、真に父も母も死ぬだろう。

祈りにつきものなのは罪だろう。そんなものがあるとしたら、いまの時代はクリスチャンであろうとなかろうとだれもが立派な罪人としかいえまい。たいていの者は罪が世界を覆っているのを知っていて生きているのだから。だが、そうなると罪人などいないことにもなりはしないか。人間が人間でありつづけることを、まさか人間の罪にするわけにはいかないではないか、生きているかぎり、人間をやめることができない以上は。人間をやめたあかつき（死んだとき）に無罪判決が下されるのならば、罪など人間にどんな意味もない。罪を背負った人間がそんな人間として生きていかざるをえなかったのは、人間の罪のせいではない。私は自分が罪人であり、罪に対しては罰（責任）のあることを認める。でも罪があることに罪があるのだろうか、責任があることに責任があるか。ないだろう。私は罪や責任ある存在を自分でつくり選んだわけではないのだから。そう、それならそういうふうに人間（存在）をあらかじめつくり措定した神のなせる原罪のせい、というよりほかにないではないか。キリスト教に関していうと、私はかつて次のような意味のことを祈禱のように記したものだ。「私たち（人間）があなた（神）を裏切ったのではありません。あなたが存在するとすれば幾百年、幾千年、あなたこそ飽くことなく私たちを裏切りつづけてきたのです。私たちはこう言う、〈存在しなければよかったのに。沈黙そのものとして存在することがあなたの原罪です〉、と」。

神は人も罪の種も好き勝手につくっておいて、「せっかくの楽園で罪を犯したのだから、以後永久に原罪を負った者として」と言って、いきなり楽園から人を追放した。あげく、事と次第によっては犯した罪を洗い浄めてやらないでもない、「罪を悔い改めよ」、とこんどは脅かしにかかってきた。いくらなんでも、いったん奈落の底に突き落としておいて、おまえにも這い上がれるチャンスはある、はないだろう。こと神様だけは気難しくて始末に悪い。あまりの身勝手、わがままには付き合いきれぬ。重い原罪を背負わされて以降、人間はどう買い被って見積もってみてももはやどうしようもない愚者と化した。みずからを知ったからだ。罪人は創造主にして全能の神の恰好の餌食、嗜好品。だから私もつづけてこう祈るほかなかった。

「たとえ救世主（キリスト）をお遣わしになったところで、われら罪人をいまさらどうしようというのです？　罪が赦されたからといって、われわれが自分を知った罪やあなたのやった罰を忘れるとでも？　そんなことより私たちを煮るなり焼くなり、どうぞお好きになさってくださいまし。もう十分に罰を受けたので怖いものなどありません。そのほうがどんなにかせいせいすることでしょう。いや、どうか放っといてくれ。いったい罪が赦されたからなんだというのです？　赦されたってなにも変わりはしない。こっちはあなたになど構っていられないんですよ。失楽してあなたに原罪を科せられたせいで日々生活に追いまくられています。キリキリ舞いして毎日トンボきって働いて、陰で泣いているんですよ。むろん、あなたの意にはかなうでしょう。失楽させた甲斐もあった、と。私たちは失楽を生きていくよりほかないんですよ。もうなにも変わりやしません。私たちにとってあなたはもう存在しないんです。そんな私たちにこれ以上どうしろと言うんです？　あなた、生活知ってますか？生活したことありますか？　それとも生活してまで生きるのはそんなに罪なことですかい？　いや、泣きながらも私たちが密かに笑うのは悪魔の囁き？　失楽園のなかの歓びなど、あなたには想像もつかないでしょう。なのにあなたは紋切り型に救世主まで送り込み、知りもしないくせに飴と鞭でああしろこうしろといまにいたるもストーカーのようにしつっこく私たちにつきまとう。それこそ赦しを請いたい。だいたいあなたの言うこと聞いて私の罪が赦されたら、もう生活しなくてもいいのですか？そしたら私は……少しは慣れましたよ、罪人の暮らしもまた楽し！　それより一度でも考えてみたことありますか？　主よ、人間をつくったことが、まさに人間にたいするあなたの原罪であるということを」。

楽園を追放するとき、神は人間に一つの問いを突きつけた。「おまえたちだけで生きていけると思っているのか？」。神の不安。私たちは神なしに生きてきた。「私たちを見捨てたとき、あなたは私たちを理解する能力まで捨ててしまったのです。あなたのくれた「知恵の木の実」。その知恵のために、あなたの望みどおり私たちは地獄のなかを日夜のたうちまわっています」。でもその知恵を逆手に、私はこう祈る、「おかげで人間になりましたよ。ここから自力で出発するしかありません。もうあんたなんか存在する理由がありませんね」。

神のファミリーに入籍したつもりの人々は、「悔い改めよ」の説教に永いこと励んできたものだ(それでも彼らはけっして貪婪な人間を辞めることはできず、日常生活を無視することもできなかった)。「神様」のところをやりくりし、いじくって、某々主義など挿入、流通・販売に乗せて成績を上げる営業マンたちや自分が神様にでもなったつもりの多様な教祖やエリートたちも大量に輩出された。罪人のなせる業だろうか。つまり愚者で卑劣で無能で、というのが人間の前提ということになる。そこを出発点にしたら少しはマシな照明の下、人間（あるいは自分）に即した人間（あるいは自分）の在り方――たとえ失楽した罪人としての在り方であれ――というものが浮かび上がってくるかもしれぬ、という期待は残る。神も天国も救済もなくていい。失楽した罪人だからこそ、また人と人との出会いや共感や反抗も感動も新しさも味わえるというものだ（全知の神様に出会いは無理だ）。見捨てられし人間に徹すれば、それなりの真実や美しさがあり、それらはそれ以外のどこにもない。

失楽し、見捨てられた人間の再出発とはなんだろう。ひとつ、減点法人生の思考（引算型）と加点法人生の思考（足算型）を挙げてみる（マイナス思考、プラス思考という、あれである）。人生はあらかじめ完成されている充実した実体（有）などではない。すでに満点ならば人生なんぞあらためて好きこのんでやるほどの必要はない。あえてやってみたら待ち受けているのはただ減点のみである（実際にはそんな人生はないから、しょせん観念的だ）。満点式人生観はどこか例の原罪の運命にも似ていないか（こちらは零点式人生観なのだが）。原罪（零点）にしろ満点にしろ、外側から無理に私たちに与えられた運命のようなものだ。むしろ人生の特徴は無とでも呼んだほうがよりふさわしい。加点法人生にとって、人生は四苦八苦しつつこれからつくっていくはじめは純白のカンヴァスのようなもの。ひるがえって、減点法人生のカンヴァスを見れば描くまえにすでに完成された立派な絵が描かれている。この絵を大事に守ろうと執着するから減点型人生者は保守的になる。彼にとってこれから始める人生はただ空虚、待ち受けるものはただ労苦（減点）のみのニヒリズム。減点される（と思っている）ことから逃れるために、減点の対象（あると思っている）をひたすら守ろうとする。なによりも未来（減点）を嫌い、現状（満点）を好み、出発（減点）を怖れる。「ケ・セラ・セラ、なるようになるわ、さきのことはわからない」、というような科白ほど彼が忌むものはない。人生の前途（未知）にひろがるものは負のみ、人生の目的はだから現状維持だ。ちなみに、神の存在の肯定は、その出発点および終着点においてパーフェクトを予定している減点式人生観の一種といえる。

たしかに人生は苦労ずくめだ。山あり谷ありの狭間で泣き笑いを演じつつ、思い出したくもない昨日を忘れようとし、うんざりする今日を超えた振りして明日もなんとか生きていこうか、生きていくしかないという。それでもやはり生活感に彩られた加点式にかぎる。白いカンヴァスに一本でも二本でも線が引けたり、色が塗れたら結構ではないか。なんといっても自分の力量でやったのだ。減点人生には不安がいっぱいだが、加点人生にはささやかなりとも歓びや夢がある。たとえ夢破れようとも（この構図を昔の言葉で、前者をファシズム的、後者をニヒリズム的と言い換えてみることもできよう。前者は決定論的、受動的、観想的なエリート・パーフェクト主義。後者は無から出発するかぎりニヒリスティックだが、「出発する」かぎりオプティミスティックだ）。これらは戯画的に素描した人生にたいする二つの態度である。むろん方法上のモデル（思考の型）にすぎない。

幻想や夢を持つ分、人生の絶望は深まる。だが絶望に閉ざされた宿なしはぐれ者でも、（実現の目処はいかに完封されていようとも）ささやかな願いや夢は持っているものだろう。祈りのように。彼の絶望は彼の招いたものでもあれば、政治的、経済的、社会的、家族的、その他が寄ってたかって複雑に彼のなかに集約、合成されたすえのものでもあるだろう。祈るのをやめたとき、彼は人生をやめるだろう。すでにやめているのも同然なのに生きているのは、飯を食っているからだ。彼はなぜまた食うのか、彼だけがわずかに知るのみであろう（彼とてほとんど知らぬかもしれぬ。私は自分の勤務する薄暗い精神病院のなかで暮らしているあの人この人を頭に思い描きながらいまこれを記している）。さて、自分の人生が閉ざされている（カンヴァスは暗黒に塗りつぶされている）かどうかは、その人がきめるのだ。祈りを込めた加点式人生の酷は、人生の酷である。

ただ生きているだけでどれほど大変なことか、たいていの者は知っているし、私もまた人並みに骨身に滲みている。「生きているだけで丸儲け」と言えるような心境になりたいものだが、とても無理。死ぬとき、私は私の運命を生きた、なんぞと呟けたら大したものだ。そんな私でもかつて神を信じた（つもりの）ことがあった。なぜ永遠や天国をあれほど信じたがったのだろう。身勝手か、不幸だったのか（私はどんなに神に祈りたかったことか！　思い出しただけでもラッキョウみたいな涙が流れる）。貧しい者、悲しむ者にとって、暮らしやすい「あの世」があったらどんなによいだろうとつくづく思う。だが、どう思おうと、この世しかない。祈りたくても祈る相手も実体的な対象（神）もいない。まさしく失楽園……。この現実が空恐ろしい幻想を生む（そのひとつが資本主義的な権力主義であった）。

余談だが、三〇年以上もまえのこと。たとえば「曰く言い難い」といったような感情が対象化されて宗教的な観念性を形成するという主旨のことを、私は他人の言説を利用しながら宗教批判のつもりで言っていたことがある（『原初の地平』）。しかし、人間の宗教性はそんな底の浅い合理性の枠内で汲み尽くせるほどちっぽけなものではなかったのだ。それよりいつの頃からか、〈おまえは曰く言い難い偽善者のまま、異教徒のままでいいよ〉くらいの声は自分のなかから聞こえてくるようになった気がする。私は私でいてはいけないと思っていたのに、私でいていいよ、ということか。異教徒とか背教徒などと大仰に言えるものを私はもっていない。ただ私のままで「異」を祈る。たとえば、〈私は私の絶望（くだらない絶望であれ）に抵抗したい〉、と（この本のなかでも、どれくらい異和感、異化などの言葉を使ってきたことか）。

いまイラク（そこに限らないが）で大勢の子供たちが死に、殺されている。ここで子供を引き合いに出すのは、彼らこそ命の姿（無垢）をもっとも鮮明に表わしており、かつもっとも無力だからである。なによりもまず「子供を軸にした政治」を例外なくどの国にも要求するのでなければならない。その実現は革命的であるゆえ、しょせんは空論に終わるだろう。「正しい」という理由が、その実現を可能にする動機になるなどということはけっしてないだろうから。それにしても、「どう思おうと、この世しかない」のなら、この世を少しずつ変えていくしかほかにないではないか。だから未遂の革命はたえず求められるのだ。かつての「ブルジョアジー対プロレタリアート」の図式とはだいぶ趣を異にするアダルト対チルドレンの革命。チルドレンが人間の自然性を多少なりとも体現しているとしたら、大人（人間文化）対自然とあえて言い換えようか。自然（人は生きるのではなく、生かされてある。チルドレンはとくに母親によって。だがイラクでは毎日どれほどの子供がその母親を失っていることか）に耳を澄ます背教徒の視線、祈りにも似た革命。

（二〇〇四年三月）

「作文教室」の終り

昨夜はちょっとショックだった。あと二年ほどはつづけたかったのだが。「もう、絶対に書かない！」と怒鳴ったので、読んでいた新聞を投げつけてど突いてやったら、私に体当たりしてきた一六歳の一人息子。突き飛ばしてやった。相手も泣き叫びながら負けずに応戦、かつてない果敢な抵抗を示した。妻と娘はオロオロしたり、止めに入ったり。

小学校の高学年の頃からつづけてきた息子との「作文教室」。だがいま、「書けないものを書こうとしても、時間の無駄」、「どうしても書こうとすると、嘘しか書けない」と泣く。そのことこそ書いてほしかったのに。私も考えて、とくにここ一年ほどは夏休みや冬休みの長期休暇のときしか「作文教室」はやらなかった。それでも「もう書きたくない」とは。運動も人一倍苦手のひ弱な子。週一度、夜間にやっている区主催の「柔道教室」にも通わせたかった。これまで、それでも休み期間のあいだはなんとか行っていた。それも今年からは行かないと言う。「筋肉痛で疲れきって、勉強もできない」などとうそぶいて。「作文教室」は嫌だ、「柔道教室」は行かない。一連の抵抗は、満を持したここぞとばかりの体を張ったような反撃だった。いままで押し殺してきた「ノン！」。父親への反感（「ノン！」）がそこに重なり、一挙に噴出した恰好。私にたいし、一個の他者であることをこの子はよく示したと言えよう。無理強いされ、煙ったく鬱陶しく思ったか、背丈も私より大きくなった、この子は。

私の思いは例によってとっさに自分の子供のころにむかう。そして思い当たる節を探そうとする。

すぐに見つかる。いつも答えはこうだ。「おまえもおなじだった」。私は父に言いたい、「子供なんてそんなもんなんだよ」（いま、しみじみオヤジと二人っきり、夜っ引いて酒を酌み交わしたい！）。あの父が親だったら、この子にどう接しただろう。またこの子はあの父にどう……。思いはまたまた未来にもむかう。子どもたちのなかに、私のなにが残るのだろうか。いろんな想念が渦巻いていく。息子よ、正直、「私はもっと以下」だった。

この子との「作文教室」には思い入れも強かった。私は文章表現を大切なものと思ってきた。自分と世界とが交わる表現や自己検討や観察のために、どんなに下手っぴでも無知であっても。息子にも、少しは通じたらいい。もっとも、この子がいまなにを考えているのか知りたい、との邪心もあった。あまりに自分の殻に閉じこもり、視野をみずから制約しすぎていると思ったから。ともかく、「作文教室」をつづけた。そしていま、ついにきた、「もう絶対に書かない！」。

見当違いをやらかしてきたのだろうか、たんなる浅はかな無理強いだったのか、私はまだわかっていない。いや、あきらかに「ぐうたら」「怠け」を決め込もうとしている。一瞬、腹が立ったが、考えた。「怠け」もいいかもしれない。だいいち、「怠け」のおかげでこれまで生きてこられた張本人は、この私ではないか、と。もっとも、それだけでもない。息子にしてみれば、長期休みともなるときまって暗雲のように立ち込める「作文教室」と「柔道教室」。しかし、この頃はオヤジの器量も身の丈もだいぶ飲み込めてきた。この際、ここを先途と一挙に強気に出てともども払拭してやろうか。被害妄想かもしれぬが、案外したたかに計算し、この時とばかりにうつむいてニヤリと笑っている息子の眼差しを背中に感じる。

　すると、今度はこの子の子供の頃のあのおどけた無邪気な仕草などがちらちら脳裏にちらついてきた。私だけか、いまもそのあたりに留まっている者は。〈あの子はどこに行ったのだろう？〉。予想に反し、いま屁理屈を並べて刃向かってくるこの子をどう処遇したものか。熟慮し、追って沙汰するか。いや、置いてきぼりを食って慌てて戸惑っているこの自分をこれからどう処遇すべきだろう。この歳をして、またぞろささやかに自己変革を遂げるしかないのか。

　妻の意見を入れ、「当分、作文教室はお休み」とした。何年間もつづけてきた、いろんな思い出の詰まった二人の「作文教室」。私だけがそう思っていた。私のやり方が悪かったのだが、悲しく、残念であった。今回のことといい、先日の娘の作文集の幕切れといい、相次ぐ一連の謀反に遭い、ここにきて私の目論見は脆くも崩れ去っている。これまでの私の子どもへの接し方がどうであったか、決算期のようなものが訪れてきた気もする。みずからをも省みず、私は間違ったのかもしれない。取り残されたようなうら寂しさが胸に沁みる。

　子どもたちは大きくなった。だんだん私の手も頭もハートも届かないようなところに赴くだろう。もはや私にはどうしようもない。〈きっと、それはよい兆しなのだ〉。これから私の孤独はなおいっそう徹底、純化しよう。こうなったら、そこに楽しみを見出すしか手はないと覚悟しようか（「作文教室」は私にとって子どもと繋がっている楽しい一時でもあったわけだ）。最後にあの子に言った、「もうお父さんはおまえに作文の課題を出さない。自分で自分に課題を出すこと。これがお父さんの出す、おまえへの最後の課題だ」。いつか父とやったわが家の小さな「作文教室」を、この子はよき思い出としてくれることがあるのだろうか。

時は去りゆく
虚しく揺らめく
水面のように

（二〇〇四年三月）

不粋な連想から

いま私は音楽会にも美術館にも映画館にもまったく行かない（かつて仕事で美術館にはやむなく通ったが）。ビデオが普及するずっと以前、映画館にはたまに行った。映画館に行かないと、映画は観られなかった（テレビで映画が放映されることはあったが）。子供の頃から好きだった（テレビゲームもファミコンもない時代だった）。音楽会や美術館には行く必要はなかった。レコードがあったし、印刷画集があったから。私にはいまもそれで十分である。

「セザンヌの青の美しさは実物を観ないとわからない」などといった言辞を聞くたびに、どうにも疑り深い私は黙して反問する。〈ホンマかいな。まず偽物（プリント）との区別がつけられたことが、つぎに美しさのわかったことが〉。「実演するポリーニのピアノの音色（あるいは音楽の一回性）の素晴らしさ」といった言葉と、そのレコード（ＣＤ）についても、おなじような感想（私がグレン・グールドを偏愛したのも、録音アーティストに徹していたからかもしれない。音楽も人生とおなじ、つねに反復可能（やり直しがきく）なのだ）。レコードやＣＤを聴き、プリント画集を眺めるのは、「やはりライブは違う」「原画とは違う」というほどの耳も目も自信もハートも持ち合わせぬ、およそ芸術などとは無縁の下卑た野暮天男のひとときの楽しみである。

そもそも外出すると思うだけで、相当の決意を必要とする。人ごみに耐えるのはなかなか大変だし、美術館などのあの雰囲気にも疲れてしまう。息が詰まる。億劫が先に立ち、仕事以外は近所のスーパーマーケットに買い物に行くくらいで、本屋にも行かない（人に自慢できるほど私は家にいることが大好きな男だ。新宿、渋谷、銀座などの大都会、もう一〇年はご無沙汰している）。いまの職場の気に入っている点を強いてひとつ挙げるとしたら、ラッシュアワーにも街の雑踏にも無縁なところだろう。

要するに私は本物より偽物が好きなのである。本物よりも、それを観たり聴いたりすることで犠牲にしかねない気分や労力を優先しているから。鑑賞の対象よりも鑑賞する場を尊重したくなってしまう（一種の生活感覚だろうか）。嫌な思いをしてまで味わう本物の感動よりも、焼酎片手にひとりくつろいで観たり聴いたりして喜んでいる偽物の自由のほうが合っている。昔と違い、録音技術も印刷技術も格段に進歩している。「これも本物の一種だろう」くらいの調子で楽しめばよい。美術館に行って、〈やっと本物に会えた〉という感慨をもったこともある。子供の頃、印刷画集を観て模写したこともある懐かしいタブローたち。じっと見つめているうちに、するとなんだかだんだん原画のほうがコピー（印刷）に見えてきた。困ったものだ。

そういえば数年ほどまえから、それまであまり関心もなかった現代音楽や抽象絵画にも惹かれるようになった（むろんＣＤやプリントで）。秩序（調和）の重圧から解き放たれたかのような安堵や自由が漂っている気がしたり、存在の厚みのようなものも感じたりしたから（調性にたいする無調とはよい言葉である）。なんにしてもCDもレコードも電気、画集も電気。それだけでも現代文明の恩恵にとっぷり浴しているので、私にはとても反文明などと言える資格はない。むろん美術館も演奏会も立派な現代文明には違いないが。

映画館で観る「臨場感あふれる大音響の大画面」よりも、家でひっくり返って小さなテレビ画面で観る映画のほうがよいにきまっているのは、これまた言うまでもない。ビデオテープで持っている映画がテレビで放映されたとする。ビデオがあっていつでも観られるのに、文句なくテレビで放映する映画のほうを観てしまう。おなじ程度に観たいテレビ放送の映画と映画ビデオがあったら、前者をとって鑑賞する（ビデオはいつでも観られることをここでは勘案しない）。どうしてだろう。ひとつの理由としては、ほかの場所で同時に多くの人たちが観て楽しんだり泣いたりしているという一種の臨場感のようなものがお伴してくれている気がするからだ。一人ぽっちであっても、テレビ映画を観る部屋は幾百万人の不在の観客とともに物語の進行を楽しみつつあることを意識させてくれる、私の〈映画館〉である。

（二〇〇四年四月）

漂流する回想

先日、勤務先の病院に入院しているある患者さんに言われた。「最近、元気がないですねェ」。〈なにか変だな、これまでと違うぞ〉という感じをこの頃私ももつ。時々胸が苦しくなるし、胃の調子もいまひとつだし、なにより酒をいままでのように美味しく受けつけない夜が目立っている。第一作『原初の地平』を完成させてからの二〇年（三〇歳から五〇歳まで）よりも、そのあとの五年間のほうがよほどたそがれた気がする。人は忘れっぽい生き物だし、気がかりなより手前の時間のほうに気をとられるものだろうし、ということは差し引こう。それより病気なのだろうか、ただ年のせいだろうか。〈では、もう一度青春時代に戻りたいですか?〉、どこからともなく、そんな囁きが聞こえてくる。

時間と反復

〈もう一度、人生をやり直したいか?〉。「ウィ」と答えるかもしれない、私以外の人物になれるのであったら。しかし、人生をなんどやり直したところで、私以外の私をどうしても私は想像することができないのだが。どうしたって私以外の私は私ではないし、どんなになりたくともべつの私に私はなれそうにもないし、なれたら私ではなくなる。やはり私は私であるほかなさそうなので、「ノン」と答えるよりないだろう。たとえ私のままで青春や人生をやり直すことができたとしても、きっとあの青春がまた私で、これ以外の人生はありえなかった。私が私であるかぎり、なんべんやり直したところでおなじ私であろう。証拠はいまの私にある。きまってこの私に戻ってきてしまうのだから。若い頃に戻りたいと願っているのもいまのこの私。いくら戻ってみたところで、まさに「私」なるビデオテープを再生しつづけているようなものだ。つまり反復、なんとうっとうしい、やっぱり「ノン」である。過誤多き青春ではあっても、あのときあのように選択した私がいて、いまの私がいるというしかない。あのときもしべつの選択をしていたら、いまの私は私ではないが、そんな「私」はかつてもいまもいなかった。いまの私でないのなら私は私ではない、つまり私は存在しない。たとえ青春に回帰することが可能であったとしても、けっきょくは私は私から逃れられず、別人にはなれぬ。それなら回帰してわざわざおなじことを繰り返して疲れ果てる必要もなかろう（回帰願望は一種の不幸であろうが、「いまの私」でない「私」については想像してみるだけで私にひろがりをくれるかもしれぬ）。そんなことよりも、八〇歳までもし生きていたら私は振り返って思うかもしれない、「五〇歳代にまた戻りたい」。過去に遡って私以外の「私」になろうとしてもなれないが、あとになって三〇年前を回顧し、「いい日々だった、あのおかげでいまの私がいる」とでも少しは思えるようなよい五〇歳代の私に私を変えることはできる。おなじなのだ、いつもいましかない。私なら、これからにむかって、五五歳の私を私みずから変えていくことだ（というより、これよりは心がずり落ちないようにしよう、ということか）。

じつは若いことが羨ましい、青春時代に戻りたい、などと私はあまり感じたことがなかった。私の青春時代や半生が苦労ずくめだったとか、客観的なことはこの際よい。それならむしろ私の考えていることが、いまも青春時代の頃と大差ないのが一因であると言いたいほどである。おそらくだれにとっても、青春時代などそのなかにいればとても人が羨ましがるようなものではないと思っている。いまの若人を見ていてもそう、そのままずっと若者でいられるのならまだしも、これも不可能。〈あなた、これからの人生、疲れるぞ〉と気の毒になるくらいだ（青春をその後と区別するのは難しい）。そのとおり、私は疲れる人生をやり遂げつつある。よくぞここまでやってきた（とでもいえば少しは気がすむか〉、これが一人で自慢している私の唯一のプライドであり、心の心張り棒であり、慰めである。

私の青春などまったくたいしたものではなかったし、惨めでもなかった。それより世界との擦れちがいというか、なんとなく自分は外界にそぐわないのではないかという戸惑い。あの当時の感覚の記憶が、「羨ましい青春」像をきっぱり打ち消してしまう。自分の居場所がわからなかった、あの日々。青春なんてみなそんなものだろう。それでも私がいまの私であるためには、そのすべてが必要だった。「いまの私」がちっともいいわけではないが、私が私でなければ私は存在しないところであった。では「いまの私」が他人にとってどうかはこれもまたべつのことなので、省く。私にとっては「いまの私」であってちょうどよかったと呑気に思うことにしている。しようがないではないか、「私は私でしかなかった」。それにしてもあの時代にはついぞ勘定に入れる必要もなかったわが老年時代には嘆く。あの「慰めとプライド」と引き替えに、これから仲良く一緒に生きていくしかないではないか。

ピエロの不安

これまで何度も失業した。そのたびに鋭い不安に苛まれ、死の影に怯えたものだ、〈これから先、生きていけるのだろうか？〉。ここ二五年間の私の存在パターン。時間などなければいいのにと思った。親の家業を手伝っていた三〇歳までは、食べる心配だけはなかった。食べる心配が出現したとたん、慌てふためく軟弱な男といったらそれまでで、からっきし逞しさがない、てんで意気地もない。生活費やら子どもの学費やらなにやらと必要なものが増大していくにつれ、いっそう恐怖に竦むようになってきた。貧乏暇なしのわが家にあって、私の主要な現実的意味、任務は、給料運搬車以外のなにものでもないはずだろう。それで家族の役に立っているのなら、なんと結構なことではないか。私でさえも人の役に立つのだ。

運搬して帰れないときも多々あった。三〇歳から四五歳までの間に、バイトを除き、三〇指を折るかというほどの転職を重ねる。クビになったことがないのを唯一の慰めとすべきか。いつの頃からだろうか、道化師に転向した。人と摩擦や悶着を起こすのを極力避け、ジョークを多用し、雲行きが怪しくなってきたら裾をからげて逃げる。給料を円滑に運搬することのみに集中したかったからである。まさに自己保身の王道をいく。なにを諦めたのだろうか、仕事をやっている時間こそなによりも諦めのひとときのはずなのに、仕事に〈嬉々として〉密着しているような人が周囲にたくさんいる。奇異の念がむら雲のように私のなかに垂れ込めたものだ〈本書所収の旧稿で強調したことだが、じつはそんな人はいない。「私はそうだ」という人は、「私はそうだ」という妄想に耽っているだけのこと〉。他人のことはいい、私は仕事や職場の人間たちのことで思い煩うのはまっぴらご免、その場を道化をもってやりすごし、せめて頭のなかだけは少しは損なわれずにべつの世界にいたかった。就職してからの私は、他人に真面目な話をいったいどれほどしただろうか。人に気を遣うより、おどけでその場から心理的に身をもぎ離し、のらりくらりと生き抜いていこう。すべてはあの不安、恐怖に消えてもらいたいから〈道化師の貰う褒美だろうか、職場での日々は辟易する苦行の時間ではないし、人はみな事情があってここに来ている十人十色だから得たものもある〉。道化というよりも、ユーモアで人生をやっていきたいとせつに願ったひとつの発端がある。まぎれもなく私のパリ体験。〈あっという間だぜ、生きているあいだに楽しくやったほうがいいよ〉——女房が詳しく本にしている。もっとも、おどけやユーモアの素質がまんざら私になかったわけではないらしい。いつの頃よりかちょっと暗めになってしまったが、小さい私を見て、「この子、人なつっこくて面白いよ」とよく父母が言っていた。あれも道化だったのであろうか。いや、あれは真心である……。

世界（労働経済社会）は私を恐怖へと突き落とした。いい年になったのでさすがにいま生々しくは感じなくなったが、四〇歳すぎくらいまで、どんなに疎ましく思ったことだろう。外界にうまく馴染めぬ私の孤独（孤立）。その補償にか、道化師に身をやつして（冗談である）日々をなんとか凌いでいるが、道化は道化だ。一人で酒を飲んでいるとき、こうして文章を書いているとき、道化などという世間との渡し舟なしですむ安堵感と一緒に孤独までも剝き出しになって、ともに私をじんわりと包み込んでいく。心楽しく、癒されるひととき（文章のほうはそうでもない）。薄給を運搬してあげる人たち（家族）がいなかったら、はたして味わえたであろうか。ただしそんな安堵感よりもあの恐怖心のほうがつねに勝ちを制したこと、多言を要さない。仕事をいい加減にやっているだけでもう精一杯、とても読書や思索どころではない。あとはテレビを観ながらビールか焼酎を飲み、翌日の勤労に備えて寝るだけ。

偽善者と資格

偽善、この言葉があってよかった。この（あるいは欺瞞という）言葉がないと、いろいろなこと、自分のことなどをうまく説明できないところであった。私の文章に頻繁に登場する所以である。事実、偽善者（あるいはピエロ）という名の俳優とはかなり親密なつきあいがある。私がまさにその俳優だから、ここにはほとんど偽善がない。

　最近、ひょんなことから株を貰った。所帯じみて貧乏やつれした男がとつぜん持ちつけないものを持ったのだ。持っている株の株価がちょっとでも上がると嬉しさが込み上げてくる。体を使って稼ぐことしか知らなかった者特有の悲しき条件反射とでもいうしかない（もちろんそんなことに手を染めぬ清貧の人はたくさんいることだろう）。株式制度は現体制の強化拡大、資本主義の安定、永続化を前提とする。ゆえに、まさか株をやっている司祭や革命家ならまだしも、投資家は世間にむかって終末論だの変革だの反体制だのと口を差し挟むわけにもいかないのではないか。よって今後、私も同類のことを口走る資格はないわけである。ちょっと株でも入手したらこれだ、まさに絵に描いたような偽善者でなくてなんであろうか。ところがそれにしてはよほどのしたたか者なのか、小さくなっていればいいものを、どっちにしろ偽善者でない者などいないと思っている。だから文学などというものもある、と。自己正当化の種は尽きまじ、倦むことを知らない。居直りととられてもしようがないが、資格を喋々するのは体制の仕事、変革だの反権力だのを言うのにじつはさほどの規則も資格もいらないと本人は思い込んでいる。修道士や義士や修験者でもあるまいし、言いたい者は言えばいいだけのことだ。その私も考えた、株式所有を縁に自分が十分にいっぱしの心貧しき俗物であることをあらためて感じたので、このへん（最底辺）の資格から自分やいろんなものを見直していくことにしようか。こんなことで逆に衣装が剝ぎ取られ、自分の意志ではできなかったわが正体を見せつけられる、むしろ結構なことだと思っている。ただこれは言おうか、昔私は書いたではないか、自分に言い聞かせるためにもいままた繰り返す、「資格などいらない」。なにもいらない、ただそれぞれの人のそれぞれなりの資格や変革でいい。

小さき者へ

ひとつ思い出話をする。小さな出版社に勤めていた頃のことである。ある日、事務所のドアをトントンと叩く音がする。開けると、女性と小さな女の子が手を結んで立っている。用件を尋ねると、宗教の機関誌を売っているのですが、ぜひ読んでみてほしい、とのこと。物静かな二人づれを見ているうちに、「はい」と私は言った。それから月に一度くらい雑誌を持って来て、ドアをトントン、そのつど私は購入していたが、読むことはなかった。はじめは不安そうに私を見上げていた女の子（女性の娘さんだろうか）も、来るごとにニコッと少し笑うようになった。何回目くらいだっただろう、ドアのノックの音、むこう側にあの女性の挨拶の声が聞こえてきた。なんだか煩わしくなった私は、隣にいる同僚にこう言った、「いつも本を買っていたあの人は会社を辞めたと言って断ってほしい」。しばらくして戻ってきた同僚の女性の顔がなんとなく不機嫌に見えたので、「どうだった？」と尋ねると、「あなたはあの人たちに非常に失礼なことをしたんですよ！」と怒っている。なぜだろうと思ったら、「いつものおにいさん、会社辞めてもうここにはいないんですって」という母親の言葉を聞いた少女がすごく悲しそうな顔をしたことを私は知った。同僚に嘘をつかせたことも悪かったが、かけなくてもすむいやな思いをあの子に与えた気がしてせつなく、私は自分に恥じ入り、また悔いた（一日なんども人の家のドアをノックし、内側からどういう顔が出てくるか心配し、そしてどんな思いを抱いてあの子は母親とともにドアの前を立ち去っていくのであろうか。想像してみただけで、仕事の帰り道、私はやけ酒でも飲まずにはいられない気持ちになった）。

子供を眺めていると、自分の子でも他人の子でも本当に可愛い。道端でも立ち止まって振り返り、思わず魅入るほどだ（昔、近所の年寄りが子供を見るとよくそうしていた姿を思い出す）。大人になってもあんなふうに笑っていてほしい、葉っぱや虫や石ころに好奇の瞳をそそいでほしいと心底から願うのみだが、そうはいかない。青春以降の人の有様はいま記したばかりだ。「子供らしさ」など一刻もはやく乗り越えるべき負（未熟）のＤＮＡにすぎぬ。そうして「大人らしさ」が失っていったものはかけがえのない優しさや好奇心（想像力）であった。どれほど「大人の社会」にあっては強さが不可欠であっても、その前提に優しさがなければ無意味に等しい（いや、害悪そのもの。ついでだが、平等に欠ける自由を私はけっして自由であると思っていない。だから私は自由主義にも新自由主義（超喪失社会）にも反対する。対立しあう自由と平等にあっては、自由でも平等でもない）。無力な子供が泣かないですむには、子供がいつも笑顔でいられる社会とは（大人はともかく）、童心を包摂した「大人の社会」とは――およそ想像しうる最大の難問のひとつではないだろうか。

自分こそまず難問であった。仕事や再就職がうまく運ばず、失業が長引いて、あるいは会社勤めにウンザリして、子どもにあたったり、泣かしたりしたことだろう。あたった理由を女房や子どものせいにしもしただろう。どんな場合にも子供に罪などあるわけがないのに（小さな子供について言っている）。それだけではない。私ほどの親不孝者は滅多にいるものではないことを自分でよく知っているくせに、だからろくに想像力など働かせずともたやすく子の「親不孝」を容認しうるはずなのに、それすら私にはかなりの難業であった。まさか自分の親不孝は許せても子の「親不孝」は許せない、あるいは親不孝の自分を許せないから、子の「親不孝」も許せないというのなら、こんな卑怯な話はない。わが子はちっとも親不孝者ではないが、子を育ててみて自分がどれほど権威主義的（かつての私の言葉を用いると、〈存在〉である）な人間か、自分が損なわれる（と思う）ことになんと過敏に怖れ憤って反応する人間か（すでに勤労生活で十分に損なわれている腹いせか）、思い知った。もし子育ての精霊でもいるのなら、私は言いたい。〈もう一度はじめからやらせてみてください。こんどこそうまくやりますから〉。

こうも言うか。二人の子は私を見てきっと学ぶはずだ、「こういう大人にはなりたくない」、とか。子供の目にわりに神経質なのは、私自身が子供の頃に親を神経質そうに見ていたからであろうか。子供を生み育てる資格のない貧乏神のようなこのオヤジだが（資格が必要なものなのかどうかは知らない）、またこうも書いた、「私は私であってよかった」。こんな矛盾だらけの記号がふんだんにくねっているこの本を二人に贈ろう。かれらはこの本からなにかを受け取ってくれるであろうか。子どもを育てたこの二〇年間は、私の心の病の治療、矯正、リハビリの歳月でもあった。かれらの成長に歩調を合わせるかのように、自分にたいする執着心を失いつつある。私のような人間にあっては以って目出度い話であり、治療効果は抜群である。

子供の私

自伝を記したことがある。二〇歳代前半のこと、処女作に収録した。よほど自分への執着心や自意識の強い男だったのだろう。さらに前作の何篇かで、またこの書で露骨に、自分の子どもや自分のことをこれだけ書くからには、もとは子供の頃の私にまで遡れると推定させるなにかが私にあったからであろう。すぐに思いつくのが、「一人ぽっち」。そのドタバタ劇の舞台裏について少し記してみる。

幼い私（三歳くらいまで。その後もだが）がどんな思いをしていたか、想像をめぐらしてみただけでいまでもゾッとすることがある（本当にそれほどのものだったのだろうか）。小さすぎて記憶が覚束ないだけに、よけいにそう感じる。真っ暗な深い井戸を覗き込んで、底に映る自分の小さな顔を見つめているような恐怖感をもつ。寂しかった子供時代（私はいまもじつに寂しがり屋である）。小学生時代になったら、落ち着きのない落ちこぼれの悪餓鬼になったが、学校では仲間はずれにされることがわりに多かった。なぜだろう、といまでもときどき思うことがある。そうされる理由が私にあったからだが、よくわからない。いやな奴だったのかもしれない。いま、かれらに再会して聞いてみたい気もするが、余計なことだ。いまの私は道化師の自分に満足しているのだから（ひょっとして私の被害妄想かもしれない）。ところで「ゾッとする」とは、遺棄神経症とでもいうか、寄る辺のない恐ろしさ、自分がどこにいていいのか、また果たしていてもいいものなのかどうかもわからずに戸惑っていたにちがいない小さな私を指している（その源については幼児期の私を母親があまりかまわなかったところに見ているのだが、もう確かなことはわからない）。遺棄されているのではないか、棄てられてしまうのではないかという不安。うぶな言い方だが、いまも私はさまよっている。この年になっても、朝、職場に行き、自分の姓名の記されたタイムカードを認めると、〈私はここに存在している、存在していいんだ〉とホッとする。往年の有名なアメリカのセクシー女優が喋った意外な言葉、「拒絶されることを怖れながら生きてきた」。私などにはよくわかる言葉だし、「幼心を包み込んだ社会」などに執着するのも、「一人ぽっちの子供」と切り離しえないことだろう。そんな素性だから、中学生にもなれば、自分の妄想に輪郭を与えようと、偶然性、必然性、運命、時間、神秘、死、神、存在、無（虚無主義という言葉を好んだ）などの諸観念にことさら好奇の眼差しを寄せたとしても無理からぬことであった。

さて、親を発端とする外界とのあいだに生じた鋭い異和の情は、心的反動か自己防禦か、代償行為か幼い脱出口か、根深い自己中心性、つまり暴力性を醸成し、外界から切り離されているような感覚（孤独感）は強力な自意識を育む。本書所収の旧稿にはずいぶん異和感を強調したものがあるが、まんざら私の幼少期とも無関係ではないだろう。どうしても自分に閉じこもるので空想好きの（非現実的な）少年になるし、処女作でも述べた「〈存在（秩序）〉への拒否」などのいくつかのフォルムにも如実に表われているように、その後も暴力性は醱酵をけっしてやめなかった。さて、そうはいっても自分の居場所が欲しかった、みんなのなかに存在したかった。〈私って、存在するのかしら?〉、なんだか存在しないような非現実感をよく味わったものである。はたから見たら私など存在していないのも同然、その「はた」が私になって（存在しない）私を見ている。なんといっても自己中心だから、自分でなんでもやるわけだ。じつは居場所などとっくにちゃんとあったのかもしれないし（あっただろう）、わりに甘やかされて育ったので（それが「一人ぽっち」と矛盾するとはかぎらない）、思いどおりにならないと不機嫌になるというわがままが高じただけのことだったのかもしれぬ。あの〈存在（社会）〉への拒否にしても、わがままな甘ったれ坊主の心をもった大人になりきれぬ者の一片の自己中心性の独白だったのであろうか（しかし、そこには二〇歳の頃に学び始めた他者がいたはずである）。

たしかに社会〈大人の世界〉にたいする異和の情は、ピーターパン症候群（というのだろうか）を巡りめぐりはする。「童心を包み込んだ社会」はその片鱗だろうか。親を先駆けとする大人の世界がうっとうしく、不思議に恐ろしかった。会社に勤め、人間関係に気を遣い、わけのわからないことを喋り合い、やっぱり〈大人になりたくない〉。だが、そうはいかない。時は流れ止むことがない。なるべく媒介度の少ない人生であるに越したことはないが、それでさえ社会と関わらなくては一歩もかなわぬし、子供を育ててみたらよくわかる。派手なほどの自己中心性、自意識過剰は時の経過さえ怖れたのだろうか。本書でときおり時間の継起、無常などに言及しているのはその名残かもしれない。おなじく触れている「祭」とは子供のことなのだろう。しょうがなく残った異和の情は、追いつめられ、変形し、妄想の山を築き上げ、なんのことはない私の頭のなかはいまも子供の頃のまま、恥ずかしくて口には出せない。度し難い自己中心性、癒しようのないひとりよがり、いつ果てるともしれぬ夢想の尖塔。先の諸観念はいまもって私のものであり、たぶんあの「ゾッとする」に根差している妄執であり、それ以上のことはもはやわかる必要もないだろう。すでに遠い昔の蜃気楼のような話だ（こんなことを書いたのも――ずいぶん合理化していることだろう――多少とも旧稿との関連をつけつつ懐かしい頃を少しまとめておきたかったからである）。

一二、三歳の頃に興味を抱いた哲学やら文学にたいする熱情がなぜいまも燻っているのか（いられるのか）については決定的な理由がある（妄想ではない）。あの女房がいて、あの子どもたちがいるからである。親しい、本当の他者がいる。かれらがいなければなにをやってても思ってもゴマメの歯軋り、みぞれのような情熱は溶け出し、籾殻のように吹き飛んで消え、やがては酒浸り、ふたたび「ゾッとする」世界に逆戻りして、こんどこそ精神病患者として病院で朽ち果てていたことであろう。だから私のような者にとっては嬉しくてしようがない。現実の他者との関わりは燻る火種でなくてなんであるか。それでもたまに自己中心性（暴力）がひょっこり顔を覗かせる始末、死ななきゃ治らない。そんな絆、幼い私がどんなにか欲したもの、だから逆にどんなに反発したかしれやしない、絆。下手な文章を書くことにいまも執着する理由は、かつて言ったとおり、「死ぬ準備のために書いている」。遺棄神経症に抗いつつ、自分が存在したこと、生きたこと、愛したこと、関わりをもつことができたことを証しするために。あんなに怖れた世界と自分にむかって（私の最後の神経症反応かもしれぬ）。

いわゆるトラウマ（心的外傷）を持ち合わせない者など、地上に一人もいないだろう。あとはその人の人生次第である。私は一九五〇年頃から六〇年代にかけて自分を育ててくれた東京板橋の風景、擦れちがったあの時どきの人びとや出来事のすべてをいまいとおしく振り返っている。なんといっても私をつくってくれたのだ。「ゾッとする」ことも仲間外れも含めて、なにもかも。言ったばかりである、冒頭で、「私は私であってよかった」と。またその私をつくってくれたのだから、郷土愛も愛国心も少しは持っているつもりである。ただし、つまらぬ既成のイデオロギー（固定観念による自己正当化）に準拠してけっして自己を問おうとはせず、ただ死せる自己同一性（万世一系の皇国史の国体をもつ日本民族の偉大さ、など）を自分と思って反復、唱和するナショナリズム、人間の個別的な各自性（人はみなある人である）や国家の権力を問うことのない排他的な閉ざされた民族主義には虫酸がはしる（それでいて、だから本人たちはちゃっかり西洋文明に漬かっている）。国を追われ、あるいは国を棄てざるをえないルワンダの難民たちが見たらなんと思うであろうか。所有や比較こそ〈存在〉そのもの、往時の女流童謡詩人の詠んだ詩の意味はいまだに会得しづらいらしい。「見えぬけれどもあるんだよ。見えぬものでもあるんだよ」。「すずと、小鳥と、それからわたし、みんなちがって、みんないい」。「みんなちがって」＝自由、「みんないい」＝平等。よくなくてはいけないのである。

運命から未来へ

トラウマともつながるが、ある人がもつ人生観や信念や嗜好の質など、つまるところその人の生まれ方、育ち方に規定される性格と切り離せないのではないか。胎児期から三歳くらい、せいぜい小学生低学年の頃までの育ち方、育てられ方。その後になってもつその人の人生観、価値観、社会観などは、幼い自分を形を変えてそのつど大人っぽく選び直した結果にすぎぬ。要するに運命を未来に変えているだけのこと。人間の起源は子供の頃、それよりももっとはるか以前、だれしもの心の淵にぽっかりと口を開けている暗黒の世界、底の知れぬ暗くて深い井戸のなかにある。むろん人は転向も変節も自己変革もやる。だが、その仕方はその人の「暗黒の世界」に規定されながらであろう。つまり生まれたことがすでに心的外傷であった——。こんなふうに未来あるいは偶然性を運命（たとえば「暗黒の世界」）に転化してしまおうとする宿命論の悪癖に私はいつも囚われていた（私の井戸に対応した心的防禦であろうか、自分の境遇を自分に納得させるための行為だったのだろうか）。

たとえば、充実した球体のように人生を完結させたい、それのみが死を超える、と長いあいだ思いたがっていた。だから暴力的に生を断ち切る戦争などまったく容認できぬ、というよりも戦争で死んだ人も、その人にとってはちょうど死ぬべきときに死んだにすぎない、と思いたかった。生はちゃんとそこで十分に完結していたのだ、死はついに無力であった、と。死から生を救出しようと考えたのか、なんと無知蒙昧な想念であることか。じつはどんな死も生の中断であり未完であり、つねに生は未完であり、だれかが言ったように、たぶんすべての死は「早すぎるか、遅すぎるか、のどちらかだ」という不条理なものだったのに。人生は充実した球体でも幼少期に完結した無意識の複雑な反復でも、得体の知れぬ「暗黒の世界」に支配された運命でもなかった。自分を遺伝のせい、育ちのせい、運命や偶然のせいにするわけにはいかないのだ。あらゆる規定に身も心も晒されつつ、自分は自分でつくる。私は私のせい（責任）なのである。やはり生や未来を運命に変えてはいけなかった。自分を自分でないものになすりつけて（責任転嫁）知らん顔をしたい人、いっさいを諦め、頭を垂れ、絶望に安住したい人は――そんな人がいるとして――、そうすればよい。

考える……

『地下の思考』以後、自分にとって哲学とか思想になんの意味があるのか、真面目に考えた。私のことだから仕事を辞めたら他人との繋がり（他人を意識するの意）もいっぺんに稀薄になるだろうし、哲学などただの隠居道楽にすぎぬものとなるにちがいない。哲学は現実（たとえば日本の現実、庶民の生活、若者の状況、世界の問題、などなど）とは無関係だとするアカデミズムの前提に立つのならまだしも、私にはどうもそうとも思えない。そうかといって、仕事（まさに現実）に従事しているあいだは、私には哲学どころではない。やけ酒食らってふて寝していたほうがいい。雪隠詰めである。これはただの怠慢なので次元はちがうが、私にとって世界との関わりであるはずの哲学は死ぬまで手の届かぬ一場の夢想に終わるのではないだろうか。

あれからまた時がたった。生きて滅私奉公を終えることができたら、老後の一人遊びのようにして哲学をやろう、モノローグとしての娯楽の思想で結構ではないか、といまは少しずつ思えてきた。なにかを考えているだけでよい。それも自分が世界から切り離されていない証し、私が私から切断されていない証拠と勝手に思いなすことにして。あの書以降、私の心のなかのツッパリのようなものが、燃える蠟燭のように少しずつ溶けていった気がする。

なにしろ素人だから、私はみずからを通してしかなにかを語る術を知らない（その「みずから」に関しては素人も玄人もなかろう）。なにかを語ろうとしてちまちま文章にすることはあっても、人に話をすることはまずない。どうやら身近な現実と個人的な想念とを分けすぎる悪癖もあるようだ。そんな私は一〇年前に記していた、「じぶんのことなど語らなくていいようになればよい、あるいは逆にそうした文章のみを記して、体制批判など書かずにすめばいい」（『地下の思考』）。昔は私にも夢はあった。ひとつの問題について少しはまとまりのある内容を有する文章を書くという（たとえば「日常的理性批判」などと題して）。その身のほど知らずたるや、ご苦労さんなことだというほかない。夢はいつしか夢のままに散った。残ったものといえば自分や世界についてでっち上げた小断片の数々（前作以降、長文を書く根気をいっそうなくした）。同一平面上を反復、空回りしつづけ、自意識のみをただ引き継いで肥大化させているだけの最悪の道を辿っている気もするし、あの暗い井戸を少しでも埋めようとして空しく書いているようにも思う。

さて、「私は私の絶望に抵抗する」とかつて書いた。絶望と抵抗は内と外をまたぐ。自分にたいする絶望への抵抗に則すると、文章を記しつづけることがその証しであったということにする。それとなんとか子どもを育て、家族を守り、仲良く暮らすこと。世界にたいする絶望への抵抗に則したら、これまで書いてきたものすべてをもって、あえて私の現実批判、反戦、反体制、反権力の運動とすることにした。現実にたいする私の抵抗（証言）、と。大風呂敷のわりになんとも貧弱な抵抗であるが、この水準では、「私のせい（責任）ではない」なんと荒涼とした現実世界が重畳していることだろう（それに抵抗しない私は私のせいであるにしても）。それを思えば〈存在〉などという十把一絡げのような曖昧な言葉を現実にあてがうのはもう控えようか。存在を悠長に括弧でくるんでいる場合でもないだろう。存在そのものを脅かされ、食物連鎖の突端のところに位置しているような若者がいま日本に激増しているといわれる。彼らの孤独、孤立の深さはどれほどのものなのであろうか。

夜道をあるく

職場からの帰り道、よくスーパーに立ち寄る。夜に飲む酒の肴などを買う。女学生のアルバイトか、店内の一隅でか細い声を張り上げ、手に持った商品の試食を勧めている。人気のない売り場で、おどおどして空しく。監視モニターでもあるのか、チクリ係の同僚でもいるのか。なんだか自分にむかって言っているようで、私には悲鳴に聞こえてくる。スーパーを出てまた夜道をとぼとぼ。古代、中世の人たちは幸せだった。あの世や浄土や天国を信じることができたから。私もあの世でまた親父やお袋に再会したい。でも、彼らがそんな夢想をしなければならなかったのは不幸であった。現代人はそれらの想念を信じたくとももはや信じることができなくなっただけ不幸である。それとも信じる必要がなくなっただけ（豊かに、また科学的になった分）幸福になったとでもいうのだろうか。まさか、どこが幸せなのか。たとえば生まれ育った国、言葉に不便のない住み慣れた母国を去り、いま話題の「定年後は、暮らしやすい海外移住を！」とは、なんと切ない話ではないか。体裁のいい難民ではないのか。それでもまだ離れられる者はいい。大多数は「暮らし難い母国」に踏み留まってみすぼらしく死ぬしかない。とめどもないことを考えながら、夜道を帰る。あのバイト学生はどんな思いを抱えて家路を辿るのだろうか。

どんなグループにもサークルにも私は属していない。自分の問いを客観的に研磨する機会も意欲も持ち合わせないのはマイナス以外のなにものでもないだろう。しかし、真の問いは客観的な教養の深さによって測れるものではなく、あまたいる孤独な者、彼らのもつ想念を、想像力を働かせて追尾、捕捉するところにあると思っている。いま「孤独」とか「人間」などと呼称される問題の本質的な重要度は、とても古代、中世の比ではない。精神科病棟や老人科病棟で十年以上も働いてきた甲斐あって、それらの言葉の用法にも思うところがある（本書がまさにその成果なのだが、どうだろうか）。多くの孤独な患者を見ているうちに、人の幸福を拡げて不幸を狭めていくことのこの上ない尊ささえわかっていたら、どんな無為の人でも許されていると思えてきた。人はただ生きて働いて愛して思い煩って、つまり〈存在〉しているだけで十分によいのだ。乏しい私の想像力は、孤独な者の上を舞っていつまでも離れようとはしない（「一人ぽっち」だった私とあたかも呼応するかのように。前言を翻すようだが、自分のなかにある「暗い井戸」から水を汲む、それはだれにとっても辛うじて自分を支えているエナジーなのかもしれぬ)。

なるべくみんなが日々を安心して過ごすことができ、嫌な思いをして一日を終えることのあまりないような、そんな社会。私についていてなら、女房をあまり泣かせないように、子どもをまごつかせないように育て……。

さあ、年季の入ったボヤキも愚痴も苦情も、しょぼくれおじさんの言い訳づくしのこの小品(=繰り言)も、閉じるとしよう。相性が悪すぎた。実社会を去るその日、私は万感の思いを込め、声をかぎりに泣くだろう(みんな似たり寄ったりなのではないか)。いまは指折り数えて、職場(病院)を退職する日(子どもたちが学業を終える日)を楽しみに、首を長くしてそのときを待っている(やっと贈り物がもらえる子供のように?)。

(二〇〇四年五月)

「生きていればいいよ」

もうずいぶんまえのこと、職場の更衣室で久しぶりに先輩の同僚とすれ違った。

「ご無沙汰だったね。元気にしているかい?」と彼。

「なんとか細々と生きています(笑い)」と私。

「生きていればいいよ。」

「そうですね。」

それだけの立ち話をして、それぞれの病棟に散った。

「そうですね」とは言ったものの、さて私は考える。「生きていればいい」のだろうか、と。生きているだけですでに大したことで、素晴らしくて。よせやい。ちがうのに。逆だろう。なまじ生きているから厄介で始末に悪いのだ。日々愁嘆場を演じ、修羅場をかいくぐり、それよりなにかもの悲しくて。生きているのは素晴らしいからとて、それで人生は幸福でバラ色で、というわけにはいかないではないか。それどころか生きているからこそ叫び出したくなるような思いをし、味わいたくもない不幸にも悲しみにも痛みにも孤独にもこれでもかと出会わなきゃならない。労役も思い煩いも忍従も貧しさも、あれもこれもみんな生きているせい、生きていかざるをえないから、とすら言いたい。「人生は素晴らしい」のは結構だが、生態系の底辺にいるようなこのやるせなさをいったいどうしてくれる？　途方に暮れ、いっそ消えてなくなりたいこの身、素晴らしいどころか、逆にこう言いたい。「人生はむごすぎる」、と。むろん、どうむごかろうが悲しかろうが、明日も生きていくしかない。きのうのように。「人生はむごすぎる」。

それでもなお、「生きていればいいよ」とわだかまりのまとわりつく言葉を言いたいのなら、思い煩い、堪え忍び、要するに生活しながら少しずつ実感していくより術はない。どんなに悲哀に満ちた人生でも生きていると感じることはできるし、このさい、感じることとそのことを素晴らしいと思うしかないだろう。たとえばときに暗黒に堪えてまたたく星々を仰ぎ、木々の梢の擦れ合うざわめきを聴き、愛する者のあたたかい表情に触れ、つまり生きているとはそんな小さな出会いになにかを感じとろうとする積み重ねにすぎないとでも言おうか。人間をやっていたらなにかを感じとることはできる。それを素晴らしいとしよう。不幸にして感じなくてもいいことまでついでに感じとってしまうのは口惜しいが、そんな不幸は人間そのものの不幸としか言えないものだろうから、しようがない。職場で、人から受けた優しい気遣い、帰宅したら今宵も娘の憂い顔、それと女房のふて腐れた表情にまたしても出会えるかもしれない。それらを伏し目がちに眺めつつ、たまには思うことだってできる――〈俺みたいな奴と繋がっていてくれて、ありがと〉。するとこんな私にも少しは生きている価値があったのか、と(「素晴らしい」としたら、これ?)。生きるとはそんなさりげない出会いを日々に感じとることにちがいない。這いつくばってでも「生きていかざるをえない」としたら、そうまでしても繋がっていたいなにかを自分のそとに見ているからではないか。それは「まだ見ぬもう一人の自分」かもしれない。人生が素晴らしいとしたら、とどのつまりそんなことでしかない。

うつむいてしがない人生を刻みつつ、十に一つでもよいことがあれば、それを糧に生きていける。それであとの不幸はなんとか賄ってしまうものだ。いつしか紛れ、そのうち忘れるだろう。いや、あらたな不幸が古い不幸を想い出に変えてくれる。人生の哀愁を湛えた素晴らしさのひとつに、この忘却という贈り物があることは覚えておこうか。不幸を忘却しうることこそ、ひょっとして「人生は素晴らしい」たった一つの理由かもしれないのだから。だから明日もまた生きていける。なにかいいことが不幸のなかに一つでも紛れ込んでいるかもしれない、と思えてきて。たとえあとで手ごわいシッペ返しにあうにきまっているいと切ない幻想にすぎなくとも、あらたな不幸のプロローグであっても。希望をもちつづけ、そうして不幸を忘却しつづける人生。「生きていればいい」ささやかな理由もそこにあるのではないだろうか。じつは誰もが日々いやというほどやっている忘却と希望の繰り返し、人生の荊の道の往復。でもこのふたつがあるから今日もまたなんとか生きていける。明日を考えられたらよい。「生きていればなにかある」、と思えてきて。

そんな意味もこめて、生きていればそれだけできっとなにかいいんだよ、生きているだけでたぶん十分に価値があるんだよ、と彼は言いたかったのかもしれない。その後、かの先輩は大病を患い退職されたが、先日、カラオケバーで楽しそうに歌っている姿を見かけた。やっぱり、「生きていればいいよ」。

（二〇〇四年五月）

イラク雑感

「もし私の家族が東京でイラクのテロリストのテロにあって死んだら、日本の首相やブッシュ大統領を恨む」。

中学生たちのテレビ討論会のなかでの一発言。「ウッソー！」「ホントーカヨー！」という驚きとも野次ともとれる奇声があちこちで飛び交う。普通なら「イラクのテロリストを恨む」と言うはずのところだったのだから。失笑を買ってうつむいたこの中学三年生の女子生徒が、私にはなんとまぶしく見え、頼もしく映ったことか。憎悪や悲しみの吹き抜ける目に見えにくい小さな通路を見通している、と思って。この少女を見習って少しは「見えない通路」を見てみたいと思い、本文を書くことにした。

たいていは広場や大路の一角に留まってたむろし、世間話に花を咲かせてけっしてまがりくねった小道の先に進もうとしない。北朝鮮のつまらない「日本人拉致事件」。子を奪われた親の悲しみは絶対であろう。この絶対をどう味わうかは人それぞれだろう。しかし最近は、この一件を利用することにかけては抜群の敏感さと旺盛な計算機を有する者たちの一大政治ショーの観すら呈してきた。彼らが何十人かの拉致被害者の生命など心配するはずがない。心配する政治家なら一億人の民をこんなにいじめるわけがない。あるいはイラクのくだらない「日本人拘束事件」。さらに、この国の国会議員のどうでもよい「保険金未納事件」、云々。「つまらない」「くだらない」「どうでもよい」のは、そこにもある「見えにくい通路」を見ようとしていないからである。屋上からにやけ面して囃し立てるインテリや言論業者たちは、「見えること（仮象）」しか語ろうとしない。虫酸が走る。

話を戻して、まず素朴に日本政府に問うてみたい。イラク出兵にいったい国民的合意とやらはあったのですか、と。日本国は主権在民の民主国家らしいから、まずそう問いたい。というのも、政治家のある大将が「国民の意見に従っているだけが正しい政治ではない。ときには国民の意見に反することもやらなければならない」とかのたまったからだ。だったらなんのための主権在民なのだろう。「国民の意見に反してまでも」とうそぶく政治家を信用していい保証を国民はいったいどこにもっているのか。つまり独裁政治とどこがどうちがうのか、怖ろしい話である。だがトボけたことを言ってはいけない。そもそも「国民の意見」なるものをあなたたちはどこまで知っているのか。下々の者たちの生活の場まで降り下り、国民が日々どんな思いをして生きているか、一度でも知ろうとしてきたか（たまに選挙宣伝カーの上から「国民」を眺めるだけ。彼らにとって「国民」など己が権力保全のために話をする相手ではあっても、話を聞く相手ではない）。つまり主権在民の真の意味をどれだけこの人たちが理解しているのか、ということなのだ。

米英政府にむかって問うてみたい。「イラクの軍事的脅威を除去するために」が、いったいいつのまに、なぜ「イラクに民主主義を確立するために」に豹変したのですか、と。米英国はまさに「民主主義の暴力」をもってイラクに襲いかかった。冷戦が終わり、いまではアメリカの戦略的自由主義の天下布武をもってグローバリズムと称して、世界的な一極暴力システムの建設が進行中である（これが彼らの〈正義〉であり〈自由〉である）。どこがいったい民主主義なのだろうか。いまや私たちを包むものはデモクラシーという名の暴力時空でしかない。われらの世界を規定するものは暴力である。「見えやすい」暴力と「見えにくい」暴力との相異はあれ。子供たちが泣き、殺されている世界が、そこに生きる私たちが、正当化されるはずがない。

「テロトノタタカイ」、「テロニクッスルコトナク」。だいぶまえから一日に何回か聞かされている。どういう意味なのだろうか、頻繁に反復されるこの種の言葉。その定義をいまのイラクや中近東圏の現状のなかで精密に規定してみたうえで言ってほしいのだが。まずイラク人やアフガニスタン人のなかのテロリストと非テロリストを、どこでどう区別するのか。あるいはまたイラク人におけるテロ行為と報復行為の差異を、どこでどう判定するのか。それともイラク人のやる軍事行為はすべてテロ行為であって、彼らにはもともと報復する権利などないのか。すると彼らの人間としての権利はどうなるのだろう。イスラムの「野蛮人」にそんな「贅沢」などもってのほか、か。テロリズムはまさしくその辺（追いつめられた人間たち）に位置するのではないだろうか。

この種の疑問には事欠かぬ。「貧困はテロの温床」なる白々しいフレーズもお馴染みである。逆ではないだろうか。温床からでなく貧困からテロは生じるのだから正確ではない。ダイエットだなんだと痩せるのに夢中になっている国と、放っておいてもどんどん痩せて死にゆく者の多い国とを、間違っても混同したりするものではない。それだけの単語を並べたいのなら、ちょっとはやりくりして、まだしも「テロの温床は貧困」と、いっそ「貧困がテロを生む」と素直に言えばよいのだ。「差別や収奪は貧困の温床」とでも言えばあのリフレインは一挙に正確になるだろうし、世界的な幅をも獲得してしまうだろう。テロと貧困を繋げたくないために（繋がったら巡りめぐって〈豊かな〉日本、自分たちの「贅沢」に後ろめたさを感じ、みずからの心優しい「平和（反テロ的）」な良心が穢されないとも限らないではないか）、「温床」なんぞとあたかもつぶさに現地を見聞してきたかのような賢げな言葉遣いをしたがるのだろうが、現実をなるべく歪めずに映すちゃんとした言葉を言えばそれでいいのだ。一定の価値判断的、自己保身的な先入観、意図をもとにして組み立てられた言葉などまったく余計であろう。政治家や幕閣にそう言ってもはじまらないが、できればウミセンヤマセンの狡猾なマスコミ・ジャーナリズムの賢人たちにはそうあってほしくないものだ。国民が報道と真実を取り違えないためにも。

貧困はただ貧困、差別はただ差別である。それがテロ（抵抗、反抗）を生み育てる。それだけのことだろうし、当然だし。凄まじい貧困、抑圧、不公正、差別のあるところ、抵抗はやみっこないのだ。アメリカ、イギリスの公認暴力にたいする非公認対抗暴力（テロリズム）の必要に決定的に迫られ、決起していったテロリストたち。むろん大衆の不満を（不満自体を創出・誘導してさえ）政治的、軍事的に利用する悪徳、卑劣な指導者はどこにでもいるものだし、イラクにもいるだろうが、ここで触れる必要はない。ようは、テロリストはテロリストとして生まれてくるわけではけっしてないというあたりまえのこと。彼らは自分たちの時代のなかで、みずからをテロリスト（抵抗者、殉教者、非公認者）として選んだ。なんと悲しい選択をした（余儀なくされた）ことか（太平洋戦争末期に展開された日本の神風特別攻撃隊などもそうだが、「自爆テロ」と聞いただけで私は涙が流れる）。その彼にたいし、憎悪に駆られてはならぬ、と説教するのはいとも容易い。しかし、「ならぬ」と真っ先に言いうる資格のあるのはげんに憎悪の只中にいて苦しむ人であって、憎悪も共感もない安穏とした者たちの到底言える科白ではないだろう。

なんといっても世界最強のアメリカ軍が出張ったのだ。イスラム一国など即座に蹴散らす。論者評者氏もこのときとばかりに自慢の蘊蓄を披瀝、なんでも知っているとばかりにはじめはイラク抵抗派を一部の暴徒、一握りのテロリストと鼻であしらい、「テロリズムは悪だ。暴力ではなにも解決しない」程度のことを訳知り顔して鷹揚に喋っていればよかった（もともと「なにも解決しない」もへチマもない一傍観者のくせして）。ところがかのアメリカ軍が何回攻撃しても、テロは止むどころかよりしぶとく、どうにも収まるどころではない。「おや、まあ」と思ったインテリ、評論家たち、テロリズムの問いはもう少し根が深いのかな、程度のことはいまや認めざるをえなくなってきたようだ。「暴力はいけませんね」式の心安らかな常識人が嘴を突っ込めるほど単純な問題でないことくらいは知れ渡ってきたし、今頃そんなお経を唱えているだけではどうもみっともなくていけない。聞いた風な「テロリズムではなにも解決できない」調をカセットテープのようにただ反復するだけでは体裁が悪いし、商売にも差し障るので鳴りを潜めてしまった。アメリカ的自由主義（新自由主義）の暴力に安閑、無難に便乗していた彼らの怠慢、無責任な言論・放言——いかに邪なエネルギーといい気な安眠に支えられていたことか。まさしくアメリカ・テロリズムとそれに追随する日本政府に支えてもらった言論では、「なにも解決されなかった」。考え、感じなければならないものが、だれにとってもかつて見たことも感じたこともない現実だったからである。

気持ちが悪くてしようがない。テレビ司会者や出演者などが嘆かわしいしたり顔をしてテロだのテロリストだのを頻発し、頻発することでそれらを十分にわかったことにする公用語にもなっているらしいので、あえて一言した。イラク人のテロだけでなく、アメリカのコッカテロにも、ニッポンのドレイセイジにも、マスコミのメディアファシズム（世論センドー・ユードー闇カルテル共同体）にも、それぞれに実に「見えにくい通路」があることだろう。たとえばマスメディアは本質的に差別構造を前提にコミュニケーションを発する。とある公園のベンチ裏の茂みにて凍死した一人の孤独なホームレス。いっぽう国政、行政のなかにいた人物、あるいは一人の著名人の死。前者はまず語られないが、後者はニュースにもなるだろう。だが、どっちも一人の人間の死なのだ。一人の人間の死に優劣などない。いや、あってはならぬ。優劣をつけるのは価値観の次元以外にないだろう。つまり、どだいマスコミ・ジャーナリズムは権力とおなじ、差別的価値観を共有しているわけである。差別を基盤に公共の電波を発信していることを、肝に銘じてからにしてもらいたい。年がら年中（とくにテレビ局）、みなおなじようなニュースを流していないで、たまには「まず語られることのない出来事」を語るものだ。

たとえば自民党政府に支持の一票を投じた人たちがいる。そのなかには閣僚らの靖国神社参拝には反対だという人もいるだろう。つまり現政府は、国民一般はおろか支持者たちからさえ全権を負託も委任もされていないわけだ。事情は憲法九条の改正にしてもおなじである。そんな簡単、安易な民主主義などない。ここでひとつ思い出した。海外ニュースやドキュメンタリー番組によく登場するテレビの会話翻訳テロップ。なぜか白人が話し手だと敬語でまとめ、黒人や中東、アジア人や先住民などのときにはため口や卑語で放送しようとする。また、話し手が上流階級者風、取材場所が閑静な屋敷街のような場合と、肉体労働者風で、貧民街の横丁であったりするときなどにも、おなじ差別をやらかしている。やめていただきたい。愚かな日本人は自分が白人から差別されているとも知らずに、白人とおなじことをおなじアジア人にしている。

最近、言論市場をなにより喜ばせたのは、自己責任〈マスメディアだって負い切れないほどの自己責任を抱えているだろうに〉。浮世の庶民まで一時論評していた。〈イラクくんだりのことにちょっかい出したい奴は好きにやんな。ただし私はかかずらわないよ。私はイラクがどうなろうが、また行った奴がゆくえ知れずになろうと、知っちゃいないさ。イラクに行って死にたい奴は、好きに死ねばいい〉。いわゆる「自己責任」であろう。むろん、「自己無責任」と夫婦である。貧乏なのも自己責任か。金持ちはそう言いたいところかもしれぬが、貧乏の根はもう少し深いことぐらい、貧乏人ならだれだって知っている。その者が貧乏なのも職がないのも無力なのも泣いているのも、なべてネガティヴなものはすべて自己責任。だったら政治なんていらないではないか。そんなものに税金を払うなど、愚の骨頂。

イラクに行った日本人のなかには、一山当てよう（メジャーに乗ろう）、ドラマチックな写真でも撮ってプロとして安定して飯が食えるようになりたい、といった山師根性の持ち主たちもひょっとして紛れ込んでいるかもしれぬ。それでもみずからの責任くらい熟知していよう。砂漠の地に赴くのだから国内の「長い物には巻かれろ」式の自己無責任とはだいぶ趣がちがうのではないか。ところでテレビのある報道番組中、「テロリストに拉致された彼ら三人のせいで、日本そのものが拉致されてしまった」、などとおよそ信じ難いファシストもどきの言論を、図々しい顔して口走った評論家がいた。日本に不名誉をもたらした（恥をかかせた）からには許されざる者ということか。日本国の代表でも国民の代表でも三人の代表でもないあんたに言われたくないよ、というのが気の毒なあの三人の実感といったところではないだろうか。「彼ら三人」と日本を無媒介的に混合させ、そのうえを「私（一評論家）」が平然と横断していく、あるいは二者を媒介するのは「この私だ」と言わんばかりのそんな無神経なファシスト的心性をもって評論生活を営むこの種のジャーナリストは意外に多いのかもしれない。以って、自己責任であろう。

さて、イラクやイスラム圏の人々の死の抵抗によって、世界はテキサスのものでもネオコンのものでもアメリカ・キリスト教原理主義のものでも〈豊かなアメリカ人〉のものでもないことが明らかになってきた。ちなみに、キリスト教の経典である聖書のなにが有名といって、なにを差し置いても「汝の敵を愛せよ」（マタイ5・44）に尽きることはまず間違いない。例の「愛の宗教」だ。この愛敵主義こそキリスト教の魅力の牽引役を長い間買って出ていたものである。罪なことにその何十倍も愛を裏切りつづけ、裏切りを隠蔽しつづけ、敵への憎悪を醸成し、かえって権力と暴力をもっとも得意としながらではあるが。キリスト教はもっとも尊いものを継承しなかった(する気がなかった)。アメリカがキリスト教原理主義を標榜するのなら、真っ先にまずこの愛敵の精神をこそ発揮し、実践に移してみたら、と言いたい。

イラクの戦争を見ていると(テレビや新聞でしかないが)、戦争、抵抗、宗教、民族、歴史、習俗、共同体、家族等々について、いろいろと考えてしまう。彼らは戦うことによって、なにを自分や自分たちに、またなにを外界にむかって示そうとしているのであろうか。憎悪だろうか、愛だろうか、復讐か、誇りか、希望か、祈りか。そんな分類でわかってしまったことにしてはならないが、彼らの死の抵抗をまえにし、私はただ竦むばかりである。戦争はマシーンがやるわけでも(助長はしても)、正義がやるわけでも(忘れるときもある)、金がやるわけでも(すぐに消える)ない。「イラク人捕虜虐待事件」によく表われているように、いい加減そのものの人間自身が「正義」を作り、金でマシーンを買ってやる。このことにはアメリカ人もロシア人も中国人もない。どうマシーン的、ハイテク的、システマティック、ポスト・モダーン的であろうとも、やっているのはあいも変わらずちょっとした刺激でいつでもどうにでも脳内が破綻をきたしてメチャクチャをやらかしてしまう、どうしようもなくオッチョコチョイなこの生物、人間たちなのである。今回もまた余すところなくこのことを示しただけだ。またしても問題は、人間というつねに壊れつづけることを得意とするこの特異な生き物の世界に帰着したのである。余談だが、近代的な産業情報技術のせいでいまは少し複雑になってはいるものの、人々の生活感覚など古代文明期も弥生時代も現代の東京もさして変わらないのではないか(たとえば古代都市ポンペイの壁の落書きなどを見て)。ついでに私の大好きな落書きをひとつご紹介する。

「みんな、愛する者は元気で。愛することを知らぬ者はくたばってしまえ。愛することを禁じる者は、みな二度死ね。」)。人間とはなにか、人間がつくり人間をつくるところの世界や社会や文化とはなにか——、人間がいるかぎり、これらの問いかけはやみそうにもない。

平和の有難み、素晴らしさ、尊さ。戦争の悲しみ、虚しさ、愚かしさ。それはひとつのものだ。「平和は守られなくてはならぬ」と言わない人はいない。でも「平和のよさ」をどれほど感じているかはまったく人それぞれというしかないだろう。「平和のよさ」など気にならないほど平和であるに越したことはない。しかし、いまはちがう。いまの日本の状況は戦争でも平和でもない。日本本土の地表にミサイルは落下してこないが、他国の家々にミサイルを撃ち込む国に全面協力をしているのだから。「平和のよさ」を気に留めず、戦争に反対しない。意識されない平和は結構でも、意識されない戦争はどうだろう。ふたつは繋がっていないか（どこかの国で戦争によって悲しむ人がいたら、こっちの国の「平和な人々」もけっして幸せではないだろう）。現在の世界を〈問い〉としてまだ受けとめきれない、それが目下の日本の〈戦争〉といえよう。もとはやっぱり世界をいつまでたっても縦割りにしている国家ではないか。いつか——永久の夢に終わるだろう——風通しのいい、心地よい横風が吹けばいいのに。

私も貧相なハートでこれからも考えてみるが、まずはこんな作文を草して、あの女子生徒との連帯を表明することにしよう。

（二〇〇四年六月）

セ・ラ・ヴィだから、メルシィ！

弔いの日

無能で愚かで好戦的な最悪の米国指導者を再選した、一日。

あの連中（ブッシュとかチェイニーとかラムズフェルドとか）が米国政府をやってから、世の中ろくなことがない。すぐに思いつくのは、アフガニスタンやイラクやエコロジーのこと。世界的に共感されないこんな連中の政府を支持した米国型民主主義のなんと脆弱かつ欺瞞的なことか（接戦ではあったのだが。では、相手側が勝ったとしたら？　高が知れていただろう）。

アメリカ帝国主義国家が戦後六〇年間、地球上でメチャクチャをやらかしてきたことにかけてはイラクや北朝鮮どころの比ではない。その際のいつもの標語が、あのお節介な「デモクラシー」と「フリーダム」。いわゆる「民主主義の擁護」と「自由拡大路線」。このふたつが他者にたいする価値判断の基準、かつ自己にたいする正当化の免罪符となる。派手な言表とは裏腹なそのお寒い実質を、今日、米国は全世界にむけて公表してみせたわけだ。全世界を「フリーダム」と「デモクラシー」にすると称するアメリカ主義（いわゆるグローバリズム＝一極帝国主義の強化、拡張。つまり米国国家による世界征服）

の正体を。米国国家の実体は政府権力者を代表とする米国支配層の私的利害にすぎぬ。いっぽう、米国内にむけても国内グローバリズム（要するに全体主義国家社会）がこの国に巧妙に仕組まれ、敷設されつつあるといえないだろうか（アメリカ・キリスト教原理主義の権力が巨大な役割を演じている）。よって、被圧迫者の対置するものは、統一的な原理あるいは同化主義（グローバリズム）の拒絶だろう。私などはせいぜい数日ほど悲しんでいれば忘れるが、そうはいかない人たちが大勢いる。待ってくれない自然の破滅がある。例の連中が自慢の「神の裁き」を受け、永劫のゲヘナ（地獄）に堕ちることを祈願するとともに、アメリカ国民のためにも喪に服そう。喪はやがて明ける。

（二〇〇四年一一月）

小さな戦闘

凄まじい権力欲と所有欲をバネとした日本政治の夏祭り（衆議院議員選挙）のさなか、私はまったくべつの孤高な戦闘にひとり挺身していた。戦いを挑んだ相手は大層な国家権力などでなく、わが息子一人にたいしてであり、しかも旗色は思わしくなく、敗色は濃かった。援軍ついに来たらず、ただ一兵の戦友さえいなかった（妻も娘も敵側と通謀していた）。

発端はビデオ機の操作をめぐる息子の口の利き方（思えば五年前の娘のときと似たシーン）。突き飛ばしてやった。そうしたら歯を食いしばって応戦してきたから、殴りつけたら、むこうも引っ掻き作戦や首絞め技、頭突き戦法を繰り出し、混戦模様となる（さすがに娘のときは平手、息子には拳）。女房と娘が懸命に止めに入る。戦後回想したことは、敵を肉体的にも精神的にもちょっと侮りすぎていたかな、ということか。あのとき奴にちらりと見えた精神的な余裕のようなものも、やけに気になる。見くびられたのだろうか。ついに新旧交代の時節到来か、私はといえば「老兵は死なず、ただ消え去るのみ」の感を深くしただけかもしれない。バトルのきっかけをつくった口の利き方について、息子は謝り、「なにも殴ることはなかったのに……」と娘に泣かれたせいもあって――私のほうも五年前のこの娘のことを思い出しつつ、息子にたいしても原則的な非暴力主義への転向宣言を余儀なくされた。「ただし人を差別したときだけは例外だ！」との捨て科白を残して（そういえば娘を引っ叩いたあのときは、別室で息子が泣いていたっけ）。

ここでは体罰の是非を一般的に述べるつもりも、高尚な家族論（私には無理だ）を語るつもりも毛頭ない。述べたいのは個別的な現実で、この場合は私と息子。戦闘が終わり、追懐のときが静かに流れ始める――。無上の宝物を叩いてしまった愚かさを私のほうはまたぞろ嘆くしかないとしても、子はなぜあれほどの抵抗を示したのだろう。積年の反感をここぞとばかりに発散したのだろうが、父のなにが子にそうさせたのか。それを多少とも理解することなしにはこのバトルを忘れることはできない。本文はバトルを通した個別的な私の学びであり、追憶であり、息子への秘めやかなメッセージともオマージュともいえるものなのである。

あの子には人にたいする優しさに欠けるものを感じた（実はどうだかわからないことなのだが）。横柄な言葉遣いや態度にふだんから私は憤懣をもっていた。で、考える。あの子を育てたのは私なのだ、と。「優しさがない」と言って子に腹を立ててなんとしよう。息子の年頃の自分はどうだったのか。私くらい優しさに欠けた餓鬼も珍しかったろうし、最後までずっと親に優しくなかった。そんな奴に育てられた子こそたまらない。〈どうしたらいい？〉。そんな折り紙つきの親不孝者だったのだから、息子は遺伝子をただ立派に継承しているにすぎぬ、くらいに思っておいたほうがよかったのかもしれない。彼が親不孝者だとしたら、私は報いを受けているだけのこと、と。それともあの抵抗は、親不孝者の私を多少は知っている（母の晩年の頃、息子は小学生）奴の仇討ちだったのかもしれぬ。あの時分、二人の子どもの気持ちを心配した女房が、何度か私の親不孝を注意したことさえあった（私の親のことも妻は心配していた）。ひょっとしてあの子は優しさの欠けている子でも親不孝者でもなく、実は父親に、かつて犯した親不孝をこの際存分に思い知らせてやろうとした律儀な孝行息子だったのか。それにしてもあの子の没人間関係は不思議なくらいだ。「優しさが欠けている」のか「優しい」のか、いまはまったくの謎、これから徐々にわかるだろう（父のＤＮＡを継ぐことなく、後者であることを切に祈る）。

もし身のほどもわきまえず私が子どもに厳しいとしたら（けっしてそうは思わないのだが）、私自身の稀代の親不孝にたいする悔恨の屈折変形した表明でもあろう。悔恨とともに生じる苛立たしい自己嫌悪の転位。やっぱり、どこまでいっても、私か。そんなものは実は背景の背景、ただ虫の居どころが悪くて不機嫌に酔っ払っており、そのうえ面白くないことを言われたものだから引っ叩いただけのことか（「こんな簡単なビデオの操作もできないなんて、お父さんは馬鹿だ」とこの子に言われたのが発端。相手がむかってこなければ殴りつけることもなかったのだが、それにしてもなんと些細なこと。バトルの発火点など大なり小なりそんなものだろうが、問題は背景にある)。だったら、年ばかりとって、なんとも哀れっぽい。またもや学びの素材が弱い自分のまえに立ちはだかっただけ、子どもたちにものごとを教えていかなければならない身なのに、いつまでたってもなにも教えてあげられない。

思いはまたも追憶を辿る。しつっこく追想の繰り言をつづけるワンパターンは、私の人格形成の源流から発していると思うしかない。それがなにか、本人も見当をつけかねているのだが。ただ「源流」に身の毛がよだつほどの孤独だけは想定する。たぶん私は六歳くらいまで(あるいは子供時代)放ったらかしにされて育てられた(母に。ある親戚筋の証言だが、真偽はわからぬ。父は当時外国航路の船員だったので、ほとんど留守)。なるほど、母に愛されたという実感をもったことがない(父はべつだ)。私はここを源流にすべては始まったととりあえずは思っている。孤独癖も夢想性も暴力性も。よってわが子の誕生に際しての私の第一の誓いは、こうなる。「いつも子の横に母親がいること」。財政的には共稼ぎのケースの家庭なので辛酸を嘗めることになったが。妻はいまもその任を立派に果たしているから、二人の子が心優しく育たないわけがないか。

悪餓鬼な私は何度か父に殴られたことがある。といって、父は気の小さい人ではあったが、けっして暴力的ではなかった。むしろ平和の人、家庭の人であった。私を殴ったのは父なりの思いも状況もあってのことだろう。子どもをもったいま、彼の気持ちをまったく理解する。なんといってもあの時代、生きるのに大変だったのだ。くわえて、とにかく私が悪かった。でも絶対的とも映る父の暴力が子供の私に傷を残したかもしれぬ。この傷をうまく克服できなかったので自分の子への暴力に転位していった、と言ったら虫のよい辻褄合わせというものだろう。いまの私はおそらく父ほどに生きるのに大変なわけではない。息子が一七歳の頃の私よりも悪いわけでもない。ただ父の優しさの「暴力」と私の不機嫌な暴力とでは、まるで質が違っていただけのことだ。いっぽうで父は一人っ子の私を実に甘やかしていたのを記憶している。わがままな大人になった私は、そのツケをここ何十年かけて(わが子にまでも)支払っているとでも言ったら調子よすぎる言い訳だ。いい気なもんだ、いい歳をしてこんな見当違いな愚痴まで親にこぼしているなんて。言うまでもなく、私をこう育てたのは私自身しかいないのに。西欧のある哲学者が言っていたように、「私以外に私をつくる者などいない」。

そろそろ六〇歳にもなろうかというのに、なお己が少年時代をじたばたと想起し、言い訳めいた言辞をああでもないこうでもない。一種の年季の入った幼児性か。ついでだが、私は思い込みの強い性分、根に持つ性質を好まないし、自分がそうならないようにふだんから気をつけているつもりなのだが、そんなにたやすいことでもないのかもしれない。まあ、それはいいことにして、なお一口上。親は子がたえず悩みの種であるように、子にとっても親はつねに悩み(あるいは迷惑)の種であったことを私はよく記憶している。そんな私に、「ひとりで大きくなったような顔をして」とか「だれがここまで育てたと思っているのか」、父はたまに言ったものだ(ただし半分笑っていたように思う。憎まれ口をたたいて大きく育っていくわが子、きっと嬉しかったのだ)。それはそうだが、恩着せがましい、あまり好きな言葉でもなかったので、この種の言葉をわが子に言った記憶はない。自分で勝手に産んで育てておいて、あとになって、だから親孝行をしろよはないぜと思うし。親孝行をしたいかどうかは子のきめることさ、と。父と口論したとき、「俺は産んでくれと頼んだわけじゃない!」と言ったら、悲しげな顔をしていたっけ。なにが悲しかったのだろう。親は子を愛し子は親に感謝するはずの絆を、ばっさり切断する類の言葉だったからか。それとも、〈この子は生きているのが楽しくないのだ〉と私を不憫に思ったのか。あとになって、口にしてはいけない言葉だったな、と思った。

後年、わが子の誕生に際してまた誓った、「生まれてきてよかったと自分を思えるような子に育てたいな」、と。逆にこっちのことは思う、いろんな思いを重ね合わせつつ、〈おまえを産んでよかったよ〉。私たち夫婦は長いあいだ子どもをつくらなかった。そのことを母が父に言ったらしい。父はぽつりと言ったという、「子供なんかいらないよ」。父は私のことを言ったのだ。さて、幸運か、気を遣っているのか、いままでのところ子どもたちからあの種の言表を私は聞いていない。

さて、追憶などで下手に理屈づけしていてもしようがない。今回のバトルの根を概観すると、さしずめ私が「酔っ払っていたうえに、虫の居どころが悪かった」に帰着するか。「積年の反感」などこっちの妄想、息子はたんにカッとなって応戦しただけ、と（いや、つねづね反感はあったはずだ。私が子に優しく接してこなかったことはすでに述べた）。どう虫の居どころが悪かったのか。つまるところ自分のしたいことができず、したくないことをやらされている、生活が強いるあの労働？　しかし、「生活が強いる」のもその生活を私がしたがっているゆえではないか。ただ「したくないことをやらなければ」生きていけない（と思われる）自分が不本意なだけのこと。〈いやだ、いやだ〉。おのずと自分にも浮世にもむしょうに腹が立ち、酒を飲む不機嫌な日々。私の気性（たとえばわがまま）は自乗を蹴立て、八つ当たり的に破裂する種ともなる（といっても内弁慶の私のこと、内々にすぎない）。すると、今回、息子はまたもいいトバッチリを受けただけのことか。おまえは父の悲しみ（無力さ）の道づれなのだ。こんな人生を二人の子には送ってほしくない。

だが、ふと考えてみた。〈俺には後悔するほどのことはほとんどないぜ〉、と。その時々に、自分の位置からいろんな思いを込めてやってきただけのこと。なんにせよ、私のやり方で二人の子を精いっぱい愛したつもりだ（先のふたつの誓い、『地下の思考』所収の何篇か、本書の幾篇かに片鱗があろう）。少しばかりの自負もある。なにも萎縮も遠慮もすることなどなかった。ついでに自分以外の生き物を愛する喜びをじかに覚えられたのもよかった。自己中心的な気性ゆえ、なおさら彼らに感謝せずにはいられぬ（彼ら二人を真に自分以外の生き物＝他者にしているかどうかは問いとしてこれからも残るが）。家に居るときはいつも酒ばかり食らっているし、持ちまえの怠惰も短気も手伝っていろいろなことをうまく彼らに表現できなかった、きっとそれらしく伝わらなかった（二人の子に感じられなかった）のを、いまは遺憾とするのみである。

ここ数年、子どもたちになんとか好かれたいとちょっとむきになって媚びを売ってみたりもしたが、空回りに終わったよう。相手もまんざらお人好しじゃなかったわけだが、通じろというほうが無理だろう。しようがない、いずれ連中もそれなりに理解する日がくるやもしれぬし。私がそうであったように。もっとも二人は親の死後になってやっとわかる私ほどの愚者ではないかもしれぬし、ずっとわからずじまいの賢者かもしれぬし、なんとも言えぬが、妄想はさらに羽ばたく。そのときにいたって、「あのクソ親父にもそれなりの人生があったのか」、「父は私を愛していた」、と？　ざまあみろ、と言いたい。思い知れだ。〈でも、俺とおなじ、もう遅いよ〉。おそらくこの光景を目撃できないことを、ここでもただ遺憾とするのみである。こんな恨みがましくも淡い想念がなんとも哀れにも心楽しい（父と母はどうだったのだろうか？）。

　この二〇年来、とりわけ子どものことに関して取り返しのつかぬ歳月を通過してきたな、としみじみ思う。しかし、思い込みと妄想とに満ちた本文もこのくらいにし、追憶（あるいは過去への言及）もこれからはほどほどにしよう（母の死をきっかけに、この頃は回顧的なことばかり書いてきた）。父と子、子と父。以って足ることを知らねばならない。いたらぬ親の背中を見て子は育つ。父親の駄目な分、案外しっかりとした子たちなのかもしれない。そろそろ連中のことは放念するとしようか。もはや親の子に占めるスペースはずっと狭まっていることだし。息子は巣立ち始めている。二年前と較べたら格段の差だ。この度のバトルは私にとってもよい機会になったかもしれない。戸惑いもあるが、さりげなく後退しながらもっと淡白にあの子に接するとしよう。そのためにも〈父親（ある種の権力）〉の圧力をさらに減圧する。己の〈存在〉を滅する、私のかねてからの不条理な願望のはずだったではないか。口で言えないから、ここに記す。やっぱりおなじだ。一七歳の息子よ、おまえ（自分）らしく生きてゆけ。恋しい子らよ……。

　おまえたちの前途に拡がる人生に、沿道から静かに、熱烈なエールを送るよ。

（二〇〇五年八月）

不快な一日

それは日本の保守化に抗いえなかった慙愧の念などではまったくない。遥かに漠然とした、もっとずっと摑みどころのない想念なのである。またしても、「私って、なんだい？」、といった類の曖昧この上ない問いかけともいえる。すなわち日本の政府・自民党の下に、彼らの構成した秩序とともに生きる私とはなにか。もっとよい世の中も生活もあったのかもしれぬが、本当はどうだかわからない。いい気になって体制批判などを書いたり、でも私はこの世界のなかで今日まで生きてきた。私にわかるのは、現行の秩序にあって、死ぬことなくとにもかくにも生きてこられた、そのこと。実はこの秩序の慈しみ深き加護の翼の下にこそ私は生かされているのではあるまいか。握っているペン、紙、箸、便所の落とし紙、なにもかもがこの秩序（「ニッポン」）そのもの？　そんな空恐ろしいまでの悪夢……。

先日の選挙で自民党が大勝した。勤務先の病院に収容されている患者は、不在者投票に行くか行かないか神経を遣い（投票のある日曜日はほとんどの病棟が外出不許可だから）、外出できない人は棄権することに良心のやましさを感じたり。私はといえば、何十年ぶりかで選挙に行った。かつて出版した二冊の本に責任をとる、といった気で投票してこなかったのだが、もう時効かと思って。

選挙の結果を伝える一日は終日不快だった。自民党はもともと不快な政治権力機関だからしようがない。この日、とくに不快だったのはマスコミ権力だっただろう。「殺されてもいい」だの「干からびたチーズ」だの「○×チルドレン」だの。パフォーマンス政治とメディアのコマーシャル機能と社会的な同調心理、その三つの絶妙な均衡と結合の精華が、この一日を飾った。マスコミ（とくにワイドショー的報道番組で。これがもっとも人気がある）が話題やテーマを選定し設定し提供し、揃いもそろって政治的価値とはほとんど関係のないパフォーマンスをやったりする。連日連夜、テレビ画面に映れば映るほど、その対象物のコマーシャル効果は相対的に増幅し（社会的同調心理のひとつ）、いわゆる支持率は上昇するといわれる。自民党が負けないわけだ。実現可能かどうかはともかく、共産党や社民党、民主党のスローガンさえも、自民党よりはよほど庶民の生活実感（たとえば不況感、生活苦、重税感などなど）や願望（たとえば雇用促進、賃金アップ、格差是正、医療費減額、税負担軽減、戦争反対などなど）を反映していよう。一年まえのアメリカ大統領選といい今回といい、私たちを取り巻く霧のなんと深いことであろうか。

報道ショー番組の演説同好会ではタレントやコメディアンまで出演し、厚かましくも「政治評論」のハッタリをかましていた。政治からマスコミまですべてはパフォーマンス（自己保身、自己拡張による演技、虚言、劇場）にすぎぬ。思い出す、数ヵ月まえの上海の「反日暴動」のとき。「中国政府は自国の大衆の政治的不満を日本に転嫁することで、かれらのガス抜きを画策している」、となんでも知っていると言わんばかりのコメントをしていたにやけ面の横柄な司会者。この放送局はかつて日本の犯した一五年戦争をどう踏まえて放送したのだろうか。慎みに欠けるそんな下卑た「深読み」をするくらいなら、今回の選挙の深読みにもっと精を出してくれよ。庶民などおよそ持つことができないせっかくの情報の山。もったいないではないか（どうせ自分たちに都合のよい情報しか公開しないだろうが）。嫌な思いをして時間を費やしたくないので、この種の報道バラエティー番組は今後は観ないようにしようか。いくら国際化、グローバリゼーションといわれても、私はいまでもこのジャパンという島を世界的にみてもまことに特異な社会的（無意識的）価値体系を有する鎖国・獄門島のような奇異ランドだと思っている。

実証的な証拠など挙げられないが、一〇年ほどまえ（九〇年代後半）からこの国にあまり前例のない空気が漂い始めてきたといえないだろうか。バブルの心的反動か、絶望が深くなった（希望がない）というのか、人心が荒んでいる、捨て鉢気味になってきたというか。生き方が少しは多様化してきたかな、というプラス面は感じるのだが（ファッションによく表われている）。いずれにせよ、私たちの主要な眼前の敵は金正日でも中国国家権力でもないだろう。依然として庶民の生血を啜り上げる政府・自民党権力層と気立ての悪い政治の船頭たち、また欲の皮の突っ張った、しかも面の皮のいたって分厚い日本の支配層たちである、というのが私の変わらぬ信念である。「敵は我が内に在り」だ。私はといえば、悪夢もしょせんは夢、いつか目醒め、正気を取り戻せるだろうか。（二〇〇五年九月）

＊

懐かしい頃へ

寒々として枯れ葉が舞い、日もすっかり短くなった。暮れゆく夕焼け空を眺めながら、毎年この季節になると思うことを、また思う。なんとなく寂しさが込み上げてきたら、私は懐かしい頃へと想いを辿る。それこそセピア色の想い出だ。だが、「辿る」にしてはどういうわけか記憶力が思うように働いてくれない。頭脳の問題だろうか、それとも忘れたかったのだろうか。

私は子供の頃、「かくれんぼ」が大好きだった（「鬼ごっこ」の比ではない）。けっこう巧妙に隠れることもできた。隠れているときのワクワク感、鬼を出し抜くスリル感が好きだった。見つからないよう、垣根の裏や繁みの陰や家の壁の窪みに隠れる。ゾクゾクする。まだ鬼は来ない。そのうち日が暮れてきた。なのに、いつまで待っても鬼の探しにくる気配はない。「もーいーよォー！」。なんど私は叫んだことだろう。〈見つけてくれるまで待ってるよ……〉、ひとり呟く。じいっとして。まわりに暗闇が忍び寄る。だんだん心細くなってきた。思い切って夕暮れのなかを広場まで恐るおそる出て行ってみると、だれもいない。あたりは闇に包まれ、森閑としていた。

まわりの家々の窓に灯る黄色い明かりが路上にまでこぼれ、鬼やそのほかの仲間たちが、それぞれの家で兄弟喧嘩をしたり、母親に怒られていたり、楽しげに家族でお喋りしたり、夕食を囲んだりして、どこもさんざめいている。もうとっくに「かくれんぼ」など終わっていたのだ。私をべつにして。僕ひとりがあの震える繁みの陰で「ひとりかくれんぼ」をしていただけ。すっかり暗くなった夜道を、しょんぼり家路へと辿る、あのときの気持ち。〈やっぱり、ひとりだったね……〉。

きっと「忘れたかった」のだ。思い出そうとしてみても、もうこれ以上のことは描けないのだから。こんな「取り残される」恐怖に、子供の頃からいつも苛まれつづけてきたっけ。しつっこく隠れすぎたのだ。〈もっとまわりの仲間たちと合わせないと……〉。それにしても、〈なぜひとりぼっちになってしまったのか？――やっぱり考える。寂しく発した子供の頃の私の問い。この問いは、その後いまにいたるまで私からけっして離れることがなかった。忘れたくても忘れられない問いであった。いや、この問いに懸命に答えるためにその後の人生があったようなもの、と言ったら大袈裟だろうか。たぶんだれでもそうなのだ。ひとの一生はおそらくその子供の頃に発した幼い問い（それがなんであれ）への精一杯の、だがなかば以上自覚していない惨憺たる応答（あるいは抵抗というべきか）に捧げられているのではなかろうか。私もそのひとりにすぎない。

この季節、夕暮れどきになると、いくつかのほろ苦い想い出が忍び寄るように私の心の地下室に打ち寄せてくる。季節は私を懐かしい頃へと誘い、想い出はやがていくつかの教訓となって残りつづける。

＊＊

「かくれんぼ」遊びが好きだった。鬼を出し抜くために必要な孤独感、これがたまらない（関係の不思議さのようなものに惹かれたのだろうか）。鬼の裏をかくための孤独。自分が鬼のときも、隠れるようにして相手を探した。相手を征するための孤独。自分を〈存在しない〉ようにする「かくれんぼ」。「鬼ごっこ」の公開性にはその醍醐味がない。私の孤独は鬼や隠れ人によって連帯が保証されていた。それだけでよかったのに。

よせばいいものを、私はその後も「かくれんぼ」遊びに執着した。「みんなの広場」に出て行って、一緒に遊べばよいのに（そうしたい気も十分あるくせに）、以後、自分の後姿を探して歩く、ひとりだけの「かくれんぼ」遊びに。「夜、ひとり家路を辿る」、なにかが子供の時分からすでに掛け違っていたのだ。「ひとりかくれんぼ」なら鬼からも隠れ人からも見捨てられる心配なし。自分が鬼で隠れ人なのだから。〈取り残されるのは、嫌だ……〉。自分と「かくれんぼ」、なんといっても鬼と隠れ人とは一心同体だ。私はだれに見られることもないひとりぼっちの余計者。しようがないから「ひとりぽっちのかくれんぼ」。隠れるのはひとりぽっちじゃない仕草、そうしている自分を見ようとする演技である。だれかが私を見てくれている、たとえそれがもうひとりの私であったとしても、もうひとりぽっちじゃない、寂しくないよ、楽しいよ。自分のなかに立て籠もり、この「遊び」を空しく繰り返し、私はいまも彷徨っている。私の文章や本は、「自分かくれんぼ」のあいだ私をじっと見ていた「もうひとりの自分」だったのであろうか。ひとりで遊んでいる子供を見ると、思わず立ち尽くして呟く、〈あれは、僕だ〉。

案外引き摺っている「取り残される」恐怖（あるいは不安）。卑近な例を二、三記してみる。喫茶店や飲み屋で同席した相手に先に席を立たれたりするとき、あるいは電話を先に切られたりするとき、たまに味わうことがある。また女房や子どもが外出するとき、いまでも私はその姿が米粒くらいに小さくなって路地に消えるまで（手を振って）見送る。自分が「ひとりぽっちでない」のを実感したいため、あるいは事故などに遭わずにまた元気に帰ってきてほしいという心配から。もうこれっきり逢えないんじゃないか、自分はまた「ひとりぽっち」になっちゃう（されちゃう）のではないかという小さな不安も。ちょっと大袈裟に書きすぎたが、つぎのようなことはいまもよく感じる。いままでそこに人がいたのに、ヒョイと目を逸らした一瞬にいつのまにかいなくなっていた。〈どうしたのだろう、どこに行ったのだろう?〉〈なんだか得体の知れない「かくれんぼ」の鬼に自分が見つかってしまったような気がする〉。こんな情景に私はずっと敏感だった。「自分だけ取り残された」孤立感、「すべては変わりゆく」という不安感（つまり無常感か）。後年、「ひとりかくれんぼ」好きは私の文章にも反映したかもしれない（たとえば（　）を多用する私の文章。既述の「自分の後姿を探して歩く」風の記述の堆積。そもそもまさに「ひとりかくれんぼ」みたいな「館系ミステリー」がいまも私は大好きなのだ）。ささやかな私の文章、「取り残された」者（要するに〈存在しない者〉）がなんとか居場所（遊び場）を求めて二冊の本となった、小さな敢闘の証し。その『原初の地平』にも『地下の思考』にも本篇にも、月や夜や星や闇や夕陽や道や空や窓や灯（光）や明かりがよく登場する。私の孤独（安らぎ）のイメージなのかもしれない。

若い頃はあまり考えなかった。年とともに違ってきた。生きていくのはだれしも子供の頃（懐かしい頃）の自分にやがて帰っていくことなのかもしれない、などと思って。みんな一生かけてやる、なんとデッカイ「かくれんぼ」であったことか。私らしい「ひとりかくれんぼ」は、私の悲しみであり安らぎだったのだろう。すべてはあの「懐かしい頃」より始まったのだ。さて、都会は夏は暑くて、暑いとなにを感じるのも嫌になる。冬、やっとなにかを感じ取ることができる。自分のなかに隠れる（「かくれんぼする」）から。この季節になると、また思う……。

＊＊＊

「この人から酒を取ったら、なにも残らない」とは知人の言。「この人」とは残念ながら私である。たまに居酒屋あたりで人と飲むのもよいが、迷惑顔の女房や子どもを相手に飲んでいるときは至福のひととき。ほとんど気を遣わなくてすむのがなによりだ。

職場からの帰り道、酒の肴でもとよくスーパーマーケットに立ち寄る。小さな子供たちが母親に連れられていっぱいいる。追いかけっこをしている子たち、手当り次第に菓子を引っ張り出しては親に怒られたり怒られなかったりしている子たち。私のすぐ隣に上等な寿司には目もくれない子がいた。やがて海苔巻きといなりだけの寿司折りにおずおず手を差し出し、「これ、おいしそうだね。ママ、これほしい！」と持ち上げている。ママは躊躇している。どう審判が下るか心配げに母親の顔を見上げる小さな娘の目。ママは黙って横をむいた。しばらく手の上に乗せた寿司を惜しそうに見つめ、この子も黙ってもとの場所にそれを戻した。〈いま、どんな気持ちでいるだろう、あの子は。自分の隠れ処を探しているところだろうか〉。店を出てからも私の反問はつづく。道を歩いている親子連れ。子供があどけなくはしゃいでは親になにかを喋りかけている。隣を歩く親の表情は浮かないというか、子供の話を聞いていないような、どことなく虚ろに見える。「うん」とか「そう」とか言うだけ。〈もっと楽しく応答してやればよいのに〉。いっぱい喋りかけてもほとんど返事らしい返事が返ってこないのは、いったいどうしてなんだろう？　子供はわけもわからず、戸惑うというか悲しいというか、不思議に思うことだろう。

私は反応すらしなかったのだろうか。失業中の金の心配、クソ面白くもない仕事への苛立ち、いつ果てるとも知れないつまらぬ思案。面倒臭くて。可哀想なことをしてしまった。子どもとちゃんと向き合ってきたか、わが子を少しは慈しんだか。自分に負け、子どもの可愛さ、可哀想さによく気づかずにきてしまった。命にたいし、私はいったいなにをしていたのだろう。スーパーの子やあの親子連れの子のように、私の子も見飽きることがないほど可愛かったはずなのに。後悔しても遅いが、最近しばしばこの種の思いに苛まれては慚愧の念にかられ、いたたまれなくなる。やはり私は薄情なあの母親の子、因果は巡るか。どうかわが子にまで巡ってくれるな。ところが子どものことを書いたかつての何篇かの小品（『地下の思考』所収）は、「子供への愛情に満ち溢れている」（読者の言）らしい。なんとも奇妙な話ではある（ここでも半分無意識に文章上の偽善をやらかしたか）。

＊＊＊＊

近所の子供たちを見ていると、懐かしさがいまとダブってくる。私も「懐かしい頃」は可愛かったのだろうか。父も母も、「可愛かったな、あの頃は」と大人になってしまった私を見て懐かしい頃を思い出していたのかもしれない。いっぽう、こんな推量もする。私の子どもたちも一〇年後、二〇年後、自分の子どもをもつようなことがあったら、この父親を少しは諒解する破目に陥るかもしれない。私のように。そのときオヤジはいないだろう、私のときのように。仲良く喋り合っている親と子供。傍で眺めていても実によいものである。ほのぼのとする（いい年をした母親と息子がそうしているのを見ようものなら、ちょっと首を傾げたくなることもあるが）。可愛い子供たち。だから死んだり殺されたりという昨今の話題には堪えられぬ。「なぜ書くか。自分の存在を証しするため」、飽きもせず何度私はそう書いてきたことか。自分にむかって自分の存在をろくに証しすることもできなかった、子供や若者の死。生きる歓びを証し（意識）するには早すぎる死。これほど悲しく、無残なものはほかにない。

さて、わが家。どうもDNAにいま話題の適応障害が潜伏している気がする。妻は桁外れに内気。娘は対人関係をことのほか不得手とする。準備をしている卒論のテーマは、「涙」（「死」にしようか

「孤独」にしようかと迷っていた）。息子は学校からつねに直帰。休日は一歩も外出せずに終日部屋に引き籠っている（天気のよい日でも、二人の子は自分の部屋の雨戸まで閉め切って電気を灯し、なにかやっているのにはまいる）。どうしてこんな「かくれんぼ」みたいな家族の肖像になっちゃったんだろう？　私が笑わないピエロだからだろうか（それでみんなわりに楽しそうなのが救いなのだが）。飼い猫まで同類や私や息子にけっしてなつこうとせず、たいてい終日引き籠っている。

懐かしい頃から懐かしい頃へと辿りながら、いまを、これからを想う。

（二〇〇五年一〇月）

指を折る

指を折る。これからにむけて。先日の息子とのバトルなど、いまは思い出したくもない。私にはまだ（おそらくむこうにも）わだかまりはあるが、いまはこの指のことだけを考える。心楽しい合言葉――「退職（引退）！」。あと三年足らず！

なんとも怠惰で軟弱な私にとって、現実の社会や生活の風は厳しすぎたな、と思う。あっというまにぶちのめされ、リングの上に転がった。どうかと思うが、だから泣く人、悲しむ人を見ると身につまされ、貰い泣きをする。たいていの者にとって、生きるのはあまりに悲しすぎるのではないか。その「生きる」と労働は私にとってひとつであった。であればこそ現役引退をどれくらい楽しみにしているか、とてもこんなボールペンなどで語り尽くせるものではない。〈やっと少しは楽しく生きられるかもしれない〉。その日、天にも昇る心地して、本当に昇天してしまうかもしれない、とすら危惧する〈年をとることを楽しみにしているなんて……〉。

六〇歳で仕事をやめると勝手に決め込んで何年が過ぎただろう。いつも考えてみるだけで有頂天になる〈勤務先では六〇歳をもって定年とするが、さらに勤労を望む者を嘱託と称して減給、従事させる〉。ようやく労役のくびきを振りほどくことができるのだ。いやでも頭のなかは楽しい言葉が鈴なりだ。あのクソ坊主はまだ当分金のかかる学生なのに、引退できるなんて、義理の両親のおかげである。有難い、ラッキーの一言！　年金は少ないし、蓄財はなし、死ぬかつんのめるまで働かなければならぬ身の上だったところを、縁日の「金魚すくい」の金魚みたいに掬ってもらった。なんのために生まれてきたのか、と自問して果てていい身だったのに……。すると、つい出てしまう楽しい言葉、「やりたいことがやれてよかった」、「いや、これからやりたいことがあって、よかった」。子供の頃の夢の幾ばくかを果たそう。やっぱり駄目かもしれないが、それでも「やりたいこと」あるいは「やり残した〈なにかを置き忘れた〉」思いを私はどうしても捨てきれないようである。人は自分の「残りの人生」を思案し、気に病んだ瞬間、「置き忘れたもの」の思いに取り憑かれる。私の忘れ物をこれから探しに行こう。死にむかうわが老後の、だからなんと心楽しいことよ。若い頃はあまり思わなかったことだし、それどころじゃなかったし。それとも、こういうのほほんとしたことを言っている奴にかぎって、「探しに行く」どころか案外呆気なくポックリおっちんじまうか。そのくらいの覚悟だけはしておいたほうがいいよ。

「探し物」にからむが、無邪気にも退職したらやりたいことをいくつか列挙してみたい〈実現は無理だろう。それになんだか遺言書みたいだ)。

哲学書、思想書、文学書などのまとまった読書がしたい。しがない銭稼ぎ稼業から足抜きし、読書へ主軸を移そう。せっかく貰えたひととき、使わないともったいない。思想を学ぼうか。いろんな思想家たちの思想を知って、楽しみたいだけ。楽しんで知って、自分の考え方、生き方に少しは反映させてみたいだけ。自分のなかに長年持ちつづけてきた固定観念を流動化し、多少とも新しい形を与えていけたらよいのだが、そううまくいくかどうか。十代半ばから二十歳代の半ばくらいにかけてちょっと本を読んだ程度で、その後まとまった読書などした覚えがない。生活に負け、ロクデナシの誹りも免れない(しようがないし、悔いていない。子どもを育てられた。ただ自分の心の貧しさを悔いる)。いま、インターネット販売で新たに本を買い込んでいる(パソコンはまったくできないので、家人にやってもらっている)。六〇歳からの、遅れて来た哲学徒を目論んで。あまり先もないことだし、現代の哲学の本も読みたいが、やはり古典を中心にするか。それとも……(海外の本はむろん翻訳で)。四〇年前、哲学科の超不真面目学生だった頃のことを懐かしく思い起こしながら。

旅行。自動車で日本各地を巡ってみたい(飛行機は駄目、鉄道ならよい)。トランクに天体望遠鏡を積み込み、女房と二人、鄙びた温泉郷へでも。かつて二人して自動車で二万キロ余り、たっぷり時間をかけて西ヨーロッパを旅したことがあった。車のなかで寝起きをしながら。時代は移ろい、いま空想はさらに天地を駆け巡る。中国の太平洋岸のどこかから自動車でユーラシア大陸を横断し、イベリア半島の先っぽまで行って海を見たい。過日は若かったからできたこと、この計画は夢と消えよう。

悟りきったような言葉で気は進まぬが、パリで得たことのひとつは、孤独。ふだん味わうのとはまたちょっと趣を異にした孤独かもしれない。異国を旅して想うのは、その国のことと母国のこと、そして自分である。旅の出会いのなかでそれぞれの距離を味わっていくうちに、少しずつどれもがまたみずからに距離を宿しているのを感じてゆく。母国が母国に、自分が自分に。この異視、距離感こそ孤独なのである。通常の同一的なつながりを絶たれてしまったから。この孤独感がなにかをまた思うひとつの再出発点になるかもしれない。たとえばものを見る視点にたいする新たなヒント。母国の人も異国の人も私も、それぞれなりに泣いて笑って産んで、働いて幻を抱いて死んで——相対化（そうするほかなき絶対性も）の視点もそのひとつであろう。旅はいつも思いがけないなにかに気づかせてくれる。異郷への旅——できれば長期の旅がいい。私は海外のどこかで暮らしておわりたいという望みをいまだに捨てていない。

あとやりたいこと、腰を据えて木製の精密な帆船模型を作ってみたいな。ウイスキーグラスでも揺らしながら（子供の頃、プラモデルを作るのが大好きだった）。中学校の美術部時代に戻って、好きな粘土でもいじくってみようか。音楽を、主にクラシック音楽に心ゆくまで浸っていたい（なにか楽器でも演奏できたら心の慰めにもなるのだが、望み薄だ）。美味しいものも食べたいし、植物も育てたいし、好きな酒をやりながらビデオ映画もたくさん観たい。やりたいことはたんとある。

これまでにも人生の節目のようなものはあった。二三歳あたりまで（学校卒業、反戦サークル解散、結婚、家業の廃業、処女作の出版、父の死、フランスへの旅立ち、など）。そして現在まで（就職、子どもの誕生と成長、二作目の出版、母の死、など）。退職したら（また子どもが独立すれば）、たぶん最後の人生ステージが私に始まる。実は第一も二もないのだが、この第三はかなり嬉しい。労役抜きの、この人生……。生活と労働のみを転変と通過しつつ（主に第二ステージ）、ついに五七歳のおじさんと化した私。このところめっきり老けた。なのに意識は二十歳代、あるいはパリ時代の自分（第一ステージ）とそう違っていないと思えてしようがない。このアンバランスには一種の壮絶ささえつきまとっているのではないかと思っているのだが、第一であれ第二であれ、私は一日も素っ飛ばさずに生きてきたし（これたし。女房、子どもには苦労も心配もかけたし）、これから先も幾年生きるのか知らないが、この不釣合いは止みそうにもない。

最近、体調が思わしくなかった。胸や胃が痛むので病院に行ったところ、食道炎と「立派な」胃潰瘍。治療したらだいぶよくなった。病気とは違うが、偶然性を運命に転化したがるわが性癖をそのまま踏襲すると、私はみずからの老い込んだ時期を正確に辿ることができる。冒頭に触れた「嬉しい、ラッキー！」の瞬間だろう。それによって失ったものは鏡を見れば一目でわかる。だが、そんなの問題じゃない。

やりたいことのもうひとつは、いまこうして書いていることにつながっている。二作目以降に書いた諸々の作文を掻き集め、退職までに一冊の本にするつもり。いい気なことばかり書いてきた気がするが、いま少しずつまとめている。本にまとめるのも、私には節目の意味だ。本作はしどろもどろの拙い〈問い〉を含んでいる。私事であっても、文字にしているとき、愚問も含め、僭越にも少しは〈問うている〉という気分をもっている。作業は自宅ではやらず（家は安息の地）、勤務先の宿直日の夜半、時間を見つけて空いたときにやるようにしている。その夜は、なにより酒を飲まないし。静寂をお供とし、入院患者の鼾を伴奏に（ときに静寂は派手に破られるが）。前作もそうして産まれていったっけ。そんなふうに片手間にポツリポツリとやっているので、歩みは遅々としたものだが、怠け者の自分にはちょうどよい。わけのわからない、まったくたいした文章でもないくせに、なんでこの歳になってこんなことをと思うが、いいよ。どんな細々としたものであれ、文章を書きつづけていると、書き始めたあの頃、若かりしハイティーンのあの時代とつながっているような気にもなって、ちょっとニンマリする。やっぱり自己満足の成果だ。

還暦を間近にしたこの男。指はときに過去にむかっても折り曲げて、考える。そうやって子供時代を振り返って記すのもいいだろう。だが、それより残り少なくなった前方に進む。「振り返る」のも「先に進む」ためのひとつの術ではあろうが。もう自己主張も嘆き節もよいではないか。私は「私の過去」をこの本のなかに閉じ込めたことにする。この作業を終えたら、余生を学びのときに費やしたい。これからはこれからのことを考えることにしよう。それにしても、私の「置き忘れたもの」とはなんだろうか。そういえば娘が作文教室を再開したいと言ってきた。実に嬉しい。いま、大学に通うかたわら、絵画の教室にも行っている。絵本作家になりたいという。小説も書きたいらしい。絵を描くこと、本を読むこと、文章を書くことの好きな子に育って、本当によかった。少しは私とやった旧作文教室も寄与しただろうか。新作文教室は女房の担当になった。これもよかった。

人並みにスッタモンダの何十年間、いつのまにか六六歳で死んだ父の年齢にじわりと近づいてきた。不思議な気がする。この幾年月を思うと、思い余る。小さな家庭をもち、職を転々、金に困り果て、冴えない文章を書き、飲んだくれ、息子を引っ叩き……。さらに「自民党の歴史的勝利」のニュースまで最近は聞かされたものだから、いやでも己の人生と日本のこれからを思う。「未来の日本」——

これもやっぱり思い余るな。どう思っても思い余っても私にはどうしようもないが、思い余った分を無理して想像してみると、自分の退職も余生も思っていたほど楽しくない気がしてきた。やっぱり未来は、まずは子どもの安全、楽しい余生だ。先日、憲法九条の改正に反対する地域の「九条の会」に女房と入会した。

アメリカのある有名なミュージシャンが言ったという、「人生は楽しむためにあるもの。悲しみは味付けに少々」。現実は逆なのだが、そうあってほしいと願って言ったことだろうし、それに越したことはないから、指を折りながらこれからこの伝でいきたい。そんなことを考えながら老いを感じるのも、老人になるのも死んでいくのも、悪くないか。お互いに年をとったが、女房と二人、これからひっそりとした道を歩いていこう（熟年離婚されなければの話。女房に逃げられたら私はすべてを失う。「楽しい老後」どころの騒ぎではない、その場で舌を嚙み切る）。愚者に人生を付き合わせてしまったが、間違っても俺より先に死ぬな。死んだら承知しないよ。どんなことでも飲み込む覚悟だが、あんたの死ぬところを見るのだけはご免こうむるからな。

あと三年。さて、一日刻みに、また指を折る（それとも骨を折る?）。

（二〇〇五年一〇月）

メルシイ

あれから一年近くにもなるか。作家のS氏が癌で亡くなって。

重病を患っていることは知らされていた。訃報に接したとき、二面の想念が渦を巻いた。〈あの人はもういないのだ〉という空虚感。そして〈俺を咎める人が、また一人減った〉との感慨（氏から咎められるに値する私を自分で意識するほどの意）。しばらくして『人体実験』という書名の遺作が届いた。その頃は私もこんな作文をしようなどと思いつかなかったのだが、月日を経たいま、右の両面は静かに混ざり合ってひとつの追憶になりかけたので、ここに一文を草しよう。感謝と、ついでに私の恥を込めて。

付き合いは私が雑誌社に勤務していた二〇年以上まえに遡る。以後、氏の連載原稿を取り扱ったり、記事にするためのインタヴューをしたり、新作のための校正を手伝ったり。何度かご自宅にお邪魔し、ワインを飲み、ご馳走にもなりながら語り合った。私が失業したときなど、よく励ましてももらった。心配して再就職先まで探そうとしてくれて。有難かった……。

数年まえの、ある夜。お住まいのアパートに連絡なしに伺った（それが今生の別れになるとも知らずに）。いつものとおり二人して葡萄酒を飲み交わし、いい気持ちになった頃、なんということもなしに私は尋ねてみた。

「Sさんの闘いを支えているものはなんでしょう？」

ふいに彼女は涙を流した。二〇歳近くも若い私のまえで、さめざめと。そのときの答えよりも、私には効いた。この人の戦闘の長さと深さとを思った。ほどなく氏は千葉に引っ越していかれた。

しばらくして、連絡があった。「遊びに来てください」。また、自分が主幹になっている同人誌の編集部に加わってくれないか、とも。「一緒に闘おう」との熱い思いを添えて。私はやんわり断った。

ただし、同誌に長文の詩を寄稿して(「わたしはだれ?」本書所収)。一〇年まえなら誘いを承諾しただろう。いや、当時、私のほうこそ氏に同人誌創刊の話を持ちかけてさえいたのだ。

「私の自画像を観ているようです」と長文の詩を褒めたS氏だが、以後、連絡はぱったり途絶えた。死ぬまで。「闘おうとしない」私を見限ったわけだ。あのときの涙の質を込め、私をきっぱりと拒絶したのだと思う。けっして同志などではない、はなっから同志でなんかなかったのだ、と。この人は私のために私を恥じたのだろうか。敵にのこのこと迎合した奴、惨めにも回収されちゃった負け犬。「いや」、私なりの言い分もあるが、あのときの涙のことを思えば、言えた柄ではない。私は生活と労働に迎合して、ただ疲れていただけ。他人(同人誌)のことどころではない、自分さえ賄いきれぬのに。すべてが疎ましく映った日々。無抵抗と忍従のうちに、尻尾を丸めてまんまと回収されたちっぽけな黒犬。いや、もともと回収済みのくせに悪態だけは一人前、私の文章がなにより絶好の症例になっていた。あの人の闘いの呼びかけが、いまも風のように私の耳に打ち寄せてくる。〈私を咎めてくれたこの人は、風の音をもう聴くことはないのだ……〉。

氏の一〇冊ほどの著書——文字どおりの「闘う文学」の頁をまためくってみよう。あの人のことだから、「迎合・回収された人間」にさえもなにかを伝えてくれるに違いないから。老戦士として果てた著者の熱烈な一人のファンとして、メルシィ。


(二〇〇六年一月)

僧侶の〝セ・ラ・ヴィ〟

正月、テレビを観ていたら、「セ・ラ・ヴィ」と題して日本仏教の高名な老僧だかが話をしていた。観なければよかった。「人間、生きているだけでどれだけ有難くて幸せなことか。このことを自覚し、日々感謝せよ」などと言うから。

生きているからどうしたというのだろう。ほかにやりようがないではないか。死ぬしか。生きているから、さてどうしようかと困っているのに。「セ・ラ・ヴィ（それが人生である）」などと横文字を使ってうそぶく、呑気で幸せそうなこの老僧。よほど深遠な哲理の持ち主なのだろうが、なにもかもをお得意のこの科白をもって料理し肯定することが、人生のやりくりに腐心している人々を高みから見下ろすことになるのに気づかないのだろうか。名僧は悟っていない。他人の苦痛のうえに安穏と乗っかっておいて、けっして苦痛と感じちゃいけませんよ、と言っていることを。だから安閑と己に座して放言できる。傲慢というか悪達者というか、はたまた図々しいのか、骨身に滲みついた説教好きというか。

かつて私は仏教方面の雑誌を二年間ほど編集したことがある。おぞましい俗物世界であった（おかげで当方も食べていけたのだが）。事情はキリスト教もおなじであろう。忌むべきかな。どっちにしろ慈悲も隣人愛もあったものではない。それらを信奉する人それぞれの質が剝き出しになって表われることもあれば表われにくいこともある、ただそれだけのこと。なにを信奉しようと、その人はその人から逃れられないわけである。

僧侶の「セ・ラ・ヴィ」は、一見現実の底辺に触れる、人生のなにもかもを見透かした含蓄に富む言葉のようである。自分に与えられた苦痛も圧迫もどんな現実も素直に受け入れ、とにかく生きさせてもらっているのだから有り難く感謝してみな堪え忍びなさい、なんといっても「人生とはそんなもの」なのだから、と実は身の毛のよだつ説教をしているにすぎないのだが。なんとも人を喰った怖ろしい教説というほかないだろう。人は「生きさせてもらって」などいない。いろんなものをどっかと背負い込んで自分で歩いているだけだ。それ以外のどこかに感謝すべき抽象の「私の人生」などあるわけがない。師の「セ・ラ・ヴィ」はそれ以上問う必要のない閉ざされた抽象（傍観者）の「答え」だ。開かれていない、現実とぶつかっていない。人生をつまらぬ平板な価値（「生かされている」――宿命論――感謝）にわざと転位させ、現実とは無縁の「人生」という観念のなかに戯れているだけ。だから糞も味噌も一緒くたにする。ただ「生きている」だけ、「生かされている」だけの人間などいないものだ。生きるとはそんなのっぺらぼうみたいに一面的なものではけっしてない。歯を食いしばって今日も生きるほか術なき庶民にとって、そんな説教など賜った日には堪ったものではない。まともに聞いていたら死んでしまう（一般に仏教あるいは東洋思想は思うさま現状肯定に動く傾向がある）。

高僧は権威（権力）を好む仏教界というきわめて狭い世界の高座にちゃっかり座し、浄財食いながら高邁な抽象の垂訓に今日も忙しい。好ましくない現実は「人生はそんなもの」だからと庶民に押しつけ、自身は好ましい現実をこっそり自分に割り振っている日々である。高座から放たれる「御仏のお言葉」に庶民は一瞬の癒しと慰めをもらい、明日も昨日とおなじ「そんな人生」を受け入れる糧とする。生臭坊主の言葉に耳を傾けざるを得ない現実があるかぎりは。

俗物のデレスケの私ならこう思うだろう。日々の生活のなかで酷い目に遭ったら、「人生はそんなもの」では困るよとじたばたもするし、せっかくの人生、もう少しなんとかならぬのかと思案もする。つまり、「セ・ラ・ヴィ」とは「答え」などではなく、人生の不断の「問い」なのだ。ついに力及ばず、それでもやっぱり「こんな人生」を受け入れるしかないとしたらどうしよう。私は現実に無頓着でもいっこうに不便のない「悟りきった」坊主のようには感謝などしない。苦痛に感謝する馬鹿がどこにいる? 私ならこう言うだろう、悲しみを受け入れ、諦めを込めて、小さく、「セ・ラ・ヴィ」を。なんと健康的な煩悩であろう。

自分にむかって、ぽつりと。呟く相手は他人ではない。人生の苦痛をろくに知りもしないで、わかったふうに他人に「セ・ラ・ヴィ」とは、まともな神経ならとても言えるもんじゃない。そんな科白なんぞは、己のささやかな敢闘を静かにいたわり弔う諦めまじり溜息まじりの独り言のように、あるいは無理して自分に言い聞かせる捨て科白のように、憤りのとぐろを巻いてやむなく吐いてしまったときに味わいのある実感を伴うのであって、現実を見下し笑う傲慢な教誨師風情に言われたくないものである。

（二〇〇六年一月）

メルシィ2

テレビで紹介されて知った『みぽりんのえくぼ』という本を読んだ。

母親の綴った一三歳で死んだ娘の記録と、娘の描いた何枚もの絵手紙を合わせた本。二歳で白血病、一二歳で脳腫瘍を発病し、闘病のうちに死んだみぽりん（この子の愛称）。なんとけなげで、哀れな子（でも両親に愛された幸せな子）。天真爛漫な絵手紙がまた心に沁みる。みぽりんはこんないっぱいの絵手紙をいったいだれに配達したかったのだろう。二、三のみ記す。

こんなくだりがある。

脳腫瘍の再発を医師から知らされたとき、「おとなしく椅子に座って話を聞いていたみぽりんだが、振り返って私を見た目には、いっぱい涙をためていた。そして、私と目が合うと、ぽろぽろと涙がこぼれ落ちていった」。かつてわが子の病に泣く母親に、「お母さん、泣いちゃだめだよ」と逆に励ましもした気丈な子だったのに。なぜ頼もしいはずの母親がこうも泣くのか、不安に怯えたのはこの子だっただろうに。それまで「みぽりんが、自分の病気について聞いてくることはなかった」。病気にたいする言い知れぬ不安を自分の胸に隠したから。とともに母親や家族への気遣いをけっして忘れない優しい子だったからだ。病気のことを聞いたら家族はもっと私を心配する……。でも、再発を知ったとき、ついに「涙がこぼれ落ち」た。再発と、それに伴う苦痛（再入院とか再手術とか薬剤の投与とか、学校に行けないとか）をまえに、堰を切ったようにみぽりんが自分を晒した瞬間であった。直後、

「みぽりんなんか、この前の手術の時に死んじゃえばよかったんだ。お母さんが、無理やり中学校なんかに通わせるから、また頭の中に出来ちゃったんだ」、と言って。どんな思いで母親は娘の言葉を聞いていたか、私の想像を絶する。（みぽりんが死んだことを知っているからか）もし私がこの場面に居合わせたら、恐怖で震え上がっただろう。そして彼女を襲った病のむごさを心底から呪っただろう。ほかになにかやることがあるか。

　さらに思う。自分を見舞った病気を幼いながらもなんとか意味づけようとする、生へのけなげな執着を。「お母さんが、無理やり中学校なんかに通わせるから」。この子の抵抗をここにまざまざと見る思いがする。自分を襲った病をあえてなんとか意味づけ（理解）しようとする、気高い抵抗。問うとは意味づけである。意味づけは抵抗のときもあれば順応するためにもあるが、みぽりんにとってはなによりも「自分にいまなにが起きているのか?」という理解にあったのではないか（後述する）。しかし、大人なら当然でも子供があえてそうするのはやりきれぬ。死ぬ（いなくなる）のがどういうことか、おそらくはよくわからない子供（むろん大人もそう）が、「この前の手術の時に死んじゃえばよかった」とは、どう聞けばよい言葉なのか、どうかだれか教えてほしい。

　ここで思い出した。みぽりん母娘には強固な絆がある。一方、絆を喪失していると信じたくないばかりに、あえてなにか繕おうと喘ぐ幼い娘たちの姿をテレビのドキュメンタリー番組で観たことがある。自分に暴力を振るうばかりでなんの面倒もみてくれない両親にたいし、「お父さんとお母さんは悪くないよ。私が悪い子だから叩かれるの……」と言ってうつむいた娘。あるいは自分を殴りつづける母親に泣きじゃくりながら縋りつき、「やっぱりお母さんが一番大好き！」と叫びつづけて離れようとしない娘。いたたまれない。自分や親の暴力を意味づけ（「私が悪い子」）、あえて納得し（「だから」）、それによって見えない絆を見つけよう（「お父さんとお母さんは悪くないよ」）と必死にもがく哀れな子供たちの姿が見える（とくに前者。後者はただ辛い）。無理にでも親や自分を意味づけすることで堪え、そうして自分にむけられた暴力をやがては受け入れていく幼い悲しみの子供たち……。

また再発。

「みぽりんは病気を治すために薬を飲んだり、点滴を受けたりして、いつもがまんしてがんばっているのに、なんで、また出来ちゃったの？　この頭嫌いだ」。少女からけっして離れることのない「この頭」のなかでは、冷然とした病状の進行があった。と同時に、みぽりんの意識の流れのなかにも。気丈で聡明な彼女が、やがて病気という名の運命を少しずつ受け入れていく。痙攣、頭痛、嘔吐を繰り返す日々のなかで、この子は自分には未来がないと感づいていく。「診察後、いつもは高須医師に何度も、『バイバイ』と手を振って、診察室を後にするのだが、この日は、なぜか彼のそばまで行って手を握り、『バイバイ』『バイバイ』と何度も言っていた。あとから考えると、みぽりんは、自分の残り少ない命が分かっていて、今までのお礼を彼に伝えたかったのだと思う」。あるいは、「石井医師が様子を見にきた時には、何も喋らなかったが、彼を自分のそばに引き寄せて、頭をいい子いい子するように、優しく撫でた。十三年間お世話になった石井医師に、お礼を言っているように私には見えて、つらかった」、とお母さんは書いている。大人の絶望なら当然といえば当然だが、子供の絶望は異常であり、どう考えても堪えることのできない怖ろしいものである。最後の言葉、「お母さん、痛いよー。痛いよお母さん、いやだ！　痛い」。……みぽりんが死んだ。たまらねえ……。

みぽりんこと岡田美穂さんは、二〇〇四年六月、一三年と七ヵ月の生涯を閉じた。病気ばかりの短い一生であった（普通なら人生でもっとも多幸な一季節であっただろうに）。いっぱいの未来が吹き消えた。

人は死に方を選ぶことは難しい。しかし、生き方を選ぶことはできる。こんな小さな子が張り裂ける思いをして頑張ったのだ。私もこの少女から勇気を貰おう。「みぽりんパワー」で、また少し死が怖くなくなった自分を感じる。この本を読み終えて思う。「いつもがまんしてがんばっている」みぽりんの苦痛にくらべたら、私の味わった苦痛など実に苦痛の名に値しないよ、と。私は自分の苦痛の意味や原因を少しは理解して受け入れることができる。「身から出た錆」、とかなんとか。幼いみぽりんはどうだろう。どうして白血病を脳腫瘍を、またいなくなること（死）を受け入れなければならないのか、不可解さに戸惑い、ただおののくばかりではないだろうか。意味づけ（理解）しようにもしきれない、悲しみ。意味づけしきれないこと（不可解、不条理）は黙って（運命として）受け入れるしかないのであろうか。「なんで、また出来ちゃったの？」。苦痛（不可解）は桁違いに深いのだ。みぽりんは少しずつ意味づけ（抵抗）もお喋りもしなくなっていく。めっきり元気がなくなったし、病気（という名の運命）を受け入れるほかに術のないことを理解して、一切を諦め始めるから。黙りこくり、入院生活の退屈さを考えてお父さんが買ってくれた絵手紙セットにも触れなくなった。この小さな少女の胸をよぎったものは、いったいなんだったのだろう。想像するだけで身の毛がよだつ。

「なんで？」――何度目だろうか、またも答えの見えないこの問いのまえに立ったとき、この子は次第にもう問うことをもやめ、楽しみにしていた退院という目的も諦め、絵手紙も描かなくなった。問うのは虚しい苦しみばかり、みずからを閉ざし、自分に与えられたもっと大きな力をこの子は静かに受け入れていったのであろうか……。尾根のこちら側からむこう側へ、希望の高地から絶望の谷間へとゆっくりと降り下ってゆく。尾根の稜線上にあったものはいったいなんなのだろう。自分やお母さんや友達、絵手紙や思い出や未来、それらすべてと別れる悲しみ？　私の頭はこの境界線を巡って離れようとしない。そこでは病の進行とは死にゆく（滅びゆく）心でもあるのではないか。医者は病気を理解し、できるものなら治療してくれたらいい。なんといっても治療のプロなのだから。しかし、死にゆく少女にそれはなんの意味があるのか。ただ運命を憎悪し、そして受け入れていくだけだ。彼女こそ、病気のプロだったから。でも、みぽりんは優しかった。医者に最後の礼をつくし、伝えたのだ。心の関係を信じていたから。私はこれを忘れない。

絵手紙が、日々の生活に押し流されているこの皺だらけの手に届いてよかった。おじさん、たしかに受け取ったつもりだ。おっちゃんの何分の一も生きていないのに、あれだけの自己表現もできた。いろんなものを感じ取るパワーがあったから。みぽりんは「この頭」のために一三歳で死んだが、その「この頭」で、いろんなだらしのない奴に勇気を与えることができたではないか。〈みぽりんちゃんよ、君だって心の関係を信じていたのだから（絵手紙もそのひとつ）、このおっちゃんだって、信じてもいいだろ?〉〈だからおじさんよ。せっかく生まれてきたんだから、恥っ晒ししている暇があったら、もう少し真面目に楽しく生きてみてよ。もったいないよ。どうせ私みたいに死んじゃうんだから。いまからでも遅くないと思うよ〉。そんな発破をかけられている気がする。冒頭に述べたテレビ放送のなかで、みぽりんの両親は言っていた、「みぽりんは私たち家族といまも毎日一緒に生きているんですよ」、と笑って。みぽりんに教えてもらったのかもしれない、やっぱり「心の関係」だ。

ついでにこの際、わが子のことも少しは考えてみようか。みぽりんのように、子供が先に死ぬこともあるのだから（いや、世界中で栄養失調、伝染病、虐待、戦争などにより、毎日どれほど親より先に子供が死んでいることか。子供にとって脳腫瘍も戦争もおなじ、なかなか意味づけしえない不可解なものだ。だから少しは意味のわかっているはずの大人たちが子供たちを守るためにも戦争その他に抵抗しなくてなんとしよう。もっとも、人にどう勇気を与えたからとて、それで少しでもこの子の不幸が贖われるわけではけっしてない。このこと〈不条理〉は残りつづける〈優しい子だから、自分の絵手紙が郵送されてたくさんの人たちに――配達はお母さんのやったことだが――元気を与えたことを知ったら、飛び跳ねて喜ぶに違いないにしても〉。

でも、いまはバイバイ。みぽりんがしょぼくれたこのおじさんに光を射てくれたことに、メルシィ！

（二〇〇六年五月）

一枚の焼肉

先日、焼肉をどれだけ食べられるか、という番組を観た。三人の若者が係員の運んでくる色とりどりのメニューの焼肉を食べつづける。満腹になっても銘々しばらく休憩をとって、なおも食べつづける。その店の全メニューの焼肉を食べ尽くせるかどうかがテーマらしい。しばし打ち眺めた。〈俺だって若い頃はあのくらいの量を食べれたさ。ただ食べる焼肉がなかっただけで〉。元気のよい若者たちと、豊富な食材を少し妬ましく感じながら。

それだけならなんということもない。ところでこの「焼肉食べ尽くせ」番組の放送局は「北朝鮮叩き」にいたって熱心な「自由と正義と公正」を社是として声高らかに謳い上げる巨大メディアである。さすがにその「叩き」ときたらワイドショーの芸能情報番組並みのくだらなさ、その異様なサディスティックさはそれこそ不思議なくらい北朝鮮ばりといってもよいほどの趣なのだが。さて、ひとつの放送会社に放送の統一性などあるのかないのか、私のような素人にはさっぱりわからないし、わかる必要もない。自称報道番組は報道番組、しょせん娯楽番組は娯楽番組なのだろう。娯楽番組を眺めていたら欠食に苦しむアフリカ諸国の子供たちの姿やらが脳裡をよぎったから、と「放送の統一性」や「社是」などを云々するのは、無知な者がさも犯しがちな愚の骨頂であろう。しかし放送には統一性など不必要でも、一人の人間（たとえばバラエティー番組を眺めている人）はひとつの全体であることをやめない（テレビ番組みたいに分割できない）。彼がある番組を観て、「なにか変だな」と感じたら、やはりなにかを感じたわけである。

私なら若者たちがうんざりしながら焼肉を口に運んでいる合間あいまに、フラッシュ・バックのようにしてアフリカや東南アジアの子供たちの虚ろな眼差しを挿入するだろう。と同時にエンターテインメントはおシャカ、視聴率は激減、私はあえなく解雇。やはりドキュメンタリーとエンターテインメントのけじめもつかぬ、また娯楽放送の有難みを知らぬ――少しは知っているつもりなのだが――素人の稚拙な発想にすぎなかったか（もっとも私は隠さない。分厚いステーキを口を歪めて喰いちぎっている若者の顔に一種の〈飢餓〉を目撃したことを)。
だいたいアフリカの飢えた子供が見たら、この焼肉番組と月に一、二度は輸入焼肉を食べる私のような人間との差など、なきに等しい。それでも、「偉そうなことだけは言うなよ」と、このマス放送会社にむかって言えるような気はする。いや、こう言おうか。焼肉と飢餓とメディアについて、ちょっとだけ考えてみる機会を与えてくれた上質な娯楽番組であった(こういうのを「視聴者参加型テレビ」というんだね?)。「世の中、なにか変だね」、とまた思いつかせてくれたから。それじゃ、ごめんなすって!

(二〇〇六年八月)

「生きてるうちは負けてない」

近所の公園で町会の主催する年に一度の「地域フェスティバル」があった。蒸し暑い日、ふらりと出かけてみる。水槽の氷水に浸されて冷たくなった缶ビールを、まず一杯。人だかりのなか、ふらふらあたりを見物して歩く。キラキラ輝く池の水面。伸ばした数珠のように生真面目に一列になって泳ぐ鴨の親子たち。光の波紋があとにつづいて、ひろがって。古着や玩具や小物の飾り物を並べている露店の帯。強い陽射しの照りつけるなか、汗だくでマジックをやっているおじさん、周りを子供たちの笑い顔が取り巻いて。塩辛声を絞り出してカラオケで歌っている人、名人芸のハーモニカ演奏。中国の軽業師たちだろうか、梯子や自転車を使って曲芸をやっている。人気のある焼きそばの出店、隣のライスカレーはわりに美味しかった。

ギターの音色につられ、人ごみのなかを覗いてみる。自前のCDをまえに並べて、「生きてるうちは負けてない」とかいう歌を歌っている女の子が一人。けっこう上手い。そうだね。こうまでされても平気の平左。現代の西欧の哲学者が言ったとか、「泥棒と人殺しが支配する、この下劣な世界」と。だが、庶民はドッコイ、今日も生きてるぜ！　うつむいて、あるいは高笑いをして。生きてさえいればなにかできるし、なにかある。途中で（精神的に）死んだら、負けだ。生きていたらなにがあるかわからないぞ。わからないから生きていられる。わからないからみんな何かやろうよ。歌声に乗って、つい私もそんな呼びかけがしたくなった。とりあえず死なないようにしよう。蒸し暑いうえにビールがまわって、足元がふらついてきた。鴨の親子づれはどこに行ったのだろう。

私もまたけっして負けてないことを、細々とでも表明してみたい。あの娘は、ああやって歌うことでそうしている。たぶん明日も、ひとりどこかで。


（二〇〇六年九月）

いま・断章

この本に関して本格的に制作作業を始めたのは二〇〇五年になってからである。「ひとりよがりのエッセイ」という文章（本書収録）の末尾において触れたことだが、本格的にとはいっても、職場のたまの夜勤のときだけこの作業をしている。月に五夜くらい、一夜に三、四時間程度だから、この本にかける時間はほんのわずかである。ぐずぐずやっているので作業はいっこうにすすまない。この調子では本の形になるのにあとどのくらいかかるやら見当もつかぬ。労役といっしょくたに過去にしたいと思っているので、退職までにはなんとか出版したいという算段は変わっていないのだが。二〇〇五年以降の文章が極端に少ないのも、いたずらに文章を書き足していたら予定の時節までにとても本など仕上がらないという卑近な外的事情が一因である。なにか書けるわけでもないが、これ以上書いている場合でもない。いつまでも悠長にやっていないで、早急に幕をおろす。

いっぽうで退職と隠居が現実味を帯びてきた(降って湧いたようなその理由もほかで述べた)。では右の「予定の時節」をどうしよう。ほぼ一年後、六〇歳をまって退職しようか。それなら予定どおり労働とこの本を同時に終えられるだろう。それとも下の子(息子)の二〇歳まで、あと数ヵ月ほど勤務して辞めてしまおうか。本などとても仕上がるまい。こんな問答など他人にとってみたらまったくどうでもよいことだが、本人はかなり真剣である(旧文では「わが子の学業を終えるまでは」と記していたのに)。

今年の夏はたそがれたものだ。体力にも少し自信を失いかけてきた。腰痛もだいぶひどい(介護業の定めか)。それらと結んでいるのだろうか、肉体だけではなく、ものの感じかた、自分にたいする感じかたにも異変はおよんでいる気がする。「これが老いというものなのかな?」という具合に、ちょっとしたときに感じる。私にしてはよく勤めてきたと思うが、とみに悪化の一途をたどっているわが職場のレベルには辟易する。目を覆いたくなるほどの惨状を呈し、なんともすさみきった病院。収容されている大勢の気の毒な患者たち、職員の多くもどんなに惨めな思いをして働いていることか。

わずかでもそれに異議を唱えようものならリアルタイムで鼻先に己が生首がぶらさがろう。どんなに私が精神に変調をきたしたとしても、この病院にだけは入院させてくれるなと女房には言ってある。治るものも悪くする。足抜けしたい、だれしもそう思っていることだろうが、どう泣き言を並べて嘆こうとも働かなければならぬのなら働くしかない。私はやっとそうしなくてよくなった。元気なうちは仕事をしていたほうがいい、とも思わない。退職の時期をはやめ、本の完成も隠居にはいってからにしようか。

さて制作作業だが、前掲文にて言及したとおり、そういう寄木細工かジグソーパズルのような方式のなかで集成されていった諸文書なので、ひとつの文章にまとめることがなかなかできず、寄せ集めの名残がどうしてもつきまとってしまった。小さな文の数々を無理していくつもつなげていくものだから、全体の流れがぎくしゃくしたりぎこちなくなったりする。不断の記述の重複も一因はたぶんここにある。おまけに推敲(また校正)という作業が私は大嫌いときている(理由もはるか昔に記している。「酒想」。『原初の地平』所収)。読む人には迷惑な話だが、今回もたいして推敲らしいことはしない。( )の多用も読みにくくなるし、異常というしかないが、もはやどうしようもない。言葉遣いなども統一しない。文章の配列はこれまでの本同様、書いた順序に従っている。これ以上によい考えは思いつかなかった。

ふだん私は私を小さく営んでいる。世界から眺めてみたら無にひとしい。この本では(いい気になりすぎたくらいに)大きく営んでいる。それでも私は存在するからである。本文には随所に舌足らずな個所、いいかげんにすましている個所、真意を摑みかねる個所などが散在していることだろうが、これがいま私にできる精一杯のところである。一巻のガス抜き書、革命のファンタジア（子供の夢）、カニバリスムエッセイ（人を喰った話）、下手な童話、一篇のユーモア集、なんと読めてもよい。そんなつもりで書いてきたわけではないが、いまとなっては自分の人生（あるいは半生）の決算書のような相貌を呈してきた気もする。どんな決算でも受け入れるつもりである。どんな言い訳もしない。ほかに私はどうしようもなかったのだ。

ごく最近、こんな問いがふっと頭を低空飛行してきた（ついぞ問うたことのない問いだ）。〈やめちまおうかな。そしたらどんなに清々するだろう〉。過去のものをまとめるのに時を費やしているなんて、なんといっても後むきなことではないか。ましてあんな作文群ならなおのこと虚しい行為なのではないか。〈いや、私には意味がある〉と言い返すには迷いがあり、無理に目をつむって問いをふっ切る必要があり、〈せっかく三年間もやってきたんだから〉と惰性もまじえて自分に言い聞かせるにはさらに気合もいった。あまりに長引いてしまって、嫌気がさしてきたのだろう。

数年前から〈文章は心楽しく書こう〉と自分に言い聞かせてきたが、気楽にはできてもあまり楽しくはできなかった。前作『地下の思考』の大半の文章は業務で編集していたいくつかの雑誌の埋め草、締切日に合わせて気ままに書いていた。今回は勝手に発起、はじめのうちは馬鹿らしい、やめようかという思いが込み上げてきたが、これこそ私、以後わりに平気になった。すこし記すと、本書所収の「わたしはだれ?」は某同人誌に寄稿したもの。「今日、一日」「泣いている」「星へのメール」「生きていればいいよ」「懐かしい頃へ」（前半部）「メルシィ２」の各篇は、たまたま私が制作を担当していた勤務先の患者、職員のための手作り文集（年一回発行）に掲載したもの。ほかはすべてふだんから書きとめていた下書きの類をそれぞれにまとめたものである。一〇年間にわたって書かれたもので、とりたてて言うべきことはない。意図しなかったものの、「雪夜の情景」は「わたしはだれ？」の続篇と思ってもらってよいかもしれない。執筆時期としては前著に収録すべきところなのでどうかと思ったのだが、古い小品を集めて「付録」をつけることにした（わが家の家庭新聞に書いたものの一部。発行時期は一九九三年夏―九六年秋。全七号。収録にあたり一部表記変更）。これらの文章を書いてきたのは、たんに自分のための記録として、ひょっとして読んでくださる人がいたらなにか思いあたるヒントもあるかもしれないと思ってのこと（後者がなかったら私は本にしただろうか）。いや、だれのためでもなく、書きたいから書いていただけのことであろう。およそ思索的ともクリエイティヴとも無縁の本書だが、その思考法はなべて前作を前提にせずにはおかないし、前作をか細く補強するものとして三〇年前の第一作『原初の地平』なしにすますことはできない。

旧作と異なり、本作は（とくにあとになるにしたがって）自分のこと、家族のことなどの記述が多くを占めた。ほかのことは書こうにも書けなかったし、思うところがかなりそのあたりにむかわざるをえなかったことにもよる。もうすこし気の利いたことが記せればよかったのだが、本書の基調のひとつ、庶民から、庶民の一人である私から、ただ自分の直観のみを頼りに（だから異化だの異和感だのとくどくどと言った）ものごとを考えることは多少はできたかなと思う。庶民が安心安全に暮らしていくためにはやっぱり自分を、社会を諦めてはいけない、と（自分にも言い聞かせるように）この小さな本をもってもう一度呼びかけたいと思う。「ではどうするか」。〈問い〉だけが宙ぶらりんのままに残されたが、私はそれで満足である。この本が書けてよかった。

フリーターの娘は週に一回ほどアート・スクールに喜んで通っている。まいど気味の悪い女性（あるいは少女）の絵ばかり。「こういう絵を描く子は、親がギューッと抱きしめてやらないといけない」などと傍の者から忠告されたことがある。自分の描いた絵を持って、「この絵、どう思う?」と私に意見を求めにくる。嬉しいものである。雰囲気の漂うなかなかよい絵、本人もいたって楽しそうだ。息子は学校に通っている、弁護士になりたいと、いつも一人で。格差社会、二極化社会（金融資本主義）と称される現代日本、よい社会であるはずがない。多少貧しくとも、だれもがあまり自分を損なうことのない社会、そんな夢見て、彼も大きくなってほしいとひそかに願う。二人を育てながら、私はいい思いをさせてもらった。「首が痛い」「喉が苦しい」とときどき言っていた古女房。一年前、脊髄空洞症という難病を患っていることがわかった。ビックリしたが、いまのままなら命にもふだんの生活にもあまり差し障りはないらしい。これといった治療法はまだみつかっていないらしい。もともと根っからの努力家、疲れるピアノやアコーディオンは少し控え、ハーモニカを吹いたり、短歌を詠んだり、近所の福祉施設でボランティア演奏などをやって日々を過ごしている。私たちは毎日ドタバタとやっている。楽しく暮らしている証拠と思うことにしている。それにつけても、私に妻や子供がいるなんて、いまでも不思議な気分にとらわれることがよくある。

さて、私はどうしようか。すでに言い尽くしたが、いまは労役の籠から解き放たれつつ本の仕上がる歓びを指折り数えて待ち焦がれる鳥の気持ちの日々。鳥のように大空を舞いたかった、そして伝書鳩のようになにかを伝えられたらよかったのにと思う。それほど現実（ほとんど銭ででき上がっている）は私に圧倒的であった。いったいどれほどか、本人の私にさえ想像もつかぬ。忌まわしいこの現実が忍術のようにパアッと消え、むこうには見たこともない地平がひろがっている気がして、なんだかたじろいてしまう。あまりの生活の落差にそのまま酒に溺れ、虚ろな眼差しで終日壁でもうち眺めているかもしれない。それともそのときこそ子供の頃の問いに少し答えられるだろうか(この「問い」については本書の各所にて触れている)。まっさらな画用紙には戻れぬが、あのときの幼い決意に六〇歳の現実は堪えられるか、なにを喪失し、どこが変形し、なにをつけ加えることができるか、これからがきめる(生き方と運命を混同さえしなければである)。老いたこの肉体のことはこの際どうでもいいよ。いよいよとなったら「ボケ川柳」を書くときめている。

かくて私は鉛筆をおく。この本は私が好きでやっている。文を書くことで労役のなかの自分をからくも支えてきたふしもあった。旧作のときとおなじで、この本の作業もあとになってみれば恋しく懐かしく思い起こすことだろう。そんなものではない。本を作ったこと、子供を育てたこと、旅をしたこと、生活もしたこと、あれらこれらが一篇の幻燈のように映ずる日がいつかくるだろう。三〇年前の処女作は感謝をこめて妻に献呈した。一〇年前、娘と息子の未来への贈りものとして、二作目を彼らに贈った。三作目は万感の思いをこめ、亡き父と母との思い出に献げたい(いつか父と母に再会できる、そんな思いにいまでも私はふっととらわれることがある)。鉄製の重荷をどっかと投げおろしたような気がする。

(二〇〇七年一〇月)

ひとつの始まりから——ひとつの終わりへ

仕事を辞める。在職中に本はできなかった。息子が二〇歳になった。四〇年近く働いた（失業中を差し引く）。何十年間も女房は昼弁当をつくり、私を送り出した。〈退職の日、きっと声のかぎりに泣くだろう。狂喜してトンボを切るかもしれない〉、と思っていたのに、意外なほどその日々は坦々とすぎていった。そんなものなのかもしれぬ。明日もそのつぎも仕事がない、外に出ていかなくていいよ、ずうっと家にいてよし。嬉しすぎて実感が湧いてこない。かつての「仕事がない、どうしよう」とは意味がちがう。あれだけ願った労役から、いまやあれだけ願って解き放たれるのである。もう働かなくてよい、そのままでいいよ。はて、もういなくていいのとどこでどう区別しうるのか、思えば戸惑わぬこともない。〈これから自分はどうなるのだろう?〉、ぼんやりとしたこの不安は多少とも退職者を襲う感慨であろう（人間お払い箱とか粗大ゴミとか自分で自分を思うのだ）。心のタガが外れないよう、新規巻き直しのつもりでこれから少しでも楽しい場を自分なりにつくってみたい。それにつれ、べつな試練が私を待っている。ひとつは老い。手をのばしたら還暦にとどく。よくも生きてこられたものである。もうひとつ、所属（勤労世界、あるいはかつての言葉を用いれば〈存在〉）を引算したあとの私になにが残るか、まざまざとその自分にむかいあう、という。存在を差し引いたら、まさしく存在しなくなるのではないのか。きっと「愉快な老後」と引き替えである。

思いだす。三〇年近く、女房は時折ぽつりと言ってきた、なんとなく悲しげだった（この数年、諦めたのかあまり言わなくなった）。「勉強しなよ、時間がもったいないわよ」。酒を飲みながらうつらうつら、陰気な顔をしてテレビなど観ていつもぐうたらしている私の日々にどんなに情けない思いをしてきたのか、この人。この借りをこれから少し返したい。勉強といってもたいしてできない。哲学にしても研究書や解説書より原典主義（原書ではない、邦訳で）でいこう。翻訳でもある程度まではある思想のもつ原風景、呼吸、鼓動、眼差し、呼びかけ、無垢、味わい、歓びなどが伝わってくるかもしれない。作家論よりも作家の作品を読むほうが意味があると言ったら暴言であるが、あまり先もないことだし、知的理解よりも楽しいほうがよい。拙い文章も小ぢんまりと書いていくつもりである。

むろんテレビも観ながら。トラベル番組もグルメ番組もサスペンスドラマも観たい。大岡越前的、水戸黄門的ミステリーにかつて「刑事コロンボ」が痛撃を加えたものだが、いまや致命的な打撃を与えているのは「相棒シリーズ」である。これまでのサスペンスドラマにたいする大きな反省と不満のうえに立って構想されたものなのではないだろうか。構成、筋立て、トリック、求心力、人物描写、光彩調整、情景描写、映像センス、カメラワーク、そのほかどれをとってみても新鮮である。在来型のドラマもかの時代劇のとおり、おもに年配者のファンをもとに命脈を保ちつづけていくことだろうが、創作ドラマとしては生命力を終えた感は否めない。わずかにトラベルミステリーやローカルな習俗・風習などを舞台にのせたもの、また一定のテーマ性を素材とした演出あたりに余命を残すのではあるまいか。

グルメ。この国のレストランのなんとか星がどうしたのとやかましくてしようがない。どうせ関係はないが、料理の評論家、専門家、オーソリティーとかのウン蓄を耳にするたびに、やるせない不思議な思いにとらわれる。美味しさというものを彼らはどれほどわかっているのだろう。ろくなものを食べていないせいか、私は料理を関係だと思っている。食物（料理）とともに人は関係を食べる。味覚じたい、関係にきまっている。料理を食べるとは食する人の自分自身との関係、また外部との関係の行為なのである。美味しい料理はつねに裏通りで、夜つくられる。けっして明るい目抜き通りではない。人間とおなじ、美味しい料理がつくられるのはその料理の暗いところでである。

トラベル。いつかユーラシア大陸の東端からむこうの端まで女房と二人して車で横断したい、が無理ならピースボートに乗って地球をぐるりしたい。いまも私は見果てぬ夢を追っている。そういえばかつて書いた「一本の道」（本書収録）。いよいよもって象徴的な「道」となるのか、私の老いかたがきめるだろう。

さて、この本は終わりかけているが、世相のひどさはますますヒートアップだ。そのひとつ、「北朝鮮叩き」を少し抑えるかわりに、北京オリンピックにむけ、政治家とマスメディアのアベックは世論誘導と妬み根性とを道づれに、経済成長の著しいもうひとつの隣国の中国叩きに精を出す気がする。わが身を顧みなさい、とでも言うしかない。〈世界一豊かな国〉から、いまでは貧困大国にまで格落ちした日本だが、国内ではちょっといいニュースを耳にした。どんな事情があるのか知らないが、「いま、日本でパート・アルバイトの正社員化が始まった」という。とるに足りぬごく一部の現象にちがいない。疑り深いたちなので勘ぐってしまうが、正社員化によるデメリットはあるのではないか。正社員の立場が下落するとか労務強化である。また、こうした動きにまったく無縁な大多数の職場は取り残されてどうなるのだろう。メリットは疑いえない。正社員になれば多少の安心感、公平感は得られるのではないか。不安に怯え、ひとり死の淵をさまよい歩いた未登録者（いなくていい者）が、やっと〈存在〉への登録（存在許可証の交付）をなんとか果たし終えるかもしれない。

いま窓のむこうを慌しく通り去っていく一人の若者。以前、勤務先の病院に入院してきてこずらせてくれた賢くて要領の悪いN君だ。この季節なのに今日も大汗をかいてポスティングのバイトをやっている。アスペルガー症で鬱病のこの若者がわずかばかりの給料をもらって、例によって生真面目に。家の近所を仕事で廻っていて私と目が合うと挨拶し、近況を話す。元気がなくなったら、彼からもパワーをもらおう〔本文執筆の数ヵ月後、M君が自殺したと人づてに知らされた。私はなにもしてやれなかった〕。最後にわが家にとって寂しい話がひとつ。一八年間飼っていた猫が病気である。診察の結果、もう死ぬ（処女作のときとそっくりだ。完成目前にして初代の猫が死んだ）。なのにふらふらしながらあいかわらず毎日ごはんを食べている。生きているから食べている〔二ヵ月後に死んでしまった〕。

この本は年内中には形になって終わるはずだが、あと命果つるまで私にはひとつの始まりである。まずは本の完成を楽しみに、それまで隠居オヤジの手仕事のように制作をつづけていくだろう。美酒に酔いしれる日を待ち望みながら。時間切れ。もう終わり……。

〔本文に無関係ではない最近の出来事について、以下に一言したい。①「派遣社員切り」、②「ガザ戦争」、③「労働の呪詛」――

①「国内ではちょっといいニュースを耳にした」以下の部分、本文執筆後の状況を考慮すればなんとも呑気でピンボケなことである。今回の事態に日本の企業社会の体質が鮮明に浮き彫りにされているが、自殺者の急増はなによりも象徴的である〈日本は〈先進国〉中、最大の自殺大国である〉。「百年に一度」と称される異変は従来の金融資本主義あるいは新自由主義なるマネー原理主義、特権階級中心の経済構造、管理社会に貢献する現代科学技術などの方向性を少しは問うことになるのではないか。また政治、行政に示されている統治装置の超権力性、不公平性など社会体制全域にわたり幅ひろい疑問を投げかけるものとなるかもしれない。アメリカをはじめヨーロッパ、日本などの国々のもつ方向性、価値観を揺さぶることだけは間違いなさそうである。

②「ガザ戦争」——アメリカ政府に支援されたイスラエル軍の爆撃によってガザの子供たち、女たちが大勢死に、たくさんの人が泣いた。同調する日本政府もその責任は免れえない。子供を苦しめ殺すことを許すものはなにもないことを言う必要はあるだろうか。戦争責任者たちは許されざる者である。この場をもって私もかれらにはっきりと反対を表明し、厳罰を請う。

③「〈退職は〉嬉しすぎて実感が湧かない」——前二点とはすこし異なることだが、触れておきたい。退職後、半年ほどしてからのことであろうか。〈消えたくなってきちゃった、死んじゃおうかな〉、そんな想念に二、三度ふらっと取り憑かれたことがあった。この私にしてさえこれだ。あんなに退職を熱望し、「嬉しすぎて」いたくせにと思うと、私の体内に楔となって打ち込まれた労働の呪詛の深さにいまさらながら戦慄しないわけにはいかない。退職にともなう自他喪失感、多少の罪責感など、きっと旧底辺労働者にまとわりつく共通の感慨なのであろう。この本の制作

の作業をいまだにやっているせいか、一年にもなるというのに退職がピンとこない、「(退職の)実感が湧いてこない」こととあいまって考え込んでしまう私であった。（二〇〇八年二月）

日本も世界もこれからどうなっていくのであろうか。昨年あたりから環境、政治、経済、産業、社会、文化、そのほかさまざまな領域において世界がひとつの巨大な曲がりかどをまがった気がしないだろうか。北朝鮮あたりから核ミサイルでも打ち込まれて日本など滅茶苦茶になってしまえばよい、みんな死に、じぶんも爆風にふっ飛ばされて消えてなくなってしまえばいい、と思っているような若者はこの国にたぶん数えきれないほどいるにちがいない。どうなっていくのだろう私もこれからのことを気にせざるをえない。――（二〇〇九・一）

付録〔一九九三―九六年〕

幼稚園の運動会

一〇月九日、息子の通うM幼稚園で運動会が催された。年長組の彼にとっては幼稚園最後の運動会である。当日は快晴、家族そろって弁当持参で観戦した。

運動能力に若干不安のある本人は、組体操の「ブリッジ」ができないことを当日まで気にしていたが、友達にど突かれながらも、「ピラミッド」や「吊り橋」などの難技を黙々とクリアした。障害物競走にしろなににしろ動作は鈍くひ弱だが、とくに他人と自分とを比較している様子も見られず、苦にもせず明るく頑張っているように感じられた。それだけ幼いのだろうが、「自分を他人と比較しない」精神が大人にまでつながっていけばなんという美徳だろう（わが息子は園の先生から「運動機能の分化に遅延が窺える」との指摘を受けた。いいよ、ドンマイ、マイペース！）。

（一九九三年一〇月）

自転車、乗れたよ！

補助つきでだいぶスピードはついてきたものの、運動神経のとろいこの子のことだから手間ひまかかるなと案じつつ、父親は一〇月に入って、息子を補助なし自転車に挑戦させた。

まず近所の団地の狭い公園で練習開始。さっそく転んで泣きべそかいて早々にギブアップ、前途多難を予感させる。つぎは運動会のあとの人気の絶えた夕暮れの園庭。ところが、「放さないでね〜」「放さないよ〜」と言い合っては突き放されて転ぶ特訓を繰り返すうちに、息子は予想外の根性を見せはじめ、夕闇迫る頃になると、わりに広い庭の端から端を直線で乗り切れるまでになった。

このことは、この子の父親にとってもだが、おそらく本人にはさらに意外だったにちがいない。それだけ補助なし自転車に乗りたかったから、あの特訓にも耐えられた。自由に自転車を操れる楽しみのために頑張った。〈自分にもできるんだ〉、と。

次の日は、自宅の前のアスファルトの道路。なんども倒れて泣いたが、そのかわり運動能力は倍増していった。やがてカーブも習得し、いまでは狭い路地のUターンもできる。

今後、自転車に関して親の出る幕はけっしてないだろう。得意気にスピードを出して、豆粒ほどに遠ざかっていった息子の小さな背中。「交通事故にだけは気をつけろ」とつぶやく。

（一九九三年一〇月）

「七五三」の祈り

季節や節目の祭事に無頓着な私や妻だが、さて五歳の息子の「七五三」をどうしようかと思案。神も仏も信じぬ者にことさらその日を祝う理由はないといって片づけるわけにもいくまい。人生すべからく「一期一会」ではないか。

一一月一四日、従兄弟からまわってきた小さな背広に赤いネクタイをしめ、精一杯本人にオシャレをさせて、まず自宅で記念写真。そのあと、娘の七歳のときに「お参り」した近所のさびれた神社に行こうかどうか迷ったあげく、自動車で妻の実家ちかくにあるH神社に行くことにした（娘の生後一ヵ月のお宮参りに行ったところ〉。

社殿で親子四人手を合わせ、赤い小さな鳥居が奇妙に連なる裏庭を散歩する。露店で子どもたちの大好きなたこ焼きを買って食べ、帰り道、寿司屋に立ち寄って食事。お祝いにローラースケートを買い、息子のささやかな「七五三」は終わった。

お祝いをするのも神棚に合掌するのも、〈どうかこの子が健やかに成長していけますように〉という、ただひとつの祈り以外のなにものでもない。

（一九九三年一一月）

自分と自分を結ぶ本

埋め草に一筆。ようとして出版がはかどらない私の第二作『地下の思考』は、パリ帰国後の一九八二年から現在までに書いた一〇〇篇に近い小品をまとめようとするものだ。

かつて一九六四年から七九年までの文章を第一作『原初の地平』として整理した。八〇―八一年のパリ時代は、妻の作品『風船のなかのパリ』を代用させてもらうとして、これで一六歳から三〇年間の文章をまとめたことになる。

これらの文章群は一人の人間が書いたという事実上の連続性としてでなく、自分と世界をひとつの〈問い〉として意識的に接続しようとする思考的な統一性を含んでいるだろう。私には、現在のもう一人の私にむかって証言する（あるいは問う）のは意味のありそうなことに思われた。生きるとはまずこの距離〈証言―問い〉なのだと思って。

（一九九三年一二月）

一年を振り返って

不景気と混沌が世界中を駆け抜けた一年だったようですが、日本にしても不況、凶作など、あまり良い年ではなかったと思います。わが家にとってもけっして順風の一年だったとは言えません。いろいろのことがあったものです。そのひとつは私の転職。こんどは病院勤務です。でも、終わって振り返ってみればあっという間の一年間だったことも、年末にきまって抱く感慨です。

一年の季節の奥行きに歩調を合わせて人間は生活を形作ってきたのでしょうか。独特の天文学と季節観をもとに〈一年〉の幅と暦術を確立したオリエントの古代人には毎年瞠目しています。彼らの一年の質と現代人のそれがどう隔たっていようとも。

けっして良い一年ではなかったけれど、わが家のだれもがわりに健康で元気に毎日を送ることができました。それ以外に「良い年」などなく、それだけで十分に「良い年」なのかもしれません。なにに恵まれても、健康と元気を欠いたら不幸でしょう。じつはこれ以上に「良い年」はなかったのだ、と来年の今頃も自分に言い聞かせていられたらよい、と願っています。

（一九九三年一二月）

妻の〝病気〟

新年早々、今年のわが家の不吉な運命を予兆するような、それどころか十分にその屋台骨をポキッとへし折るにたる破滅的な出来事に遭遇し、一同震撼した。

理由はこうである——去年の秋、妻が区の施行する成人病検診を受けた。肝機能をチェックする血液検査の結果、「要再検査」の判の押された通知を受け取る。まあ、「念のために」の意味を含めたよくあるケースだろうといった調子で、本人もしぶしぶ、もちろん小さな不安を隠して、近所の病院に肝臓の超音波検査を受けに行った。

その結果、「肝臓に五センチほどの腫瘤がある」との医師の驚愕すべき診断。「さらに精密な検査を加えて病状を確定しましょう」と言うではないか。「念のため」は一掃され、妻は肝臓癌に冒されているかもしれないという鋭い不安が脳裡を駆け巡っていく。

九歳の娘と六歳の息子を抱いて悲嘆に暮れる悪夢に苛まれるやら、一転、「いや、腫瘍にも幾通りもの種類がある」などと自答したり自問したり。引き攣った笑いで、癌の告知をどうするか、夫婦で話し合ったり……。

CTスキャン検査の結果を待つ戦慄の日々を送った後、診断日の当日、私は妻に内緒で勤務先に代休をとり、いつも通りに「出勤」して一足先に密かに病院に走った。結果次第では、そのほうが医者にとっても好都合かもしれないし、とって返して私から相棒にあらかじめソフトに話しておいたほうがよいとも思ったのだ。暗澹とした医者の宣告を妻に一人孤独に聞かせたくなかった。

断層写真をわきで眺めつつ、私は医師の言葉を待った。そして彼の口が開こうとしたとき、深く息を吸い込み、私は目をつむった。――「血管が局所的に密集した状態、たまに見るケースで、病名は肝血管腫です。とくに治療の必要はないですね」。どうやって家に帰ったか覚えていない。喜び勇んでその旨を伝えるが、病院に行く仕度をしながら妻は半信半疑である。

医者の勧めにしたがい、さらに病状を確定する集中的なCTスキャン検査を行なう。相棒は二日ほど入院することになった。今度は「念のために」である。

夜、子どもたちと三人で病院に見舞いに行く。帰り道、最上階の病室の窓から、地上の暗がりの道から、いつまでも手を振りつづけあう母親と二人の子……。切なかった。この子たちを、どうあっても母なし子にしてなるものか！

さて、この顚末も終わってしまえばあたかも何事もなかったかのように、たちまちもとの生活に戻った。

幸運な結末だったからこそ、こんなことも記せる。だが、私たちは一瞬でも死を想い、「もとの生活」がどれほど尊いものか、「普通の生活」は当然そうあるべきあたりまえの自然な生活などではなく、まさしく心もとない幸運に恵まれた奇跡のような幸せな偶然にすぎないことをあらためて知った。

死はいつも私たちのすぐ隣り、生活の裏側にある。いま、生きていられることに感謝したい。

〔この件については妻も同時期に記している。長くなるが全文を引用する――。〕

今回の〝病気〟に関して一言

肝臓に腫瘤があるという判定を下された瞬間から、もしや悪性のものでは、という最悪の場合を考える。いちばん心配なのは、二人の子どもたちのこと、そしてひとりではなにもできない子どものような夫のことである。

その夜から、私は家のなかの雑多な物の整理を開始した。自分の死について考える余裕はまだなかった。ただ、自分の死によって悲しみ、うろたえてしまうであろう家族のことで胸がいっぱいになった。

ＣＴスキャンの予約をし、造影剤を点滴しながらの検査、そして検査結果のでるまでの約十日間、さまざまな思いが私の頭を去来していた。

どんなことになろうとも、表面的には日々の日課はいつもどおりにこなしていかなければならないし、子どもたちには終始笑顔で接しようと心に決めていた。

その間、息子の水泳教室の初日を迎え、励ましながら区の温水プールに連れていく。一回きりになるかもしれないと考えると、涙がでそうになった。彼はまだ幼い。いつも私にくっついてくる甘えん坊。そして、小さいころから感受性がつよく、心の優しい子だった娘……。ずいぶんしっかりしてきたけれど、人一倍の寂しがり屋だ。二人のことを考えると、不憫でならなかった。

幼稚園での親子いっしょの凧作り会を終え、さて病院へ検査結果を聞きにいこうと覚悟を決めて、いったん家に戻ってみると、仕事に出かけたはずの夫が、炬燵で一杯やっている！　仕事に行くふりをして、私にだまって先に病院へ結果を聞きにいっていたのだった。

夫らしいやり方だ。それは彼がひとり密かに決めた、私への思いやりからでた行為だったに違いない、と思うと、胸が熱くなった。

「悪性腫瘍でないことはほぼ間違いないだろうが、できれば二、三日入院して、もっと精密な検査をしておいたほうが安心なのでは」、という医者の勧めにしたがって、結局、出産以来はじめての入院とあいなる。ほんの短い期間でも、家をあけるとなると、留守中の段取り、息子の喘息の発作のことなど、心配でしょうがない。細々とノートに注意事項を書きつけておく。

造影剤を多量に使ってのＣＴスキャン検査――点滴している腕を頭の上にあげたまま、長い時には息を五十秒も止めていなければならないという、かなり苦しくて大変な検査であったが、経時的に断層写真を撮っていき、色の染まり方の推移をみることによって、悪性か否かを判定するというものであった。

検査の結果は、前回の検査での見立てどおり、肝血管腫、「九九％良性の腫瘍」ということであった。大きさはやはり五センチくらいで、これより大きくなるようだったら対策を講じなければならないが、大きさが変わらなければ放置していて問題ないという。定期的に肝臓の検査を受けるように、との勧告で、私の〝病気〟騒動にいちおうの決着がついたわけである。

少なくともまだ当分は生きていけそうだな……。

生きていられるのなら、こうしたい、ああしたいなどと考えていた、その時の気持ちをだいじに抱いて、大切な家族をしっかりと守っていこう。そして私もまたこの家族によって守られていることを、あらためて実感させられたのだった。
どうもご心配をおかけしました。またがんばります。

（一九九四年一月）

トラブルつづきのトラベル

三月一九日から二泊三日の家族旅行をした。一日目はI温泉、二日目はA温泉に宿泊。安価な場所を選んでなるべくたくさん旅行するというのが私たちのトラベル観である。ゴージャス感もよいが、少しでも自然に触れ、未知と出会い、いつもとちがう雰囲気に親しむことのほうがもっと楽しい（父はよく小さな私を温泉に連れていった……）。

そのつもりで出発した旅行だった。ところがK自動車道に乗る直前、愛車の電気系統の故障からオーバーヒート。近くの自動車工場で修理してもらって、I温泉に着いたのは夜。

次の日、雪と氷の榛名湖をいい気分で一周したあと、湖畔で足漕ぎ自動車に乗る。最後に息子が一人で乗ったのだが、ハンドルとペダルに気を奪われて、前方不注意、なんと下り坂の途中で停まっていた乗用車に激突したのだ。ほっぺに怪我をして大泣き。目の下の腫れを路辺の雪で冷やしながら、つぎの宿泊地にむかう。むこうに旅館が見えていながら、積雪がひどくてチェーンなしの車では行けない。車から降り、荷物を抱えて寒風の吹きつける雪の道をキャーキャー言いながら歩いて行く。

息子のアクシデントでなんだか全員の気持ちが打ち沈んでしまい、ちょっと冴えない旅行となったが、帰り道、道路わきに土筆をみつけて大歓声。車を停め、みんなで土筆や芥子菜を袋いっぱいに詰め込み、一時のどかな気分に浸ったのであった。

（一九九四年三月）

おめでとう！

日本の春は進学、進級のシーズン。引っ込み思案の冬が去り、桜の花咲くうららかな、節目を迎えるにはふさわしい季節といえよう。

わが家の娘、息子も節目となる。早いもので、毎朝幼稚園に送って行くたびに、帰りの時間まで園庭でずっと待っていてくれと大泣きしていた娘も、小学校に入り、この春で五年生になった。心も体もずいぶん大人びてきたが、あの頃の気性はさして変わらない。なるべく伸びやかな子になってほしいものだが。その小学校に、こんどは息子が入学した。娘のときにも感じたことだが、父親の私が卒業した小学校にわが子が入学するのは妙に感慨深いものがある。息子はあんな小さくて幼稚園時代よりもさらに大きな世界に飛び込んでいった。「よく学び、よく遊べ」だ。これからいろいろなことが待っている。かれなりに不安でいっぱいだろう。ドンマイ、大丈夫！

おかあさんとおとうさんが見守っている。あとは私たちがその名に託したように、「あらゆる思いを翔かせろ！」。

（一九九四年四月）

夜の航海

七月中旬のある夜、T桟橋より船出。親子そろって東京湾めぐりの出航だ。

海から眺める東京の街の夜景——。きれいなレインボーブリッジをくぐり抜け、一路沖へ沖へ。船上の生バンドの演奏を聴きながら、家で作ってきたおにぎりや茹で卵などをほおばり、飲み放題の生ビール、ジュースを飲みながら、心地よい海の夜風にあたる。子どもたちはおもしろそうに船内をあっちに行ったりこっちに行ったり、階段を上がったり船底のほうに降りて行ったり……。

いつしか外は暗黒の海に。川崎沖あたりまで来たのだろう。でも、なんて暗いんだろう。航跡をくねらせてUターン。また遠くに東京の街の灯が見えてきた。あそこに私たちの雑踏がある。だが、きらびやかな東京の街も、案外暗闇に囲まれていた。

ナホトカまで船で行き、シベリヤ鉄道に乗ってやっとパリに着いたとき、パリと東京はそのあいだに横たわる深い闇によってどれほど隔てられているか、思い知った。あのときのことをちょっぴり思い出す。

（一九九四年七月）

海と空へ

わが家には「田舎」の故郷がないので、自然に触れる機会が少ない。昔はこのあたりも麦畑あり、原っぱあり、雑木林あり、小さな私はよく遊んだものだが、いまは面影もない。そんなこともあって、季節に合わせ、家族で小旅行をしたいなといつも思っているのだが、なかなかそうもいかない。せめて夏は子どもたちに海水浴をさせてやりたい。伊豆のI温泉とT温泉へ、二泊三日の旅行をすることにした（テントを張ってキャンプでもやりたいところなのだが、ふんぎりがつかないでいる）。

天気は上々、娘は荒波を心配していたが、静かな入り江で海水浴もできたし、宿泊料のわりに豪華なご馳走が食卓を飾ったので、お袋も上機嫌。途中、城ヶ崎の断崖に架けられた吊り橋を渡るとき、高所恐怖症の私が怖れに慄いたり、天城峠の暗くて恐ろしい旧トンネルで私のしたお化けの話に子どもたちが震え上がったり、浜辺で私が転んだ場所とおなじところで女房も転んだりして、怖かったり痛かったり可笑しかったり。前回のときのようなアクシデントもなく、全体に楽しい旅行ができた。

わが家の旅行は慎ましいかぎりである。でも、子どもたちが喜んでいる姿を見ていると、こっちもなんとも楽しい、幸せな気持ちになる。いつまで喜んで親と一緒に家族旅行をしてくれるだろうか。

（一九九四年八月）

展示会を観て

たぶん子供たちの夏休みに合わせて企画された「アウシュヴィッツ展」（練馬区）を、家族四人で観に行った。

私たち親は、「アウシュヴィッツの悲劇」を五〇年前の異常な闇のなかで進行していった狂気の沙汰とは考えない。ふだんの細々とした生活が受動化して一定の方向にむいたひとつの極限に、いつも〈アウシュヴィッツ〉があると思っている。つまりいま、この私たちのいるそこかしこに、かの地に至る〈道〉がつねに用意されている。

二人の子ども（下の子は無理としても）に感じてほしいと思ったのは、あそこにあった写真のなかの死にゆく子供の顔は自分だったということも十分ありうること。逆に、あの「恐ろしい出来事」を行なった人も、自分とちっとも変わらない人間であったということ。自分もあの人たち（また子供たち）とおなじ（自己相対化）。だからこそ、「恐ろしいこと」をやれと命令する世界やそれに従う人に、また命令に負けそうになる自分に、「ちがうよ」と言える心の努力（自己異化）を、これから自分のなかに少しずつ育てていってほしいと思う。ただしそれはたぶん一生かかってもできないほどむずかしいことなので、「少しずつ」だ（私は少しもできていない）。

公園の鉄棒のような格好をした高さ一・二メートルの道具の下を、息子は面白そうに幾度もすいすいくぐった。かつて、アウシュヴィッツ強制収容所の正門の脇に置かれていたこの「一二〇センチのバー」。輸送列車から降りてきた子供たちが整列してくぐって行ったものだ。身をかがめずにくぐった小さい子はそのままガス室に送られたという。わが子の無邪気な動作のなかに、私たちの出会うことのなかった小さな子供たちの無表情な顔を見た思いがした。

「（……）トウモロコシ畑をぬけて森にはいり、ついにダハウにたどりついた。

町はずれにナチの手によってつくられた最初の強制収容所の跡がある。いまは展示館になっており、残虐な戦争の姿を静かに伝えている。収容棟の跡の砂利を踏みしめてすすみ、薄暗いガス室にはいる。夫とともに、全世界から切り離されたこの死の個室のまんなかに立ったとき、窓がないというあたりまえのことが私を震えあがらせた。むしょうに悲しい……。」（福原明子著『風船のなかのパリ』より抜粋）

展示会を観た娘は、つぎの作文を書いた。一部を引用する（原文のまま）——。

「ガス室の写真をよく見ると、かべにつめのあとや、血みたいなあとがありました。死んでしまう時に苦しくてつけていったんだと思います。どんなにくやしい思いで死んでいったのでしょう。こんな残酷なことがへいきでおこなわれた戦争が私はにくたらしいです。」

（一九九四年八月）

運動会に思う

秋、わが子たちの通う小学校で恒例の「大運動会」が行なわれた。ところで……子どもたちが元気に飛んだり跳ねたりしている様子をビデオカメラのファインダー越しに覗いていているうちに、今年も殺伐とした気分に襲われた。〈なんて無気味なんだろう〉。まだ始まったばかりなのに、運動会はすでに祭のあとのように荒涼として静まり返っている。〈なぜだろう〉、トラックの周りをぐるり塀のように起立して取り囲んだまばらな観客の大半が、無言でわが子の姿をビデオカメラに収めているから。だからなにがあっても拍手も声援もほとんど聞こえない。いやはや薄気味の悪いこと。

この墓場のなかの運動会は、なにもこの小学校のみの奇観ではあるまい。親にとって学校行事はビデオ撮影機で距離を置いて過去化するプロセスの一日程なのだろうか。私たちは未来のためにビデオを撮る。いつの日か再生して眺めるひとつの思い出として。そうやって眼前に展開する現在をすでに記録として保存すべき過去にしているのかと思ったら、背筋が寒くなってきた（まさか子供たちまで過去としての録画を念頭に置いて駆けっこや玉転がしをやっているわけではないだろう）。

子供が駆けっこをしている現在にむかっていながら、無言で、老いさらばえた自分やらいい年になった息子や娘に見せるためにビデオカメラを回しているのだったら、現在など未来のためにある過去にすぎないではないか。いつかいい年と化したわが子に見せるための過去に。真に（運動会が）実在するのはいまだけなのに。なのに、わけもわからぬ将来と遠く過ぎ去った過去のために、現在を無にするとは。ひょっとして、子供そのものがすでにひとつの過去なのではないかとすら思われてきた（「将来のために」といまきめてしまうことで、将来まで過去化していないだろうか）。〈いま、何十人もの過去が運動場を駆けている……〉。子供の現在とは、オヤジやお袋がかつて撮ったビデオ映像を遠い眼差しで眺めているオジサン、オバサンなのかもしれない。なんだか子供の未来までもが過去化していく。幼いわが子をファインダー越しに追いながら、〈おまえたちもすぐオジサン、オバサンになるよ（つまり過去になるよ）〉と思ったら、かれらのあどけない仕草がむしょうにいとおしくなった。

四〇年前、子も親も運動会を精一杯の現在として体験した気がする。朝っぱらから花火の轟音がこだまし、親は家族全員のにぎり飯を作り、子は「パーン！」の号令に緊張、威勢のいいマーチに興奮し、白組、赤組のせめぎ合いのリレーや騎馬戦にだれもが胸をときめかせた。子は勝利するために夢中で走り跳び、笑い泣いた。親は怒涛の渦巻きうねる大観衆の喝采と歓呼の雄叫びと深い溜め息のなかでわれを忘れたのではなかったか。だれがオヤジやオバサンとなったわが子や子供たちを想像しながら応援などしただろうか。そのときの一度しかない子供を全身で受けとめたのだ。〈どうか元気で大きくなってくれ！〉、と現在から未来へ、感涙の声援で橋渡しをしながら。そこにあったものは共生であった。そうして、子にも親にも一回きりの運動会の懐かしい思い出だけが残った。

昔がいいわけではない。いまがちょっと変なだけ。四〇年後のいま、子供や家族や学校や社会を取り巻く環境は大きく変貌した。森閑とした運動会はそのほんの一例にすぎない。科学技術の輝かしい結晶であるビデオカメラの普及。昔は夢にも思わなかった私たちの動く姿（過去）を残してくれた。だが二重人格のようなこの結晶のもつもうひとつの面、現在を過去にしてしまうプロセス（スケジュール）主義を忘れることはできないだろう。それは一回かぎりのカメラ写真の比ではない。むろん問題はこの技術の結晶にではなく、私たちにある。子供たちがやがて観て懐かしむかもしれないこの動く映像は、かつて写し手の沈黙と傍観という犠牲や代価を払って撮影されたものなのだ。

私は親が昔私にしてくれたことをどうしても忘れることができず、ファインダーを覗いたまま、走るわが子にむかって思わず叫んだ、

「がんばれ！」

「転ぶな！」

帰宅後、うまく写っているかどうか再生してみたら、案の定、例の個所で手ぶれをしていて画面が歪んでいた。やはり現在と未来（あるいは過去）は都合よく両立しなかった。

（一九九四年一〇月）

一〇歳の娘へ

一〇歳という年齢を発達心理学の観点から要約するとどうなるのかはともかく、かつてこの年頃の子供と身近に接したことのない私にとって、ここ一年ほどの娘の変貌ぶりにはただまごつくことばかり、ときにギョッとすることもある。

なんとなく遠くから私を眺め、〈私のおやじはこういう人間か〉とばかりに観察しているふう。家人からちょっと距離を置いて一人で本を読んだりボンヤリしていることが多くなった。よそよそしく醒めてい

る感じもするし、小言を言うと敢然と反論したり、含み笑いで自己主張をしたり、ヒステリックに反抗したり、煙たいのかあまり私に話しかけなくなった。まえのようにのびた髪も切らせず、一緒に風呂にも入らなくなり――要するにどれもきわめて正常な反応が返ってきて、親（父）と子（娘）のあいだにやがて訪れる距離感がほぼ定刻どおりにやってきたというわけだろう。まぎれもなく少しずつ自立していく過程なのだから喜ばしいはずで、この年してまでベッタリした親子など気持ちが悪い。こうしたことは経験者からよく聞かされる話だから驚くべきことではないが、なんだか寂しい。子どもを通して学ぶことの多いこと。このおやじもそろそろ変わらなきゃ……。

私はいつまでも止まっている人形を愛したのではない。日々に成長し、いつか一人の大人の女になって私たちのもとから飛び立ってゆく生きるわが子を愛したのだ。それまで、その時そのときのこの子を受け入れ、そのつど少しは導き――まだ当分はできるぞ――見守っていきたい。

この子が生まれたとき、私は記したではないか、「私たちは生きる歓びをみた。一人の人間を育て上げる楽しみをもらったのだ」。

（一九九四年一一月）

サンタはいるよ！

先日、ついに秘密を打ち明けた、「サンタクロースはいないよ」。近年、サンタの実在に疑問を抱いていた娘は、「サンタは親がやっていた」と聞かされると、ちょっと複雑な表情をうかべ、「そう思っていたよ」と最終的にふんぎりがついたかのような言い方をした。しかし、私たちはこの空想好きの子を襲った大きな失望を見逃してはいない。

やっぱりサンタを信じていたかったのか、友達に「サンタはいるよ」と言い張っていたことをほろ苦く思い出したのか。「ラップランドに行ってみたい」と言っていたこの子が、こんごこ、サンタクロースを信じることはけっしてない。今回、親はただたんに味気ない現実を子に突きつけただけなのか。サンタに疑問を持ったので言うしかなかった。存在しないものをいつまでも存在するとは思わないほうがよいが、では、最初からそうすべきだったのだろうか。ちがう。

息子は言っている、「ことしのクリスマスには、サンタさんからなにをもらおうかな」。どうも怪しい。「サンタは本当はおとうさんとおかあさんがやっているんだよ」、四歳も年下の弟に諭すように言われても、戸惑って口ごもっていた娘——。こんな光景を私は最近密かに目撃した気がするから。が、私の夢だったのかもしれないので、「弟にはサンタのことはまだ言っちゃいけないよ」、と娘に。この子が弟の知らない秘密をもった優越感に満足するか、そこまで嘘をついてなにが面白いと思うかは測りかねるが、ただしこれは言う、私たちは嘘つきではない。なぜ毎年延ばしに延ばしてこの秘密を口外しなかったのか。なぜ気を配って二人にプレゼントを配達しつづけたのか。大きくなっても、深く辛い現実のなかからも夢を汲むことのできる心豊かな人になってほしい、との願いをもってついたささやかな嘘であった。

娘よ、じつはさらに秘密がある。お伽噺など信じられなくなる現実、そのむこう側にむかってきらきらとした夢や空想の矢を忘れずに放てるかどうか、これからのながい歩みのなかでおまえはきっと試される。どうか父の言うことを信じろ、「優しい心のなかに、サンタはいるんだよ」。

（一九九四年一二月）

光と波と砂と

昨年につづき、今年の夏も伊豆（今回はD温泉）に二泊三日の家族旅行をした。眼下に駿河湾の大海原がひろがる、ちょっぴり豪華な岬のホテルに泊まった。

島の見晴らせる静かなプールで泳いだり、海岸で波や砂と遊ぶ。光を浴びて海がきらきら輝いている。波が打ち寄せてくるたびに、「こんどは大きいぞ、連続攻撃だ！」と息子は大はしゃぎ、娘はびくびく。

干潮時にだけ細長い浜が現われて海に浮かぶ島まで道ができる。ごつごつした岩のうえを転びそうになりながら歩いて渡る。きれいな岩間に、ヤドカリや蟹や黒っぽいナマコがいた。大波のなか、洞窟めぐりの遊覧船にも乗った。船が大きく揺れるたびに、妻は緊張した面持ちで椅子の縁につかまった。「転覆しないように重心を取ろうとしていただけよ」、とあとになって強がりの言いわけをしていたが（このあとの便は荒波のために欠航となった）。

海辺の暑さには参ってしまったが、八月の終わりの三日間、みんなで夏の旅行を満喫することができた。

（一九九五年八月）

超能力者になりたかったおまえに

その子は超能力者になりたがっていました。七夕の笹に飾る短冊にも、寺の護摩祈禱の願かけ札にも、まわりに見られないようにして、「超能力者になりたい」とお祈りするように記していたこともありました。六年生のとき、「もし百万円あったら何に使うか?」という先生の楽しい設問に、「超能力者の大会の賞金にする」と可笑しな答えを書いたこともありました。

でも近頃この子はあまり超能力の話をしなくなりました。中間テストだ、やれ期末試験だとやけにまわりが騒がしくなり、親からも「すこしは勉強しなさい」なんて怒られるものだから、超能力のことなどのんきに考えている暇がなくなってしまったのでしょうか。そんな言葉をしじゅう聞かされていたら、子供にはテストについての能力しか、じぶんには「順位のついた能力」しかないのかもしれない、と思うのも無理はありません。もしかしたら中学生になってそんな子供っぽい話はしないときめ、この世にはただ能力一般だけ、つまり超能力から「超」をとった普通の能力しかない、と思いはじめたのかもしれません。まわりを見ても、たしかにどこにも超能力の気配などありません。

そうでした。中学生になったばかりの頃、この子はおとうさんに聞きました。「超能力って本当にあるの？　ないんでしょう？」。ひさしぶりに父親と娘のあいだで超能力が話題になったわけです。でもおとうさんはなにかやっているふりをしてはっきりとは答えませんでした。いや、答えられなかったのです。なぜって、あの「悲しいこと」がこの子にもひたひたと迫ってきた気がしたから。それにあのときその問いは問いというよりも、超能力なんてやっぱりないんだよねという諦めの響きが強かったね。あると信じていたのに、あれだけあってほしいと願っていたのに。けっきょくはつまらない日常の能力しかじぶんには備わっていないんだ。しょんぼりとした独り言のようにおとうさんには聞こえました。おまえのなかから、またひとつ〈子供〉が死んだ気がしました。

この子は、いや子供はみんななぜ超能力者になりたがるのでしょうか。答えは簡単、大人が時とともに失っていった、目のまえの現実とは異質の不思議な楽しい世界を直感的に知っているからです。この種の想像力を失うのはひどく悲しいことなのです。自由を失うのといっしょなのですから。大人と子供を区別していることのひとつはきっとここでしょう。

すこし遅くなりましたが、あの「問い」におとうさんはこう答えることにします。だれがどう思おうと超能力は存在する、諦めることはなにもない、と。でもそれは念力でモノを好き勝手に操ったり、呪文をかけたらモノのむこう側が透視できたり、空をぐるぐる飛べたり、べつの世界にあっというまにワープできたりする能力ではありません。それらは楽しい空想力です。おまえが「子供っぽい」と思ったのは、やはり正しかったのです。じつは超能力とは一般的な能力を超えた能力といういがいにどんな意味もありません。でもその素晴らしさときたら、並の能力を超えている点において、どんな空想力にもけっして劣りはしません。

試験勉強の能力とか、つまりだれにでも共通する一般的な能力とか、「順位のついた能力」、人と比較のできる量的な能力はたんなる普通の能力。そんなのは人間に備わった能力のほんの一部分にすぎないものです。社会が勝手にきめ、子供たちにうるさく要求してくる、ただの能力。現実の社会ではこの能力だけをありがたがって、超能力をけっして認めない、許さない。でもべつの能力がどんな人間にも、むろんおまえにも備わっていることをけっして忘れてはいけないよ。

それが超能力なんだよ。みんなに備わっているその人だけの能力、だれとも比較のできない、だから普通でない能力。まさにその人をその人にしている証しのような、その人だけに備わった能力、ようするに超能力は存在するのです。おまえという存在は、おまえしかいない。それだけで一人の無類の超能力者じゃないか。疑っても、そんな能力はつまらないと思っても、いけないよ。じぶんは大切だろ？　だったら大切にしなさい。隣人もおまえとおなじ、みんなその人しかいない超能力者なんだから仲良くしなさい。ただしすべてを超えているから、じぶんでじぶんの超能力（価値）に気づかないと絶対に見つからない能力だけど。現実の能力はこれからおまえを疲れさせるだろうが、超能力はおまえを深く慰めてくれるだろう。なぜって、じぶんに出会えるんだから。じぶんのなかに探しに行ったらかならず見つかるよ。いや、もうあるんだよ、おまえそのものだ。超能力が現実に立ちむかうパワーになることもあるかもしれない。

毎日を忙しそうに送っている、まぶしいその子よ。みんなとおなじ能力を求めてじぶんを貧しくしてはいけません。超能力は比較のできない、点数のつけられないその人だけに備わっている未知の能力なのだから、探しあてたら、あの「じぶんだけの不思議な楽しい世界」にまた会えるかもしれないよ。そうしておまえらしい立派な超能力者になりなさい。

（一九九六年九月）

福原　修（ふくはら　おさむ）
1948年、東京に生まれる。
80～81年、パリ在住。
82～93年、出版社で編集取材業務に携わる。
93～2008年、都内の精神病院にて看護助手を勤める。
以後、無職。
著書：『原初の地平 1964–79』（私家版）
『地下の思考 1982–95』（1996年、れんが書房新社）

徘徊する問い 1996-2009

発　行＊2009年8月20日　初版発行

＊

著　者＊福原　修
装　画＊月島砂絵
発行者＊鈴木　誠
発行所＊㈱れんが書房新社
〒160-0008　東京都新宿区三栄町10　日鉄四谷コーポ106
TEL03-3358-7531　FAX03-3358-7532　振替00170-4-130349

印刷・製本＊三秀舎

ISBN978-4-8462-0353-5　C0095